吞噬星空

典藏版 2

我吃西红柿 著

ARTTIME 时代出版
时代出版传媒股份有限公司
安 徽 文 艺 出 版 社

图书在版编目（CIP）数据

吞噬星空：典藏版. 2 / 我吃西红柿著. — 合肥：安徽文艺出版社, 2020.4（2025.6重印）
ISBN 978-7-5396-6854-3

Ⅰ. ①吞… Ⅱ. ①我… Ⅲ. ①幻想小说—中国—当代 Ⅳ. ①I247.5

中国版本图书馆CIP数据核字(2020)第001085号

TUNSHI XINGKONG DIANCANG BAN 2

吞噬星空 典藏版2

我吃西红柿 著

出 版 人：姚 巍
责任编辑：胡 莉 张 磊
装帧设计：周艳芳

出版发行：安徽文艺出版社 www.awpub.com
地 址：合肥市翡翠路1118号 邮政编码：230071
营 销 部：(0551)63533889
印 制：湖南天闻新华印务有限公司 电话：(0731)88387856

开本：710mm × 1000mm 1/16 印张：18 字数：290千字
版次：2020年4月第1版
印次：2025年6月第9次印刷
定价：32.00元

目录

CONTENTS

第52章

分钱

吵闹声和鸣笛声吸引了不少武者朝这里聚集。

“那是火锤小队，对面的是虎牙小队。”

“他们怎么吵起来了？”

武者们议论纷纷。

在JN基地市，火锤小队和虎牙小队都算是小有名气的队伍。

在武者补给基地卫队的呵斥下，火锤小队的人当即强忍怒气，冷静下来。毕竟军区的权威是不能挑衅的。

“住手！”一道怒喝声响起。

罗峰转头一看，只见一个精瘦、矮小的男子带着虎牙小队的其他两名队员冲了过来。

罗峰身侧的陈谷低声道：“罗峰，这位就是虎牙小队的队长潘亚，人称虎牙，他的兵器是一把三棱军刀，非常不好惹。”

罗峰不由得大吃一惊。

眼前这个不起眼的男子竟然就是虎牙小队的队长？！

“虎牙？”罗峰仔细地打量着外号为虎牙的汉子，而后目光扫过他身后的张泽虎。

他恨恨地看着张泽虎，心中冷笑：“你现在就得意吧！张泽虎，我一定会让你后悔的，一定会！”

罗峰进入荒野区之前，还以为张昊白叫人打断自己的腿和手，这已经算是心狠了。

可是，现在看来，这只是小儿科。

张泽虎和自己有一点仇怨，就怂恿虎牙小队灭了整个火锤小队。和张泽虎相比，张昊白实在是太稚嫩了。

“队长。”

张泽虎三人连忙站在潘亚的身后。

虎牙小队和火锤小队对峙着，旁边有一大群人在围观。

武者补给基地巡逻卫队的小队长冷冷地道：“高风、潘亚，你们两个人要谈私事，我管不着。不过，如果你们动手的话，可别怪我了。兄弟们，走！”

小队长一挥手，巡逻卫队的队员都跟着离开了。

他已经警告他们了，谅这些人也不敢胡来。

“虎牙！”高风冷笑一声，“你够狠！我过去还真是小瞧了你，没看出你竟然这么歹毒、阴狠。你让队员用狙击枪远距离袭击我们，还引得怪兽群围攻我们，一点生机都不留，若非有高手相救，我们火锤小队的人可就全都丧命了。”

顿时，围观的武者们一阵哗然。

虎牙小队未免做得太狠了吧！

“高风，你可别胡说。”潘亚冷笑一声，继续道，“我们虎牙小队根本没有做过这些事，别往虎牙小队身上推。”

这种不能见光的事情，他们怎么都不会承认的。一旦承认，虎牙小队可就有大麻烦了。

“我兄弟的手臂就是被你们的狙击枪给打断的。”高风脸色阴沉。

“我说没有就没有。”潘亚冷冷地道，“你有证据的话，尽管上告给安全局，让安全局裁决，别在这里唧唧歪歪。兄弟们，我们走。”潘亚干脆得很，根本不和火锤小队的人多说一句话。

高风等人的脸色都很难看。

罗峰气得直咬牙。不过，他心里很清楚，现在的情况于他们不利，他们的确没有任何证据。

在荒野区，武者小队因为仇怨或者争夺珍贵的宝物，自相残杀的事情不少。而大多数武者小队根本拿不出证据，既然拿不出证据，那么极限武馆也无法帮他们出头。

“哼，我们走！”高风看着虎牙小队的人离去，冷冷地道。

火锤小队的人心里憋着一肚子火，却什么都做不了，便离开了。

武者补给基地。

A9号别墅成了火锤小队暂时休息的场所。

“队长，你别生气。”罗峰开口了，“现在就任由虎牙小队的人先得意一段时间，待他们进入荒野区，我们再找他们算账也不迟。”

听到罗峰这句话，之前还一肚子火的火锤小队队员们都冷静下来。

陈谷拍了拍罗峰的肩膀，道：“你说得对！我们火锤小队还有你这个精神念师呢，要找他们的麻烦并不难。”

“君子报仇，十年不晚。”高风咧嘴一笑，“更何况，我们也不需要等多久了。有罗峰在，虎牙小队得意不了多久。”

顿时，火锤小队的队员们脸上都露出了笑容。

张科也平复了心中的怒气，长舒一口气。

精神念师都有一个实力快速提升期。罗峰现在的实力已经很强了，之后还会快速提升。

可以说，虎牙小队根本奈何不了他。

“不提虎牙小队了，我们先处理一下这次猎杀怪兽后得到的材料。”高风笑着说道，“这次我们出去的时间不长，但是猎杀了四头兽将级怪兽，分别是嗜血坦克、双尾虎猫怪兽、虎獒犬怪兽以及银月凶狼。”

火锤小队在归来的途中遇到了一头初级兽将级虎獒犬怪兽，有罗峰和高风这两大高手在，自然是轻易就将虎獒犬怪兽给杀了。

“不过，武者补给基地就这么大，我们如果将银月凶狼的材料拿出来卖，很容易被人发现。到时候，会引起当初重伤银月凶狼的武者小队的注意。”高风郑重地说道。

“嗯。”陈谷点头赞同，“待回到基地市后，我们再卖银月凶狼身上的材料，其他怪兽的材料就在这里卖掉吧。”

对于武者小队而言，兽兵级怪兽的确不怎么值钱，值钱的是兽将级怪兽。当然，最值钱的是领主级怪兽，每一头领主级怪兽都值天价。

而银月凶狼是高级兽将级怪兽，不仅稀少，而且是狼类王族，其售价堪比初级领主级怪兽，同样可以卖出天价。

“大家先去吃饭，而后休息一下，回头就去卖这些东西。”高风笑道。

饭后，火锤小队六人一起找到了HR联盟在这里的负责人，直接将他们猎杀所得的怪兽材料卖给了对方。除了银月凶狼身上的材料外，其他的都卖了。

A9号别墅内，火锤小队的人正围在电脑前分钱。

“罗峰采集的普通兽兵级怪兽的材料比较多，这些怪兽G级、F级不等，兽兵级怪兽的材料平均下来每头值6000多，也就是说，罗峰可以分得12万多。”高风缓缓地说道，“魏铁采集的普通兽兵级怪兽材料一共有12种，这些怪兽都是F级，材料均价为8000左右，总价约10万。

“魏青，你采集的普通兽兵级怪兽的材料……

“张科，你采集的普通兽兵级怪兽材料一共有11种……”

火锤小队六人迅速将出售的普通兽兵级怪兽材料所得的钱给分了。

“好了，下面就是分配出售兽将级怪兽材料所得的钱了。双尾虎猫怪兽全身的材料一共卖了1200万。”高风看向其他人，“猎杀的过程中，我是主力，按道理，我应该分得六成。不过，猎杀过程中出现了意外，我们遭到了怪兽群的攻击，是罗峰将我们救出去的，罗峰的功劳很大。此外，张科身受重伤，他是因公残疾，为了公平，张科得六成，我得一成，罗峰得一成半，魏家兄弟和陈谷各得半成，大家都没异议吧？”高风问道。

"没异议。"罗峰点点头。

武者小队有规矩，和怪兽战斗的时候，如果谁不幸落下残疾，那么这一战的六成收获归这人，其实也算是补偿。

"这1200万中，720万归张科，罗峰得180万，我得120万，陈谷、魏铁、魏青每人得60万。"高风用键盘输入数据后，继续说道，"我们在归来途中猎杀的虎獒犬怪兽卖了1000万，这一战大家都出力不少，我和罗峰各占三成，陈谷、魏铁、魏青、张科各得一成，大家没异议吧？"

众人点点头。

实际上，最后一战，张科并没有出力。可是，他已经身受重伤，分他一成，是情分。

张科心中很是感激。在他看来，火锤小队的人都是很有人情味的。

"我和罗峰各得300万，其他人每人得100万。"高风微微一笑，又道，"那头嗜血坦克的卖价是最高的，达到1600万。猎杀嗜血坦克一战，陈谷的贡献是最大的，他一枪就击杀了嗜血坦克，理应占六成，其他人的贡献相当，罗峰、魏铁、魏青、张科每人得一成，我就算了。"

如果说火锤小队中谁最有钱，自然是高风。平常猎杀兽将级怪兽，高风几乎总是主力，这么多年来，高风赚的钱是其他人的数倍。所以，一般没出多少力气的时候，高风都很谦让。

"也就是说，陈谷分得960万，张科、罗峰、魏青、魏铁都是160万。总的算起来，陈谷得1126万，罗峰得652万，我得420万，张科得991万，魏铁得330万，魏青得332万。"高风报出了最后每人应得的金额，笑着说道，"当然，我们还有银月凶狼身上的材料没有出售，那个一旦出售，绝对是天价。"

第53章

徐欣的背景

“不过，这头银月凶狼从追踪到解剖，都是罗峰一个人负责的。”高风微微一笑，继续道，“所以，罗峰可以取得最高额度的八成，剩下两成由我们五个人平分。”

这是武者小队的规矩，即便是一个人做了所有事，也要给大家分一些成果。

杀兽将级怪兽，功劳最大的人一般最多分六成。此次银月凶狼完全是罗峰一人猎杀的，所以他可以分到最高金额的八成。

“罗峰，你这一次赚的钱估计超过我十年赚的钱了。”旁边的陈谷笑着说道，“今晚你可一定要请客啊！”

“对，你一定要请客。我们得宰你这个富豪一顿。”魏铁和魏青也笑着说道。

要知道，虎牙小队的张泽虎近两年也才赚足1亿。近两年，张泽虎的实力是最强的，赚的也是最多的，过去他赚钱的速度是很慢的。也就是说，这么多年来，张泽虎赚的钱也就三四亿。

而罗峰加入火锤小队没多久，仅仅一次就赚了这么多。

不过，银月凶狼可不是什么人都有实力猎杀的。罗峰拥有猎杀银月凶狼的实力，自然能赚大钱。武者的圈子就是这样，实力越强，拥有的财富就越惊人。

“我一定请客。我请大家去HR联盟商城吃大餐。”罗峰笑道。

“我先把钱打到你们的账户上。”高风笑着说道。

而后，他当着所有人的面，通过火锤小队的公用账户，将所得的钱分别转到每一个队员的账户上。火锤小队的人都知道公用账户的密码，自然知道里面总共有多少金额。

当天下午，罗峰一行人就乘坐列车回了基地市。

“列车马上就要进站了，请出站的旅客准备好自己的随身物品。”车厢内回荡着列车员的声音。

“哐当”一声，车门打开了。

“走！”高风、罗峰、张科、陈谷、魏家兄弟接连走了出去。

“好多人啊！”罗峰一出列车，就看到火车站里有许多旅客。

透过火车站大楼的玻璃，只见里面有很多正在候车的旅客。要知道，基地市的主市区人口数量超过了1亿，可以想象火车站是何等热闹。

“兄弟们，感谢手中的武器吧，我们又一次活着回到了基地市。”高风感慨道。

“我们终于回来了！”

“我们回到人类的城市了！”

其他队员都很是激动。

罗峰心中也很是感慨。虽然这次在荒野区也就七八天的时间，但是他们一路上都很惊险。荒野区变得荒芜、破败，那些城市早就不成样子了，怪兽盘踞，他们都是小心翼翼地前行，唯恐被怪兽群包围。如今他们终于回到了基地市，这里才是人类生活的地方。

“基地市是人类社会的最后根据地。”罗峰心中暗自思忖，“即便是为了人类社会的最后基地，拥有更强力量的武者们都该挺身而出，去对付怪兽。我能轻易地猎杀普通兽兵级怪兽，乃至初级兽将级怪兽，可是对于普通人类而言，怪兽是极其可怕的。就算给一千个普通人配备好了武器，他们面对兽将级怪兽，都会危险万分。”

国家为什么给武者特权？

整个世界为什么鼓励武者们去猎杀怪兽？

因为武者猎杀的怪兽越多，人类基地市就越安全。

“喂，老婆，我今天估计要深夜才能到家。”张科打着电话，满脸笑容，“对，这次我待在家里的时间会非常长，一定好好陪你，让你开心。”

张科断了一条手臂，此刻他的笑容却是那么真诚。

武者们在外面和怪兽厮杀，徘徊在生死边缘，而家庭是他们内心深处的牵挂。

罗峰也拨通了家里的电话。

“小峰啊！”

听着熟悉的声音，罗峰不由得心中一酸，道：“妈，我今天估计深夜才能到家，你们不要等我了，先吃晚饭吧。”

“今天深夜就到家？”罗心兰很是惊喜，“好，好，你爸在外面陪你弟弟，我喊他们接电话。”

“不用了，今天夜里我就回去了。”罗峰心底暖暖的。

这就是家，他守护的地方。

“罗峰，走，去HR联盟坐武者专车。”高风喊道。

其他几人已经出发了。

“来了。”

罗峰挂了电话后，立即跟上众人，而后一起沿着武者特别通道往前走。

武者特别通道的尽头有一个小场地，里面是极限武馆、雷电武馆、地下联盟商城，以及地下联盟各个家族停靠的专用车。

此刻，他们正在等着凯旋的武者。

见罗峰一行人走出来，所有专用车的司机都打起了精神。

“去HR联盟商城。”高风等人直接上了HR联盟商城的专车。

“好的。”

司机启动车子，上挡，一踩油门，这辆舒适的大型越野车立即往前行。

车内。

“罗峰，我们马上就要到HR联盟商城了。”陈谷嘿嘿一笑，看着罗峰，“上次和你说话的那个叫徐欣的小丫头说不定就在HR联盟商城。罗峰啊，此次从荒野区回来，你可得和人家好好联络联络感情啊！”

高风笑笑，搭腔道：“罗峰，我得提醒你一下。徐欣年纪轻轻就成了HR联盟商城一楼酒吧的经理，绝非一般人啊，她的背景肯定不简单。你得注意点，别被她骗了。”

罗峰点点头。

学校里的徐欣很普通，可是在HR联盟商城的一楼酒吧里，徐欣的气质和过去完全不一样了。如果说过去的徐欣比较内敛的话，现在的她则是光芒万丈。

“你们刚刚说的是徐小姐？”司机惊讶地问道。

“你认识徐欣？”罗峰看向他。

“当然认识。”司机笑道，“我天天往HR联盟商城那边跑，经常和其他哥儿们聊天，听说了徐小姐的一些事情。你们可别光看人家外表，如果谁能娶到她，那可真是能少奋斗半辈子啊！”

高风闻言，脸色一变，问道：“难道她是HR联盟在国内的十二大家族之一，徐家的人？”

“没错！她就是徐家的人，据说在徐家的地位很高。”司机点点头。

罗峰大吃一惊。

HR联盟是A国、E国等国家的超级大家族和财团组成的一个联盟，他们操控着整个世界的经济，连各国政府军队都只能和HR联盟和平相处。

HR联盟中除了高高在上的九大家族和财团外，还有数十个家族，这数十个家族都拥有惊人的财富。

“这背景也太强大了。”陈谷瞪大眼睛，“我只知道这小丫头姓徐，万万没想到，她竟然是徐家的。罗峰兄弟，这下哥哥我可没办法帮你了，你想要追到她，难度很大啊！”

“难度的确很大，不过罗峰也不差啊！”高风笑着说道。

陈谷等人都笑了起来。

的确，罗峰可是精神念师，将来罗峰的实力会更强。

“老方。”高风打通电话，“没错，是我。当然是有好东西，否则我给你打电话做什么？这可是价值超过1亿的好东西。行，没问题。”

打完电话后，高风看向其他人，道：“我和老方说了一声，待会儿我们到了HR联盟商城，直接上楼。”

“嗯。”罗峰等人都点点头。

片刻后，这辆专用车通过HR联盟商城的警戒线，直接开到了大厅的门口。

车门打开，火锤小队的人接连下了车。

“你是高风先生吧，方经理已经在楼上等着了。”一个长相清秀的女子笑着说道。

“嗯。”高风一行人也不多说，直接进入了大厅。

一楼大厅内，酒吧里有不少武者正在交谈着。

罗峰扫了吧台一眼，心中一惊：“徐欣不在？”

随即，他恍然大悟。

前几天正是大学开学的日子，刚开学没多久，就算徐欣上的是普通大学，也要进行军训。而且，今天不是周末，徐欣不在酒吧也不奇怪。

电梯门开了。

火锤小队一群人进入了电梯。

“嘀！”那个女子站在电梯门口，按了“21”键，并且将她的瞳孔对准检测器。

“通过！欢迎刘小姐！”一道机器合成的声音响起。

“方经理在21楼等着各位。”女子笑着说道。

罗峰等人点点头。

仅仅一会儿，电梯门就打开了，21楼到了。

第54章

生命之水

走出电梯，就是一个超大的休息厅，休息厅边上放着沙发。

这时候，好几人正坐在沙发上，等待着方经理接见。

可是，他们看到，一支武者小队没有坐下等，竟然直接朝方经理的办公室走去了。

“方经理就在里面，请。”刘小姐直接将罗峰一行人带进方经理的办公室。

办公室内，罗峰环顾一眼，周围的装饰晶莹剔透，地面铺的是钢化玻璃，钢化玻璃的下面是溪流，里面还有鱼儿在游来游去。

“真奢侈。”罗峰心中暗道。

“高风，看来这次你们大赚了一笔啊！”一名秃顶老者离开座椅，笑呵呵地走过来，“来，到这边坐。”

一群人在办公室里的沙发上坐下来。

“这次是什么好东西？”秃顶老者微微一笑，道，“拿出来看看。”

“老方，我这就让你开开眼。”高风嘿嘿一笑，“虽然你这位大经理接待的武者很多，但是这玩意儿你恐怕也难得见到几次。罗峰，拿出来吧。”

“哦？”方经理闻言，眼睛一亮。

罗峰看了方经理一眼，将自己的背包放在脚下，而后直接从背包中将银月凶狼的毛皮给拿了出来。

那些毛皮平铺在地面上，仿佛一头被压扁的银月凶狼。

“银月凶狼？！”方经理惊得站起身来。

“天哪！”方经理忍不住惊叹一声，“老高，这手笔够大的啊！体形这么大的银月凶狼，怕是高级兽将级怪兽吧。据我所知，银月凶狼的速度是极快的，即便是战神级武者，一般都很难捉住它，更别说杀它了。”

银月凶狼的速度的确快得惊人，在身受重伤的情况下，它的速度都能达到音速，可想而知有多快。

“啧啧，这毛皮很完整啊！”方经理仔细地打量着，“依我看，这毛皮是沿着伤口切割下来的，不过，毛皮的完整度还是很高。”

银月凶狼的毛皮算得上是最顶级的衣服原料了。

虽然这毛皮还有其他用途，但是用来做衣服的话，一些大人物都愿意出高价购买。

“等我一下。”方经理立即朝自己的办公桌跑去。

而后，他迅速从办公桌后面的书架上取出一个密码箱，拎着密码箱，快速跑回来。

“高风，你们就别卖关子了，将银月凶狼的其他材料都拿出来吧。”方经理笑着催促道。

同时，他打开了密码箱，密码箱中有一套精密的仪器，启动这套仪器，仪器的顶端立即发出一道红色光线。

罗峰当即把背包里的材料都取了出来。

银月凶狼那奇特的眼珠、利爪、獠牙、腿骨……

“你们采集得够全啊！”方经理不禁赞叹道。

仪器的红色光线照射着毛皮，片刻后，又照射眼珠、利爪、獠牙、腿骨，仪器的小屏幕上浮现出一连串数据。

方经理紧紧地盯着那些数据，表情显得很严肃。

同时，他通过键盘输入讯息。

片刻之后——

“这些材料的确出自于同一头银月凶狼，而这头银月凶狼也确实是高级兽将级怪兽。”

方经理话音刚落，旁边的高风笑着说道：“方经理，你说得不准确。这头银月凶狼应该是高级兽将级怪兽中最厉害的，接近领主级怪兽。”

高级兽将级怪兽之间的差别也是很大的。刚刚踏入高级兽将级的怪兽，实力和接近领主级的高级兽将级怪兽可能相差数倍，自然售价也相差极大。

“嘿嘿！你们不愧是经验丰富的武者，这点果然瞒不过你们。”方经理不好意思地笑笑，“好了，你们开个价吧！”

火锤小队的人相视一眼。

高风用眼神示意了罗峰一下。

罗峰笑笑，开口了：“方经理，你认为什么价格比较合适？”

对于银月凶狼，极限之家和HR联盟商城都有很多报价。罗峰心中很清楚，将高级兽将级怪兽卖给极限武馆，售价会比较低，因为极限武馆会给不少贡献点。而若是卖给HR联盟商城，高级兽将级怪兽的售价会比较高，一般在5000万到5亿之间。

当然，银月凶狼本身的实力很强，加上极为少见，又是狼类怪兽的王族，其售价一般都会很高。

“这样吧，这些材料的确很不好找，我给你们6亿。”方经理直接说道。

即便是方经理，也很少做这么大的生意。要知道，初级领主级怪兽的材料一般也就值这个价。

高风和罗峰互看一眼。

来之前，他们就讨论过银月凶狼的售价，心中早就有了盘算。

之前，罗峰在武者论坛中看到，南美洲有人猎杀了一头中级兽将级银月凶狼，卖了1.75亿。

中级兽将级银月凶狼都能卖这么多，他们猎杀的这头可是高级兽将级银月凶狼，而且实力接近领主级怪兽，售价应该高得多。

“老方，你这出价太低了。”高风皱眉道，“在南美洲，一头中级兽将级银月凶狼就卖了1.75亿，我们猎杀的这头银月凶狼可是高级兽将级怪兽，卖10亿都没问题吧。”

“老高啊，你可别开玩笑了。你们猎杀的这头银月凶狼确实罕见，但是售价不可能达到10亿。”方经理苦笑道。

罗峰闻言，心中一喜。

其实他们先前谈论售价的时候，盘算着这头银月凶狼能够卖到7亿或者8亿就差不多了。高风之所以抬高价格，是吓唬方经理的。

“这次我们为了猎杀银月凶狼，连我兄弟张科的右臂都断了。”高风佯装脸色不好的样子，“我也不跟你多说了，一口价，8亿，你答应，这桩生意就成了，否则我只能去找别人了。老方，这次我可是没找其他人，直接来找你了，就是看在我们这么多年交情的分上……”

方经理看了张科一眼。

的确，张科的手臂断了。

“看来方经理出不起这个价，我们走。”高风站起身来。

罗峰立即将银月凶狼的毛皮等都收了起来。

“7.5亿，这是我能出的最高价了。”方经理皱眉道。

高风却不出声。

罗峰直接将所有东西都收了起来。

“走。”高风直接朝外走。

“老高啊，这个价已经不错啦！”方经理急切地道。

见高风等人依旧没有反应，打开门朝外走，他连忙说道：“老高，你带着他们回来，就按你说的那个价。”

门外的罗峰、高风等人彼此相视，露出了笑容。

HR联盟商城内，负责收购怪兽材料的经理有十几位。这HR联盟商城采取的是末位淘汰制，一年下来，哪位经理的业绩最差，就会直接被开除，自然也会有新人来顶替。

面对这么大的压力，各位经理自然想尽办法从武者那里收取怪兽的材料。

办公室内。

“你们这些武者也太狠了。”方经理一边转账，一边感慨道，“如今，各个区域的经理、代理商以及一些武者都在收购武者手中的怪兽材料，如此激烈的竞争，怪兽材料的售价都已经明朗化了，而我们的利润也越来越低了。你们一口气就赚了8亿，我都想去荒野区猎杀怪兽了，可惜，我这把老骨头恐怕连兽兵级怪兽都斗不过。”

“老方，你混了这么多年，你的个人资产估计不比我少吧！”高风笑着说道。

“唉！那也得看运气啊，偶尔遇到大单，才能靠分成赚一笔。”方经理露出一丝无奈的笑容。

高风笑笑，道：“此次你接了我们这个大单，最起码能赚八位数。”

“可没那么多。”方经理摇摇头，对高风道，“老高，搞定了，8亿已经转入你们火锤小队的公用账户了。”

高风和陈谷分别是火锤小队的正队长和副队长，两人的通信手表中都收到了余额变动的通知信息，公用账户中的确增加了8亿元。

“老方，够爽快！”高风粲然一笑。

“老高，以后如果再有这种好东西，你可得想着我啊！”方经理无奈地笑道，“现在我们当经理的压力很大啊！如果我能担任基地市区域的主管一职，那我就轻松了。”

“嗯！”高风点点头，“不过，厉害的怪兽很难对付啊，此次我兄弟的右臂都断了。”

“是啊！这代价的确很大。”方经理摇摇头，感叹一声，“虽然世界上有能够让断臂重生的宝物，但那些都是天价宝物，普通武者想都不敢想。”

“让断臂重生的宝物？”罗峰眼睛一亮。

罗峰刚成为武者的时候，就在网络商城中找过一些奇特的药物，可是根本没看到能让断臂或者断腿重新长出来的药物。他一直以为这种药物是不存在的。

“真的有这种药物吗？”高风惊呼道。

“方经理，那是什么东西啊？真的能让断臂或断腿重生吗？”罗峰很是激动，当即问道。

张科因为他不幸断了右臂，而他的弟弟双腿残废了这么多年，如果能让张科的右臂重生，弟弟重新站起来，自己就是丢了性命也要得到那种药物。

“有的，那就是传说中的生命之水。若是得了生命之水，别说断臂和断腿了，就是半个身体毁了，都能重新长出来。”方经理感慨一声，又道，“不过，这生命之水极其罕见，是用王级怪兽地龙王的精魄为主材料炼制出来的。全世界的地龙王寥寥无几，所以生命之水是极其稀有的，自然是天价宝物。网络商城根本没有这个宝物，我们HR联盟商城也没有存货。据我所知，生命之水现在的价格高达300亿，而且还是有价无市。”

“300亿？有价无市？”罗峰心中一惊。

可是，一想到张科因为自己不幸断臂，弟弟坐在轮椅上透过窗户默默地看外面景色的情景，罗峰不由得攥紧拳头，心中暗道：“无论如何，我一定要买到生命之水！”

第55章

未来规划

不过，罗峰心里也很清楚，想要赚到300亿元，难度是非常大的。

一头初级领主级怪兽能卖5亿到10亿元之间不等。即便自己单枪匹马去荒野区，一年猎杀十头领主级怪兽，也就能赚五六十亿元。而要猎杀领主级怪兽并不容易，即便是战神级强者，想要猎杀领主级怪兽，难度也极大。

一年赚五六十亿元，在战神级强者的收入水平中算是中等了。即使如此，也要辛苦六七年。

更何况，现如今自己根本不是战神级强者。这次他的运气好，碰到了身受重伤的高级兽将级怪兽银月凶狼。可是，他不可能每次运气都这么好吧！

“虽然赚足300亿元很难，但是精神念师的潜力是极大的，我努力修炼，并非做不到。可是，想要击杀地龙王是何等难啊！”罗峰心中苦笑。

领主级怪兽已经很可怕了，王级怪兽是地球上最可怕的怪兽。

人类群体中，超越战神级武者的强者也是有的，比如世界第一强者洪和世界第二强者雷神。可是，像他们这样的强者极少。

即便是地球上的最强武者，也不敢说有十足把握能猎杀地龙王。

“张科，你的断臂是有救的。”高风看向张科，激动地道。

“哈哈！生命之水是何等珍贵的宝物啊！队长，待你们哪天成为世界第一强者洪那种级别的武者时，再给兄弟我买生命之水吧！”张科笑呵呵地道。

火锤小队的队员们听了，都不由得苦笑起来。

想要成为洪那样的顶级武者，不知道要到何年何月。

洪可是能够和政府、军队抗衡的大人物，对他而言，300亿元的确只是小钱。可是，世界上又有几人的实力能达到洪的境界呢？

“走，别想了，我们吃饭去。”高风笑道。

HR联盟商城三楼，一家餐厅的包间中，桌子上摆满了菜肴。

火锤小队的队员们都聚集在包间角落的一台笔记本电脑旁，高风正迅速地通过指纹检测，而后输入三重动态密码，进入火锤小队的公用账户。

“之前说好了，这次我们能得到银月凶狼，全部都是罗峰的功劳，所以罗峰能得到总额的八成，我们其他五人平分最后两成，大家没异议吧？”高风看向众人。

众人点点头。

罗峰满意地笑了。

火锤小队的各种分配规则都很公平，既考虑了队员的贡献程度，又让队伍十分团结。

“罗峰分得6.4亿，我们每人分得3200万。”高风迅速地进行转账。

“转账成功！”

一条条提示信息接连出现在电脑上。

罗峰低头看向自己的通信手表，通信手表已经收到余额变动通知信息，自己的余额增加了6.4亿。

“今天这餐由罗峰请客啊！”高风笑着说道。

“没错，我们得宰罗峰一顿。”陈谷笑道，“这小伙子厉害啊，第一次进入荒野区猎杀怪兽，赚的钱就快赶上我这么多年赚的了，真是让人嫉妒啊！”

火锤小队的人谈笑着，尽情地吃喝着，很是畅快。

每一次从荒野区出来，其实都是从死亡线走出来。在荒野区，特别是进入破败城市区的时候，他们每次都是提心吊胆的。在那些破败的城市区里，没人敢松懈，毕竟那里的怪兽实在是太多了。

“喝！”

“来，我们兄弟干一杯。”

“痛快！老张，咱们共事快十年了，战场上，你不知道救过我多少次，话不多说，来，干一杯。”

今天过后，张科即将退出火锤小队，他们都有些感伤。同时，罗峰这名精神念师的加入，又让他们对未来充满了希望。

他们的心情都复杂得很，只想借酒发泄发泄心中的情绪。

一直到晚上九点多，他们才转而进入旁边的一家茶社，订了包间歇息。

包间内，每人面前放着一杯清茶。

“张科以后就进入极限武馆当教官了。”高风环顾众人，道，“火锤小队以后就只有五个人了。罗峰是精神念师，现在他的实力就比我强了，以后他的实力肯定更惊人。”

罗峰的实力很强，没有人不高兴。

一个强者在武者小队里，武者小队的生存率更高，猎杀怪兽时也更容易，赚的钱也更多。

比如这次，如果不是罗峰猎杀银月凶狼，火锤小队的其他人怎么会得到3200万呢？虽然罗峰得到的钱最多，但是他们也分得一杯羹，这可比之前他们辛辛苦苦猎杀兽将级怪兽赚的要多。

“我们五个人中，罗峰是最强的。我想，我们不能拖罗峰的后腿。”高风说道。

魏青和魏铁脸色微微一变。

他们都是高级战士级武者，实力较弱，的确拖了后腿。

“队长，我只是个新人。”罗峰忍不住道。

“罗峰，你听我说。”高风微微一笑，继续道，“魏铁、魏青，你们两兄弟也别想太多。我的意思是，我们火锤小队以后猎杀的怪兽目标，其实力要定强一些，所以我们都要争取成为战将级武者。”

“队长……”魏铁忍不住开口了，“我和弟弟都只是高级战士级武者，与战将级武者还有很大差距。”

“我知道。”高风微微一笑，道，“我有一个想法，你们听听，看好不好。”

罗峰点点头。

魏铁、魏青、陈谷三人都认真地听着。

“魏铁、魏青、陈谷，你们每人购买一支A级基因药剂。”高风缓缓地说道，“这样一来，单单论身体素质，魏铁和魏青都能直接进入初级战将级，而陈谷的力量和速度会大幅度提升，堪比战将级武者。”

罗峰眉头微微一皱。

基因药剂分为A级和B级。B级基因药剂是给普通人服用的，能让普通人成为武者。不过，靠基因药剂成为武者的，实力都很一般。

A级基因药剂是给武者服用的，武者服用后，实力能大幅度提升。当然，如果武者本身的实力非常强，服用A级基因药剂的效果就一般。

而一支A级基因药剂的价格并不低，即便是能拿到极限武馆的半价，也要3.6亿。

“队长，我拼搏了这么多年，加上今天的收获，也只存了4.3亿。”魏铁眉头一皱，道，“以我的进步速度，初级战将级武者几乎是我的极限了。将来我赚钱的能力有限，一下子把钱都砸进去，以后我若是退出火锤小队，手中就没有多少钱了。”

人都得为将来考虑，钱可不是那么好赚的。

魏铁奋斗了十几年，才赚了4.3亿。而且，他的岁数大了，一下子花费3.6亿去购买A级基因药剂，这么多年的努力岂不是全押在这上面了？

“队长，我是用热武器的，平常买武器就花了很多钱，这一下子要拿出3.6亿，我……”陈谷也有些迟疑。

“放心。”高风微微一笑，“买A级基因药剂，根本不需要那么多钱。当年我成为武者后，加入了一支武者小队，我结交了一个生死兄弟。现如今，我这个生死兄弟已经是高级战将级武者了。他有门路，只需要2亿就能买到一支A级基因药剂。”

“2亿？”魏铁、魏青、陈谷大吃一惊。

“只需2亿？”罗峰也惊呆了。

要知道，极限之家的网络商城的半价已经是市面上的最低价了，而极限之家的半价都要3.6亿，高风那个兄弟竟然只需2亿就能买到A级基因药剂。

“我先委托我那个好兄弟去买A级基因药剂，买来后，你们再付钱给我。这下，你们应该没有顾虑了吧？”高风笑着说道。

其实他还有话没说出来，那就是只有他那个兄弟的组织的内部成员购买，才有特别的优惠。

为了防止内部成员贩卖基因药剂，若是哪个内部成员买的药剂较多，药剂的价格就会相对较高。

不过，高风宁愿自己补上这笔钱，他也不想让陈谷、魏铁、魏青再出那么多钱了，毕竟，他的存款还是比他们的要多很多。

“以后，我们火锤小队的队员，全部都是战将级武者了。”高风微微一笑，“陈谷负责火力压制怪兽，魏铁和魏青负责扫除普通兽兵级怪兽，我和罗峰专心对付兽将级怪兽。以我们小队的效率，绝对可以猎杀大量兽将级怪兽，到时我们赚的钱将是之前的十倍乃至数十倍。”

罗峰闻言，心中一喜。

按照高风所说，将来的火锤小队将成为精英小队。全队都是战将级武者，再加上自己这名精神念师，火锤小队的实力将大大提升。

第56章

入迷

听高风这么一说，魏铁、魏青、陈谷三人都点头赞同。

他们心里都很清楚，高风说的是对的，将来罗峰的实力会飞速提升，他们如果跟不上的话，到时只会拖后腿，甚至被抛弃。

随后，罗峰一行人就分开了，各自乘坐列车回家了。

Y城，明月小区。

深夜，极限武馆内部的一辆专用车，没有受到任何人的阻拦，直接进入了小区。

“嘀！”车子直接停在极限会馆的门口。

此时，极限会馆的门口已经聚集了陈谷、张科、罗峰三人的家人，还有极限会馆馆长邬通等人。

罗峰打开车门，下了车，一眼就看到自己的父母，还有坐在轮椅上的弟弟。

“哥！”罗华激动地喊道。

“阿华，爸，妈。”罗峰和自己的爸妈分别拥抱了一下，而后将弟弟紧紧地搂在怀里。

罗峰能够感觉到，看到他平安回来，父母和弟弟都很开心。

旁边的陈谷、张科也分别和亲人拥抱。

张科的妻子和女儿都满脸泪水。虽然她们之前已经知道张科的一只手臂断了，可是看到张科的样子，她们还是忍不住哭了。

“老婆、乖女儿，别哭了，以后我能一直陪在你们身边了。”张科笑着安慰道。

“张哥。”罗峰看向张科，眼中满是愧疚之色。

之前虎牙小队袭击火锤小队，害得张科断了一只手臂，此事很可能是因自己而起，自己和张泽虎有仇怨，张泽虎撺掇虎牙小队的其他队员来对付火锤小队。

“好了，我们武馆的三位英雄已经平安归来，现在也不早了，大家快点回去休息吧。”邬通笑着说道。

当即，一群人一一道别，各自回家了。

回到家，罗峰完全放松下来。

回到家的第二天，罗峰并没有修炼，他穿着宽松的练功服，独自在明月小区中散步，身心完全放松下来。

下午，太阳依旧毒辣得很。

“罗峰，来极限会馆一趟。”陈谷打电话过来，“队长过来了。”

“哦，我这就过来。”

罗峰立即赶往极限会馆。

极限会馆一楼的小酒吧里很是幽静，为了防止阳光照射进来，旁边的落地窗早就拉上了窗帘。

罗峰、陈谷、高风三人坐在一起。

“罗峰，这是你要的两把9系飞刀。”高风将一个盒子递过去，又道，“一共耗费4500万元。你那么有钱，赶紧汇款给我，如果你愿意多给一点跑腿费，我也不介意。”

“队长，你又开我玩笑！”罗峰笑笑，立即接过那个包装精美的盒子。

罗峰打开盒子，里面隔成了两层，分别摆放着两把黑色的飞刀。之前陈谷三人请高风帮忙购买A级基因药剂，罗峰顺便请高风帮忙购买两把9系飞刀。对于罗峰而言，一把好的飞刀很重要。

无论是飞刀，还是其他武器，价格越高，其品质越高。而相对于其他武器，飞刀因为体积小，用材少，价格相对较便宜。

9系飞刀的防御力极强，即便是高级领主级怪兽，也很难毁掉9系飞刀。

“队长，钱汇过去了。”罗峰通过手机直接转账。

“一分跑腿费都没给。”高风佯装没好气地说道。

“罗峰，你现在这么有钱，怎么不买一把好的战刀和一套作战服啊？”陈谷笑道。

他刚刚得到了A级基因药剂，心情好得很。

罗峰摇摇头，道：“飞刀的重量轻，用材极少，我还是买得起的。战刀和作战服相对要贵得多，一把9系的血影战刀全价可是30亿，9系的作战服更是贵得离谱，全价是120亿。我哪里买得起啊？”

战士级武者、战将级武者和战神级武者所用的兵器的价格，的确相差很大。

他目前也就买得起9系飞刀而已。

当然，9系作战服连领主级怪兽都撕不开，再贵也不奇怪。

如今，他只拥有堪比高级战士级武者的身体素质，即便穿着8系或者9系的作战服，一旦被领主级怪兽抓住，作战服没被抓裂，自己的五脏六腑也会被那股冲击力震碎。

他只是战士级武者，即便穿上战神级武者配套的作战服，也对付不了怪兽，那是浪费作战服。

“作战服的确比飞刀贵太多。”高风一笑，又道，“罗峰说得有道理，对于他如今的身体素质而言，5系作战服足够了。”

“罗峰。”

“嗯？”罗峰看向高风。

“陈谷和魏家兄弟都服用了A级基因药剂，不过，A级基因药剂的效果要完全发挥出来，大概需要一个月的时间。而且，他们的实力变强后，还需要经过一两个月的修炼，才能适应更加强大的力量。所以，我们可能要休息两三个月，才能再进入荒野区。”高风郑重地说道。

陈谷点点头。

“我明白。”罗峰笑着说道，“我也想趁此机会好好修炼一番。这次进入荒野区，我的收获不小，想好好琢磨琢磨作战经验。”

“嗯！”高风笑着点点头，“到时候，我们几个需要见面的话，就去基地市的主市区吧。从我家赶到这里比较绕路。”

“行。”罗峰和陈谷都点点头。

主市区是整个基地市的中心，从Y城或者其他卫城赶过去都很方便。

罗峰和高风、陈谷分开后，就带着两把飞刀回家了。

当晚，罗峰家的练武厅中。

练武厅天花板的正中间有一块长宽约一米的透明玻璃，月光透过玻璃照射进来。

坐在练武厅中，罗峰透过玻璃，一眼就能看到漫天星辰。

“呼——”两把黑色飞刀在罗峰的周围缓缓飞行。

“我的识海中有那暗金色圆球，暗金色圆球中有着大量的精神念力。可惜，我的身体还不够强，承受不了那么多精神念力。”罗峰心中暗道，“现在我要做的就是，以最快的速度提高身体素质。我的身体素质越强，精神念力自然越强，直至有一天，暗金色圆球的精神念力被耗光，从而消散。”

随即，罗峰开始按照《九重雷刀》秘籍和其附带的教学视频苦修起来。

这教学内容包括身法流光、导引术九重浑源以及刀法雷刀。

罗峰在荒野区大战怪兽的时候，无意中练成了九重雷刀刀法的第一重。

“呼——”

深夜，罗峰在练武厅中一次次练习刀法，或劈刀，或上撩，或斩击，每一次施展的刀法，都是使用九重雷刀的发力方法，每一击都蕴含着两种劲道，他的身体肌肉每次都是瞬间迸发出一道暗劲。

在劈刀的同时，瞬间多发出了一道暗劲，这对于骨骼和肌肉来说，负荷都很大。

“好累！”罗峰连续练习了一个半小时后，累得坐在地上，实在动不了了。

对于练习者而言，九重雷刀的发力方法给身体带来的负荷是极大的。

休息五分钟后，罗峰又修炼起了导引术九重浑源，原本疲惫不堪的身体仿佛泡在了温泉中，十分舒服。

修炼完刀法和导引术后，罗峰开始修炼最原始的，也是世界最强武者都必须参照的基因原能法。

“哧哧——”

罗峰一修炼，就感觉身体每一处的细胞像饿极了一般，疯狂地吞噬着刚刚产生的基因原能。

紧接着，他的修炼速度竟然加快了。

一分钟，两分钟……

随着时间的推移，他的修炼速度不断加快。

这令他十分吃惊。

终于，他身体每一处的细胞都达到饱和了，仿佛吃撑了，再也吞噬不了基因原能了。

“我今天吸收的基因原能比过去多了近乎一倍。”罗峰完全惊呆了。

“秘籍上写着，修炼九重雷刀越精深，吸收的基因原能就越多，没想到会这么多。”

罗峰万万没想到，竟然会这么夸张。

秘籍中提到过原理。

九重雷刀的发力方法是瞬间发出暗劲，这种发力方法其实就是身体深层次的发力，身体细胞都参与了。比如，人的运动量增加，饭量也会大增。同样的道理，身体细胞能量的消耗越大，身体吞噬的基因原能也就越多。

“我才练成第一重刀法，吸收的基因原能就提高了这么多，待我练成第九重刀法，那得达到什么程度啊？到时候，不仅仅我的修炼速度会变快，刀法的威力也会大得极其惊人。”罗峰惊叹不已。

身体素质提升快，这意味着什么？

这意味着他所能承受的精神念力的量也会飞速增加。

从这一天开始，罗峰开始了每天近乎极限的训练。

在这个过程中，他发现了最佳的训练方法，那就是在练习流光身法的同时，不断地练习挥刀。挥刀的速度不需要有多快，但是每一个步伐和刀法都必须用心。当练习步伐和刀法到精疲力竭的时候，再进行导引术的练习。

练习导引术后，他的体力会恢复不少。如此，再次进行身法和刀法的训练，之后又再次进行导引术的练习，最后，才进行基因原能修炼。这种方法的效率是最高的。

一套流程下来，需要整整六个小时。这是罗峰自己琢磨出来的最快提高身体素质的方法。

其实，精神念师有大量的精神念力做辅助，本来进步就很快。此外，罗峰又修炼了九重雷刀，进步速度更是惊人。

罗峰几乎每一天都在进步。

转眼间，一个月过去了。

“呼——”罗峰每挥出一刀，练武厅中都响起了劲风的呼啸声。

劲风碰触到练武厅的墙壁就自然消散了。这栋别墅可是极限武馆特别建造的，练武厅墙壁的用材自然也很用心。

“嗯？队长的电话？”罗峰走到旁边，接起了电话。

“罗峰，一个月过去了，陈谷、魏铁、魏青使用A级基因药剂后，实力提升很快。我想，我们是不是该碰一下头了？”高风在电话中说道。

现如今，火锤小队的第一强者是罗峰，将来罗峰的实力还会大大提升，所以高风事先都会听听罗峰的意见。

“好啊，大家都好久没见了。”罗峰笑着回道。

这一个月，自己一直在刻苦修炼，都快痴迷了。不过，这种实力飞速提升的感觉实在是很爽。

“好！那我们就去HR联盟商城集合吧！那边的服务是最好的。”高风说道，“你说，哪天碰面比较好？”

“嗯……”罗峰思忖着。

忽然，他心中一动。

他想起了，自己去荒野区之前，徐欣说的那句话。

当时徐欣说，过几天她就开学了，不过，星期六和星期天，她都会去HR联盟商城的酒吧上班。

“队长，我们就这周六碰面吧！”罗峰说道。

“好，就定在这周六。”

第57章

野心

2256年10月7日，星期六，正是火锤小队的队员约好在HR联盟商城见面的日子。

上午。

一辆跑车缓缓驶进HR联盟商城广场，直接停在HR摩天大厦的大厅门口。

穿着休闲衫的罗峰和陈谷下了车，在门童的欢迎下，进入了一楼大厅。

“好的，先生请稍等。”

罗峰刚步入大厅，一眼就看到吧台内的徐欣。

徐欣穿着白色衬衫，正微笑着和一些武者交谈。而后，她瞥到走向吧台的一道人影，眼中浮现出一丝惊喜。

“罗峰。”徐欣笑着喊道。

“徐欣，”罗峰在吧台旁坐下，笑道，“给我来杯绿茶。对了，你有时间吗？和我这个老同学聊聊天？”

徐欣迟疑了一下，而后和旁边的一个服务生嘱咐了几句，随后便走出了吧台。

她微微一笑，道：“今天这边的客人不多，不算忙。走吧，罗峰，去那边聊聊。”

这时候，坐在远处沙发上的陈谷向罗峰竖起了大拇指。

酒吧一处安静的角落，罗峰和徐欣相对而坐。

“罗峰，你是什么时候从荒野区回来的？”徐欣端坐着，手里捧着一杯茶，绿色的茶叶映得透明的茶杯泛着一丝绿光。

“我回来已经有些日子了。”罗峰回道。

徐欣嗔怪道：“你都回来这么久了，竟然都不过来看看我这个老同学，你是不是瞧不起老同学？高中三年，我们都是同学，我的老同学中可就只有你成了武者，我还想着，哪一天你名声大振了，我好沾沾你的光，和别人炫耀炫耀呢！”

“嘿嘿，徐欣，你可别取笑我了。对了，你现在在哪所大学读书啊？”罗峰问道。

罗峰和徐欣面对面坐着，随意地谈论着彼此现在的生活。虽然罗峰暗恋徐欣，徐欣也知道罗峰对她有意思，但是两人都下意识地没有捅破那层窗户纸。

只是聊聊天，罗峰倒是挺满足的。

这时候，一个青年从电梯口走了出来。

此人穿着黑色衬衫、黑色西裤。

他目光一扫，就看到了酒吧角落里的徐欣和罗峰。

“小欣跟谁聊天呢？”青年眉头微皱。

青年定睛一看，喃喃自语：“那人好像是……小欣高中学校里的三名武馆高级学员之一——罗峰！”

对于徐欣高中学校的情况，他是非常了解的。至于那个在学校名气颇大的罗峰等人，他也看过他们的资料。

青年露出一丝冷笑，心中暗道：“前些日子在家吃饭的时候，小欣还提过罗峰，原来他们俩早就联系上了。”

青年走到酒吧的另一边，默默地坐下。

罗峰和徐欣聊得很开心。

这时，吧台那边有人在喊徐欣。

徐欣站起身来，不好意思地道：“罗峰，抱歉，我先去忙了。”

“去吧，不用管我。”罗峰笑笑。

“小欣，这是你的朋友？”这时候，一道问话声响起。

罗峰转头看去，只见一个长相和徐欣有几分相像的青年站在旁边。

青年看了看徐欣，又看了看罗峰。

徐欣惊喜地道：“哥，你怎么也来HR联盟商城了？对了，这是我的老同学罗峰。哥，我先去忙了，你可以和罗峰聊聊天。”

“行，你去吧。”青年笑着点点头。

而后，他转头看向罗峰：“你好，自我介绍一下，我是徐欣的哥哥徐刚。”

“你好。”罗峰站起身来，和徐刚握手。

徐刚当即坐下，笑道：“罗峰，我早就听说了你的大名。我妹妹读高中时，学校里只有三名武馆高级学员，而你就是其中之一。我听我妹妹说，你现在已经是武者了。”

罗峰笑着点点头。

“你才18岁吧，竟然已经是武者了，真是了不起。”徐刚赞叹一声，随即笑道，“我妹妹在学校是不是很低调？”

“她的确很低调，在同学们的眼中，她就是一个朴素、文静的女孩。”罗峰笑道。

徐刚朗声大笑，道：“哈哈！我爷爷正是担心她会养成骄纵的性格，所以当初硬让她进入普通学校，而不是贵族学校，就是想让她过一过普通大学生的生活。现在看来，我妹妹表现得很不错。”

罗峰眉头微皱。

“怎么？我妹妹没和你说自己家里的情况？”徐刚疑惑地问道。

“她没说，不过我知道她是徐家的后代。”罗峰淡淡地道，“徐家是HR联盟在国内的十二大家族财团之一。”

罗峰已经感觉到徐刚话中蕴含的深意了。

徐刚不主动说，而是通过其他话题引出一件事——徐欣是徐家大小姐。

“哦，你知道。”徐刚感慨一声，道，“其实，身在大家族也是有烦恼的，比如我妹妹的婚姻大事就无法自己做主。现在就有不少优秀的年轻人追求我妹妹，其中就有J基地市的王兴平，还有JN基地市年仅21岁就成为中级战将级武者的郭海。”

罗峰闻言一怔。

别人在追求徐欣？

“那个郭海真是厚脸皮。”徐刚没好气地道，“他不就是一名战将级武者吗？他还真以为自己多了不起。我徐家也是有些地位的，怎么能轻易将大小姐嫁给一名朝不保夕的武者呢？说不定，郭海哪天就死在荒野区了。”

罗峰眉头一皱。

“罗峰，你说，我说得对不对？武者可是行走在生死边缘的，说不定什么时候就丧命了，我们家族怎么可能让小欣和武者结婚，对不对？”徐刚笑着问道。

一见到罗峰脸上的表情，他连忙笑道：“你可别多想，我可没说你的意思。”

罗峰的心情很不好。

徐刚别的不说，偏偏提起这件事，明显是想借机告诉他，徐家大小姐是不可能和武者结婚的，所以，他还是别自作多情了。

“其实……”徐刚笑了笑，又道，“相比之下，我比较中意那个王兴平。王兴平是J基地市王家的嫡系大少爷，王家掌控着巨额财富，王兴平每天只需要在家签发文件，发号施令，就可以令不少武者为他效劳，自己根本不需要冒生命危险。”

“我这个做哥哥的，当然希望妹妹能过安稳的生活。”徐刚感叹一声，继续道，“相较于武者，这拥有巨额财富的家族大少爷和我妹妹才算是门当户对。”

“郭海这武者竟然想要我妹妹，简直是白日做梦。王家和我徐家此等大家族，哪个麾下不是有一群战将级武者？更别说，还有数不胜数的战士级武者了。”徐刚嗤笑道。

徐刚的语气很是轻蔑，显然对武者很是不屑。

当然，他有这个资本看不起武者。徐家是HR联盟在C国的十二大家族财团之一，的确控制了大量战将级武者，乃至海量的战士级武者。

“罗峰。”远处传来一道声音。

罗峰转头一看。

高风、魏家兄弟已经到了，正和陈谷坐在一起。

罗峰笑着说道：“队长，我这就来。”

“徐少爷。”罗峰笑着看向徐刚。

“嗯？”徐刚露出一丝笑容。

刚刚说了那么多，徐刚相信罗峰应该明白自己的意思了。

“徐少爷，你们徐家真是厉害，竟然能控制一群战将级武者。”罗峰微微一笑，又道，“不知道你们徐家能不能对一名战神级武者呼之即来，挥之即去呢？”

徐刚一怔。

战神级武者，整个JN基地市都只有几个吧！徐家倒是有战神级武者，可那是徐家用大量金钱还有交情拉拢来的，哪敢对战神级武者呼之即来，挥之即去啊！

“此外，你们徐家又是否能跟超越战神级武者的强者见面呢？”罗峰又道。

徐刚的脸色变得很是难看。

超越战神级武者的强者，那就是世界第一强者洪此等高手，那可是国家首领都得平等对待的强者。徐家只是一个家族财团，就连见洪的资格都没有，更别说和此等强者相比了。

相较于洪和雷神，徐家渺小如蝼蚁。

“徐少爷，咱们也算相识一场，我提醒你一句，千万别瞧不起武者。”罗峰看着徐刚，冷冷地说道。

说完，罗峰转头就走了。

大厅中开了空调，凉风习习，柔和的音乐声如溪水般缓缓流淌着，罗峰心中却憋着一团火。

徐刚的话还不断地在罗峰的脑海里回荡。

“徐刚，你说这么多，不就是想让我知难而退，不追你妹妹吗？”罗峰目光冷厉，心中冷冷地道，“哼！我一定会踏上武者的巅峰，成为令政府、军队都平等对待的强者。到时候，我要让你恭敬地迎接我去徐家。”

他当然不会放弃追求徐欣，不过，到时他要让徐刚摆低姿态来热情接待自己。

武者才是给这个世界带来和平的一群人！在强大的武者面前，所谓的家族财团也不堪一击。

这一刻，罗峰开始有了野心。

第58章

0231号县城

目送罗峰离去，徐刚端起手中的酒杯轻轻啜了一口，暗自思忖道：“罗峰啊罗峰，我跟你说了这么多，也够给你面子了，我希望你有自知之明。如果你将来再来纠缠我妹妹，就不能怪我动用一些手段了。”

徐刚轻蔑一笑，一口喝完杯中酒。

“小欣，我有事就先走了。”徐刚和吧台那边的徐欣打了声招呼，便离开了大厅。

HR联盟商城三楼的一家茶室的包间内。

“罗峰，”陈谷笑着说道，“刚刚那个徐欣和你聊了那么久，依我看，那小姑娘对你也是有点意思的。你想要将她追到手并不难啊！而且，后来徐欣她哥又跟你聊了那么久，难道是看中你这个准妹夫了？”

罗峰哑然失笑。

陈谷是没听到徐刚说的那番话，否则就不会这么说了。

“别开玩笑了，徐欣和我聊了那么久，是因为她和我是老同学。”罗峰道。

高风忍不住笑道：“既然是老同学，那就更好追了，现在结婚的夫妇有很多过去都是老同学。”

“对啊，罗峰，加把劲儿。”魏铁唯恐天下不乱，嘿嘿一笑，“徐欣那姑娘真的不错，有很多武者都认识她，都想追她。只是，他们查到徐欣的背景后，都不敢表白。”

罗峰无奈一笑。

徐欣的背景的确不简单，他也不敢轻易表白啊！

“队长，别说这些了。”罗峰笑笑，又道，“我们还是谈正事吧！”

“嗯！”高风粲然一笑，“你们说说，现在你们的身体素质都达到什么水准了？”

魏铁放下茶杯，率先说道：“队长，我现在的拳力达到了9650千克，速度102米/秒，神经反应测试是初级战将级合格。”

“嗯！你算是跨入初级战将级了。”高风点点头。

“队长。”紧接着，魏青说道，“我的拳力达到了9510千克，速度是106米/秒，神经反应测试是初级战将级合格。”

高风点点头。

“哈哈，轮到我了。”陈谷嘿嘿一笑，“我的拳力达到了7100千克，速度是81米/秒，神经反应测试是初级战将级优秀。”

“陈哥的神经反应速度好快啊！”罗峰忍不住赞叹道。

高风微微一笑，道：“他可是玩枪的，神经反应速度本来就很快，这次他服用了基因药剂，神经反应速度更快了。看来，他可以使用射速更快的枪了。”

陈谷是一名使用热武器的武者，他的神经反应速度能达到初级战将级合格，这已经是非常难得了。更别说，他如今的神经反应速度达到了初级战将级优秀。

“总体来说，你们服用A级基因药剂的效果还行。”高风看向魏铁、魏青，又道，“你们兄弟俩还得继续努力啊！虽然已经过去一个月了，但是A级基因药剂的效果还未完全消失。你们努力修炼的话，应该还能有所进步。”

“明白！”魏铁和魏青点点头。

高风看向陈谷，道：“老陈，你的机枪该换了。”

“嗯，确实该换了。”陈谷点点头。

陈谷的热武器是一把机枪和一把重型狙击枪，机枪的最快射速是一分钟300发，平均速度是一秒钟五发子弹。以陈谷过去的神经反应速度，可以使得这一秒钟射出的五发子弹中有四发射中四头怪兽的头颅，还有一发子弹能射中第五头怪兽的身体。

也就是说，对于陈谷而言，机枪的扫射相当于点射，这需要极快的神经反应速度。

相较于大涅槃时期的武者，陈谷的神经反应速度快了百倍乃至千倍，能做到这一步并不奇怪。

“我准备购买一把RG112型重机枪，口径12.7毫米，威力极大，”陈谷眼睛一亮，“一分钟最快可以发出1500发子弹。这把机枪算得上是热武器武者使用的机枪中枪速最快的，如果速度再快，就没有意义了。”

现如今，机枪的枪速可以达到一分钟发出七八千发，乃至上万发子弹，可是利用率太低。

以陈谷如今的神经反应速度，枪管中一秒钟射出十发子弹，他能控制十发子弹都射中怪兽的头颅，利用率已经很高了。

“老陈，你购买了重机枪后，先熟练熟练。”高风顿了顿，对魏家兄弟道，“魏铁、魏青，你们也在家好好修炼，虽然你们的身体素质变强了，但是你们要将身体素质尽量转化为强大的战斗力，利用好身体发出的每一丝力量。”

“放心吧，队长。”魏铁和魏青都点点头。

罗峰露出一丝笑容。

C国的武者都是极其强悍的，即便只是一丝力量，也要想方设法将其发挥到极致。

控制力量，做到四两拨千斤，这是东方人的思想，和西方人的思想还是有些区别的。

世界第一强者洪是C国人，世界第二强者雷神是个混血儿，他的身上也有C国人的血统。C国武学的一些思想在整个世界的武者之中很流行。

“队长，陈哥，铁哥，青哥。”罗峰看向四人，笑道，“我在家苦练了一个月，身体素质和力量都提升了不少。不过，我感觉身法和刀法没有显著的提升，只有和怪兽厮杀的时候，身法和刀法才能明显提升。”

他在家里再怎么刻苦修炼刀法，效果都不明显，只有真正和怪兽厮杀时，才能磨炼刀法。

“所以，我准备独自一人进入荒野区，磨炼刀法和身法。”罗峰说道。

“什么？你想一个人进入荒野区？”高风等人闻言，脸色一变。

“没错。”罗峰笑着点点头。

其实他早就有这个想法了，不过他的心志一直不够坚定。

之前徐刚的那番话触动了他。

他想要成为站在世界之巅的强者，那么就不能退缩，也不能有丝毫懈怠。

所以，他决定独自进入荒野区，最大化地增强自己的实力。

“那太危险了。”高风道。

“不，队长。我不会进入荒野区的深处，我准备在军区旁边的0231号县城里面磨炼刀法和身法。”罗峰解释道，“我绝对不进入其他大城市。”

“军区旁边的0231号县城？”

高风、陈谷、魏家俩兄弟都微微松了一口气。

军区周围的怪兽的实力很弱，领主级怪兽根本不敢待在军区旁边的县城，所以军区旁边的几个县城内几乎都是兽兵级怪兽，就连兽将级怪兽都较少。

而且，大多都是初级兽将级怪兽，中级兽将级怪兽都很少见。正因为兽将级怪兽很少，导致每头初级兽将级怪兽都能统领数百头乃至上千头兽兵级怪兽。

兽将级怪兽稀少，而且都是怪兽群，武者小队根本不屑去和它们厮杀。

也就是说，厉害的武者小队根本懒得待在这样的县城，因为根本没什么油水可捞。

“反正0231号县城靠近军区……”罗峰顿了顿，笑道，“我准备白天去军区猎杀怪兽，借此磨炼刀法和身法，晚上就回武者补给基地休息。”

0231号县城离武者补给基地很近，加上罗峰的速度快，可以每天往返于0231号县城和武者补给基地。

“那0231号县城是没有厉害的兽将级怪兽，可是有很多兽兵级怪兽啊！”魏铁忍不住道，“一旦你被怪兽群围住……”

“铁子，罗峰的实力这么强，他还会怕被怪兽群围攻？”陈谷嘿嘿一笑。

魏铁和魏青一怔，都笑了。

怪兽群是可怕，可是精神念师是最不怕怪兽群的。他们不仅仅可以与之正面厮杀，而且单单借助精神念力一个弹跳就能跳到旁边的小楼上，怪兽的弹跳力也很惊人，可是怎么比得上可以在空中借力的精神念师呢？

“这是个好想法。”高风忍不住赞叹道，“罗峰，我被你说服了，我都想去荒野区磨炼磨炼我的锤法了。不过，我可没有在怪兽群围攻下自保的能力。”

“罗峰，你准备什么时候出发？”陈谷问道。

“事不宜迟，我今天回去准备一下，明天就出发。”罗峰笑道，“队长，你们进入荒野区前，就给我发消息。”

强者是靠一步步苦修才达到巅峰的。

第59章

危机四伏

既然决定了要进入荒野区磨炼，罗峰自然不会犹豫。

当天下午，他就回到了家里，和父母、弟弟说了自己要再次进入荒野区的决定。自从他选择成为一名自由武者，他的父母和弟弟早就做好了他会经常离开基地市的思想准备。

当夜，星光透过方形玻璃射入练武厅中。

练武厅的白色墙壁上投影出一段视频，视频中，一人正在山林中和一头八九米高的巨熊怪兽战斗。这一人一怪兽战斗过之处，大树倒塌、山石崩裂、大地裂开，一幅天崩地裂的可怕场景。

那人的速度快如闪电，刀光隐隐夹带着雷声。

练武厅中回荡着视频中的讲解声。

这正是《九重雷刀》秘籍附带的光盘中的一段视频。

“那是达到A级的怪兽巨岩黑熊，这么庞大的身躯，它的移动速度竟然达到了音速。”罗峰听着视频中的讲解，心中震撼不已。

这是一段修炼《九重雷刀》秘籍的高手和A级怪兽巨岩黑熊战斗的视频，巨岩黑熊在熊类怪兽中，整体实力排名第二。

按照等级分类——

H级、G级、F级都是兽兵级。

E级、D级、C级都是兽将级，分别是初级兽将级、中级兽将级、高级兽将级。

B级、A级、S级就是领主级。

这头巨岩黑熊是中级领主级怪兽，力大无穷，全身那一层犹如岩石般的皮肤，坚硬程度超过金刚石，就连大口径炮弹都轰不开。如此庞大的身体，移动速度却能达到音速。

它的速度达到了音速，这不算什么，更惊人的是它那熊掌挥起来，速度可比移动速度快多了。

“轰！”一道宛如轰雷的声音响起。

巨岩黑熊直接倒地身亡了。

“这视频拍好了吧？你将光盘卖出去后，可别忘了我的版权费。”那个杀了巨岩黑熊的超级高手揶揄的声音从练武厅旁边的音箱中传出来。

这超级强者的面容显然是被处理过的，很模糊，完全看不清。

“咔！”视频结束了。

墙壁上的投影屏幕恢复到开始的菜单页面，菜单页面上有大量的视频。

“我的实力什么时候能达到这种程度啊？这个超级高手一刀就能杀了巨岩黑熊。”罗峰心中暗道。

这个超级高手能任由别人将自己和巨岩黑熊战斗的场景拍摄成视频，显然是胸有成竹。而能这般轻松地杀了巨岩黑熊的，估计是高级战神级武者。

《九重雷刀》秘籍中附带的光盘上有不少视频，然而那些视频都是禁止传播的。

其中有不少绝顶强者战斗的视频，那些都是修炼九重雷刀的强者。不过，那么多视频中，只有一个视频中出现了雷神本人。那个视频的内容是，雷神独自一人在练武厅中练刀，那刀法和身法都看似很简单，罗峰根本看不出有什么特别之处。

“显然，全球各个地区中修炼九重雷刀的绝世强者有不少。”罗峰仰头，透过上方的玻璃天窗，看向无垠的星空。

明天就要开始苦修了。

罗峰心中一动，便关闭了练武厅中的投影仪，走到了一楼。

罗华的房间门没关，罗峰一眼就看到，坐在轮椅上的罗华正在电脑桌前，然而罗华并没有玩电脑，而是在低头玩手机。

“罗华。”罗峰轻轻地敲敲门。

罗华连忙抬起头来，一转头，就看到门外的罗峰，无奈地道：“哥，你怎么不敲门啊？”

“你自己根本就没关门。”罗峰笑笑，走进房间，随即关上门，问道，“你在干什么呢？你在给你女朋友发短信？”

“嗯。”罗华傻傻一笑。

罗峰见罗华傻乎乎的样子，心里很是复杂。

看来，罗华是真的很喜欢那个叫小楠的姑娘。那个小楠人品到底怎么样，罗峰不敢确定，不过父母推着轮椅送罗华去公园的时候，都见过那个小楠，印象都还不错。

论看人，有着这么多年社会经验的父母显然要比自己强。父母既然认为不错，那个小楠应该真的不错。

“小楠带你去见过她爸妈了吗？”罗峰问道。

“早着呢。”罗华笑着摇摇头，“小楠今年才上大一，离大学毕业还有三年。而且，我是一个残疾人，小楠心里也有顾忌，她得委婉点告诉她爸妈，如果直接说出实情，她爸妈应该不会接受我的。毕竟大部分父母都不想自己女儿嫁给残疾人的。”

看着罗华脸上苦涩的表情，罗峰心中微微一痛。

残疾始终是罗华心中的伤疤，就算罗华再坚强，在那个小楠面前，也难免不自信，或者说是自卑。

“嗯，慢慢来。我相信，她爸妈是善解人意的。”罗峰安慰道，“反正你们都还小，不急。”

当晚，罗峰和罗华聊了许久后，就去休息了。

第二天清晨，罗峰背着背包、盾牌、战刀，再一次踏上了前往荒野区的征程，这一次只有他一人。

JN基地市，北军区。

列车在北军区的站点停下，罗峰和其他武者接连走出了车厢。

“荒野区。”罗峰深吸一口气。

而后，他沿着武者通道走向武者补给基地，很快，武者补给基地就出现在他的视线中。

“罗峰，你怎么来了？”基地门口，看守人员看了看扫描仪器显示的信息，惊讶地看向门口的罗峰，“你不是火锤小队的吗，怎么独自一人来了？你独自进入荒野区可是很危险的。”

“没事，我不会无缘无故来找死的。我可是进过荒野区的，知道里面有多危险。你放心，我可以的，把钥匙给我吧。”罗峰笑道。

“也是，你去过荒野区，知道那里有多危险，你应该有分寸的。”看守人员笑笑，而后递出一把钥匙，“你是一个人来的，我给你分配的是小型联排别墅H322。”

之前火锤小队的六人都来了，自然要分配一套比较大的别墅，而罗峰一人暂住，居所自然要小得多。

“对了，我姓王，你叫我王兄弟就行。如果你猎杀到怪兽，可以将怪兽的材料卖给我，我一定给你满意的价格。”

“行。”罗峰接过钥匙，就朝住处走去。

武者补给基地中，其中一栋别墅的二楼窗户旁，几个男子正看着下方的罗峰。

“那是罗峰！队长，要不要找个机会把他干掉？”

说话的正是虎牙小队的队员张泽虎。

虎牙小队队长潘亚走到窗户旁，看了下方的罗峰一眼。

此时，下方的罗峰很快走出了他们的视线范围。

潘亚冷冷地道：“怎么就罗峰一个人？火锤小队的其他人呢，你们有没有看见？”

“没有。”其他队员都摇摇头。

“只有罗峰一人。”张泽虎肯定地道，“我看到他从武者补给基地大门口进来的，没看到火锤小队的其他队员。”

张泽虎目光变得冷厉，道：“队长，上次我们可是对火锤小队出过手，要命的是，火锤小队已经知道是我们在暗中下黑手，我们和他们已经是死敌了。你说过，一定要将敌人斩草除根，以防他们将来威胁到我们。”

“嗯！”虎牙小队的其他队员都点点头。

在荒野区，暗算别的武者并不算什么，就怕对方没死，还查出幕后真凶。

“别急。”潘亚淡淡地道，“没错！敌人的确是要被斩草除根的。日后有机会，我们一定要将火锤小队灭了。可是现在就只有罗峰一个人，他只是一名普通的战士级武者，他如今独自进入荒野区，肯定会待在比较安全的地方。我们杀了他，对我们没有多大好处，反而会打草惊蛇。”

“队长说得很有道理。”虎牙小队的队员都点头赞同。

“对我们威胁最大的，其实是火锤小队的队长高风。”潘亚郑重地道，“高风本身的实力很强，比我弱不了多少。而且，他闯荡了十多年，人脉很广，认识不少武者。若是他和我们拼命，我们的下场恐怕会很惨。所以，不动手则已，一动手必定要杀了高风，之后再除掉那几只小虾。”

显然，潘亚根本没将火锤小队的其他队员放在眼里。

“队长说得对。”张泽虎点点头，随即瞥了远去的罗峰一眼，“就让罗峰这只小虾先侥幸活一段时间吧！”

武者补给基地。

H322联排别墅一共有两层，三室两厅的格局，还有一个超大的浴室。

罗峰脱下作战服，在浴室中冲洗了一番，穿上了宽松的睡袍。

“喂，你好！12号餐的三菜一汤请给我送一份，还有，饮料换成茶水。”

罗峰挂了电话，悠闲地躺在沙发上。

“吃完午饭后，我就出发前往0231号县城。”罗峰心中暗自思忖着，“这次我要苦修两个月，两个月的时间，我要往返于荒野区和武者补给基地，说不定什么时候会碰到虎牙小队。哼！一旦发现他们，就暗中跟踪他们。”

一想到虎牙小队的人放黑枪要灭掉他们，罗峰心中就很是愤怒。

“若是在荒野区碰到他们，我一定好好教训他们！”罗峰的目光透过窗户看向外面，“虎牙小队，这两个月，我希望不要碰到你们，否则你们就自求多福吧！”

对于虎牙小队的人，罗峰压根没有放在眼里。

现如今，自己的实力极强，足以对付虎牙小队了。

第60章

靠实战修炼

吃完午饭后，罗峰就穿上了作战服，他双腿外侧的刀袋中放着八把6系飞刀和两把9系飞刀，此外，他背着六棱盾牌和战刀，而后离开了武者补给基地。

天阴沉沉的。

“天气倒是凉爽。”

罗峰在荒野中大步前行着。

他的前方是一片荒野，这里过去是良田，数十年过去，现如今已经长满了野草。他找了一条野草比较矮小的道路前行。

穿过荒野区，沿着破旧的高速公路快速行走了大半个小时，终于抵达了0231号县城。

罗峰割开一头虎獒犬怪兽的尾巴，取出那根筋，收入背包中。

从补给基地到0231号县城只有短短百里路程，他却已经杀了十余头兽兵级怪兽了。

“每天有怪兽陪练，还能赚钱，这样的好事哪里找啊？”罗峰微微一笑。

此时，他正在一个破败的住宅小区中穿行着，这个荒无人烟的小区中潜藏着不少怪兽。

他一抬头，就看到前方一栋住宅楼的三楼中闪过怪兽的身影。

“正式开始修炼！”

罗峰猛然一蹬地面。

"轰隆"一声，水泥地面龟裂开来。

罗峰犹如一发炮弹般直接射向三楼的阳台。

时间一天天过去，自从罗峰潜藏在0231号县城中，县城中的许多怪兽都遭殃了。

罗峰不像其他武者，并没有直接杀了它们，而是先和它们缠斗一番，让它们给他当陪练，最后再动手。

每次罗峰都是带着一大包怪兽的重要材料，回到武者补给基地的。

武者补给基地的王为对罗峰猎杀怪兽的效率很是惊讶。

罗峰修炼的第三天——

"你今天杀了198头怪兽，比昨天少了十几头，而且大多都是高级兽兵级怪兽。这样吧，怪兽材料的售卖金额的零头我给你补上，150万，怎么样？"

罗峰修炼的第七天——

"罗峰，你太强了吧，今天又杀了210头怪兽。嗯，我给你算160万，如何？咱们不是第一次做交易了。兄弟，我和你说，猎杀兽兵级怪兽可不是那么容易的。兽兵级怪兽很多都是成群活动的，你不可能次次都那么顺利吧，小心点，可别被怪兽群给围住了。"

罗峰修炼的第十六天——

"罗峰，今天的战绩一般啊，你才猎杀182头怪兽。不过，你猎杀的这些怪兽的材料质量不错，竟然还有蛇类怪兽，嗯，给你150万吧。"

罗峰修炼的第二十一天——

"罗峰，你告诉我，你是不是发现了一个特别的地方，那个地方只有落单的兽兵级怪兽？而且，你杀了一头兽兵级怪兽后，很快又会冒出一头来？"

武者补给基地就那么大，有关武者的任何消息，根本瞒不住。

很快，整个武者补给基地都在传扬罗峰猎杀怪兽的故事。据说，罗峰是一个天天都去猎杀普通兽兵级怪兽赚钱的疯子！

"罗峰那疯子猎杀兽兵级怪兽太狠了吧！他怎么每天都能猎杀那么多兽兵级

怪兽？”

“谁知道啊。我听说，他一天就能赚100多万，有的时候能赚200万。这样下去，他一个月就能赚五六千万啊，一年下来，那可就是五六亿啊！罗峰的收获都比得上战将级武者的了。”

“一年365天，罗峰每天都疯狂猎杀兽兵级怪兽，他不会受不了吗？”

“不清楚。那疯子已经坚持一个多月了。”

在武者补给基地中，罗峰的故事还在继续传播。

战士级武者都很羡慕罗峰，因为他们的赚钱能力比较差。毕竟，连张泽虎等高级战士级武者，一年也就能赚五六千万，那些初级战士级武者和中级战士级武者一年能赚1000万就很不错了，而罗峰一个月就能赚五六千万。

这实在是太惊人了！

当然，对于战将级武者而言，他们也只是羡慕而已，他们可不敢像罗峰这样去猎杀怪兽。

偶尔进入武者补给基地的战神级武者听说了此事后，也只是感叹一下：“罗峰这小伙子真够疯狂的，有意思。”

2256年11月29日，天阴沉沉的，狂风呼啸。

一个超市商场的一楼，数十头体形巨大的独角野猪怪兽正围攻一个青年。

一时间，嘶吼声不断地在超市内回荡着。

一些货架早就被独角野猪怪兽撞倒了，独角野猪怪兽们疯狂地进攻着。

那青年一手持六棱盾牌，一手持血影战刀，身体闪电般迅速移动着。

正是罗峰！

“出刀！”

一直在闪躲的罗峰，陡然停了下来，手中的血影战刀急速击出。

这一刻，隐约有一道雷声响起。准确地说，那是出刀的速度达到一定程度后，使得空气震荡从而发出的声音。

罗峰的每一刀都击中了独角野猪怪兽的脖子，精准无比。配合他的步伐，威力更是惊人。

虽然独角野猪怪兽很多，但是同时攻击罗峰的也就两三头。

每猎杀一头独角野猪怪兽，罗峰总能借助死去的独角野猪怪兽的身体寻找到一些空隙，避免自己遭到怪兽群的攻击。对空间精确的把握能力，是大多数战将级武者望尘莫及的。

“噗！”独角野猪怪兽的鲜血喷出。

仅仅片刻，数十头独角野猪怪兽就死了大半，剩余的十几头独角野猪怪兽见势不妙，转头逃了。

“这不行，不是高级兽兵级怪兽，不值钱。”

罗峰挑了其中十九头高级兽兵级怪兽，将它们的独角割下来，放入自己的背包中。

“高级兽兵级怪兽的独角还算值钱，卖给地下联盟的话，大概能卖8000元。”

至于其他初级兽兵级怪兽的尸身，罗峰根本不屑看一眼。

其实他并不喜欢采集独角野猪怪兽的独角，因为独角比较重，价格也不高，而他的背包就那么大，根本容纳不了很多东西。所以，他采集的怪兽材料都是经过精挑细选的。

可是，他每天猎杀的怪兽数量基本超过三百。没办法，谁让那些猪类怪兽和犬类怪兽的繁殖力那么强。

离开超市，罗峰来到了一栋六层住宅楼的天台，打算休息。

“超过五十天的磨炼，我的身法勉强可以算是达到了入微级。”

罗峰每次和怪兽群战斗，都是先进行身法训练，最后再猎杀怪兽。长此以往，他的效率也提高了。

当然，整个过程中，他并不是一帆风顺的。这五十天来，他遇到了二十多次危机。因为怪兽的吼声偶尔会引来更多的怪兽，导致他曾数次面对数百头乃至上千头怪兽的围攻，此时他只能凭借精神念力狼狈逃走。如果没有精神念力，他恐怕已经死了二十多回了。

正是仗着有精神念力，他才能不断地磨炼身法。他在大量怪兽的围攻下，不断地磨炼身法，每天超过八小时。这种修炼方法的效率很高，他一天的修炼效果超过了一般武者在荒野区一个月的修炼效果。而一般武者一年进入荒野区的次数屈指可数。

这五十天的修炼，加上有九重雷刀的流光身法，罗峰的身法终于勉强踏入了入微级。

“我的身法踏入了入微级。可是，我的刀法没有很大的进步，依旧停留在第一重。”

罗峰一直在尝试多发出两道暗劲，可惜，他只能在攻击的基础上多发出一道暗劲。不过，他对于身体力量的精确控制能力提高了很多。

要知道，这五十天罗峰猎杀的怪兽足足有1万多头。

1万多头怪兽啊！

绝大多数武者一辈子都猎杀不了这么多怪兽吧！

正因如此，罗峰才练出了精准、干脆、利落的刀法。

这五十天，罗峰最大的收获就是积累了丰富的战斗经验和拥有了惊人的判断力。现在，即便处于生死关头，他也可以冷静地寻找机会，然后干脆利落地出手。

这种能力是每一个入微级修炼者都必须达到的。

“现在已经是下午五点，我该回去了。”

罗峰看了看通信手表，而后直接从天台上一跃而下。

片刻后——

罗峰缓步行走在高速公路上，心情很好。

忽然，他感觉身后隐隐有动静，不由得转头看去，只见高速公路远处有三道人影惊慌失措地逃着，时而奔跑，时而跳跃，那三道人影的速度极快。

“最前面的是……万冬？”

罗峰一眼就认出，狼狈逃窜的三人中，其中一人正是武者实战考核时，实力唯一能和自己比肩的万冬。

在那三人身后，怪兽群正气势汹汹地追赶着。

每一头怪兽的体形都很小，只比人的手掌略大一些。可是，这些小怪兽正紧紧地追着万冬三人，甚至吓得他们扔掉了战刀和盾牌，拼命地飞奔着。

“鼠潮？！”罗峰心中一凛。

鼠潮又称鼠灾，即便是战神级武者，一旦被鼠兽包围了，也必死无疑。

第61章

三级鼠潮

远远看去，黑压压的一片，鼠兽遍布整条高速公路。

据罗峰看来，那里绝对有数万头鼠兽，不过也只能算是小型鼠潮。

然而，即便是战将级武者，也会被这小型鼠潮吞噬。

“逃！”罗峰立即在高速公路上飞奔起来。

“呼——”

万冬三人早就扔掉了战刀和盾牌等兵器，一个个拼尽全力地飞奔着。

身后的鼠兽不断地逼近，和他们的距离从二十米缩小到十五米、十四米、十三米……

“完了完了！”

“军队怎么还不来！”

“军队再不来，这次我们可就真的死定了。”

万冬三人心中暗自咒骂着。

一咬牙，他们猛然加快了速度，和鼠兽的距离再度拉开，直至拉开至三十多米。

此时，他们才稍稍减速。

“我跑不动了。”

“我也是。”

“我都快累死了。”

万冬三人彼此相视一眼，都很无奈。

他们奔跑的速度都达到了身体的极限，的确是比鼠兽要快很多。可是，既然是极限速度，注定是无法持久的。

大涅槃时期之前，人类10秒能跑100米，这算是极限速度了。跑100米，花费10秒。1000米呢？只需100秒吗？那么跑1万米，难道只需1000秒？实际上，那时男子1万米的纪录大概是1580秒。

这些武者也是一样。万冬他们的极限速度能达到60米/秒，可是他们逃亡已经近半个小时了，他们现在也就能勉强保持40米/秒的速度。一旦鼠兽逼近，他们只能拼命奔跑，跑得更快一点。

自他们逃亡到现在，已经差不多跑了300里路了，可以想象他们是何等地疲惫。

“军队快来吧！”

“这里离军区很近，军队怎么还不来救我们？”

万冬三人的双腿似乎已经没有知觉了，肌肉极度疲劳，令他们的速度快不起来。

罗峰背着战刀和盾牌，却能保持60米/秒的惊人速度。

这也正常，毕竟万冬三人的体力消耗极大，罗峰现在的体力却处在巅峰状态。

本来罗峰就和鼠兽隔着一大段距离，很快，他就把鼠兽甩得远远的了。

“咦？”罗峰一眼看到，远处的天际有一道深蓝色的影子。

乍一看，他还以为那是一头飞禽怪兽。待那深蓝色的影子靠近，他才看清楚，那是一架类似飞碟的飞行战机。

现如今，军队的飞行战机大多是扁平圆形状的，一旦遇到飞禽怪兽的攻击，这种形状有利于防守和进攻。

“军队！”

“是军队的战机！”

万冬三人发出激动的叫喊声，一个个再次加速。

奔跑中的罗峰停了下来。

他抬头看去，只见那艘飞行战机竟然俯冲向鼠兽群。

距离地面还有百米距离的时候，飞行战机刚好悬浮在鼠兽群的上空。

以罗峰的视力，他清楚地看到，战机的腹部露出了一个巨大的炮口。

“轰隆隆——”

数道火焰从炮口猛然喷出，直接袭向下方的鼠兽群。

在这数千度高温的火焰袭击下，大量鼠兽全身着火，直接被烧死了。

顿时，一阵吼叫声响起，鼠兽四散逃跑。

在火焰的袭击下，绝大多数鼠兽丧命，部分鼠兽逃进高速公路旁的荒田里，直接钻地，消失不见了。

“四名武者，周围近千里范围爆发了三级鼠潮，请迅速赶回武者补给基地。待鼠潮警报解除，你们再进入荒野区。”飞行战机中传出了一道声音。

而后，这艘飞行战机迅速离去，去拯救其他武者了。

万冬三人长松了一口气。

“好险！捡回了一条命啊！”

“就差一点，我们就完了。”

想到刚才的一幕，这三人都有些后怕。

“罗峰。”万冬朝远处的罗峰喊道，“你身上有吃的吗？给我们点吃的或者水。”

远处的罗峰朝他们走了过来。

眼前的万冬没有往日的冷漠和骄傲，有的只是疲累和劫后余生的喜悦。

他们跑了近300里，而且是从生死线上逃回来的，体力消耗是非常大的。

罗峰从背包的侧面口袋取出三颗丸子，道：“这里有三颗高能量糖丸，还有一瓶水。”

罗峰说完，将丸子和水递了过去。

万冬三人当即各自吞下一颗高能量糖丸。

那一瓶水也迅速被他们喝光了。

“罗峰，谢了。”万冬感激地道，“我给你介绍一下，我旁边这位是王可，另外一位是蒋屠。”

“我们早就听说过罗疯子的大名了。”王可笑着说道。

“罗疯子，你这高能量糖丸比山珍海味还好吃啊！我快饿死了，吃了这高能量糖丸，现在好多了。”蒋屠嘿嘿一笑。

罗峰和万冬三人一边走着，一边聊天。

“你们怎么会遇到鼠潮？刚刚飞行战机的人说这是三级鼠潮。”

罗峰所在的0231号县城距离军区很近，他之前并没有见过鼠潮。

“我算是见识到鼠潮的厉害了。”万冬忍不住道，“之前，我们在一个县城的住宅楼天台上休息，突然，整个县城的很多地方都冒出大量鼠兽，我们吓得立即利用钢丝从那座住宅楼的天台逃到另外一座住宅楼的天台，我们根本不敢到地面上去。”

罗峰闻言一惊。

他完全能想象出县城地面上出现无数鼠兽的场景。

“幸好我们小队在县城郊区休息。我们发现鼠潮后，立马沿着一条鼠兽比较少的小道拼命狂奔，途中，却还是遇到了鼠潮。没办法，我们只能分开跑，令鼠潮分流。我们算是幸运的，跑到外面的高速公路上时，追杀我们的只有一小拨鼠兽了。在逃亡的途中，我和王可遇到了蒋屠，他的遭遇和我们差不多。”万冬苦笑一声，又道，“不知道队长他们现在怎么样了。”

在街道和巷道这种地方，他们可以分头跑，从而使得鼠潮分流。可是在高速公路上，他们不敢这样做，因为高速公路旁边就是荒野，在荒野之中，他们奔跑的速度是受限制的，而野地的地理环境对于鼠兽速度的影响并不大。

这也是大家坚持在高速公路上飞奔，不进入荒野的缘故。

罗峰四人抵达军区的武者补给基地时，看到武者补给基地门口聚集了一大群武者。

“疯子，我就知道，你死不了。”

“疯子，你在0231号县城看到老刘他们了吗？”

走进武者补给基地，不少认识罗峰的武者都上前打招呼、询问。

毕竟鼠潮爆发是一件大事，幸好这次只是三级鼠潮，不是很危险。如果是传说中的一级鼠潮，那对于整个JN基地市都可以算是一次劫难。

“老王，我们小队的其他人回来了吗？”万冬立即问道。

“没看到。”

“你们小队的其他人还没回来，这边没记录。”

这一天，不少进入荒野区的武者都丧命了。

进入荒野区的三名战神级武者中，有一名战神级武者被鼠潮重重包围了，陷入了鼠潮的围攻之中。鼠潮疯狂地进攻着，杀了那名战神级强者。

一名实力超强的战神级强者就这样殒身了！

鼠潮中不仅仅有兽兵级鼠兽，也有兽将级鼠兽。而且，鼠潮的首领的智力极高，一旦选定了目标，就会不惜一切代价发起攻击。

据说在那名战神级武者和鼠兽大战的过程中，有数十栋高楼因此倒塌，死去的鼠兽更是高达百万。

可是，对于以亿为单位的鼠潮来说，失去100万头鼠兽根本不算什么。

而对于人类社会，那名战神级武者死了，却是极大的损失。

“轰隆隆——”乌云翻滚，狂风席卷大地，雷声轰鸣。

紧接着，暴雨倾盆而下。

武者补给基地的一栋联排别墅，罗峰安静地坐在廊台上。

“队长，我没事。我的运气不错，没有被鼠潮围住。”

“陈哥，嗯，我没事。”

“铁哥，你听到我的声音了吧！我当然活得好好的。”

罗峰接了好几个电话。

显然，荒野区发生三级鼠潮的事情已经传开了，连JN基地市内的武者们都知道了。

每一次发生鼠潮或者更可怕的蚁潮，都是武者死伤惨重的危机时刻。此次竟然有一名战神级武者殒身，简直是整个JN基地市的损失。

“只是三级鼠潮，就死了这么多人。如果传说中的一级鼠潮发生，又会死多少人呢？还有更可怕的人类和怪兽的战争呢？”

怪兽和人类的战争是极具毁灭性的，一旦战争开始，各种各样的走兽类怪兽、飞禽类怪兽，以及速度极快的、力大无穷的、钻地的、有毒的、声波类攻击的奇异怪兽都会出现……

天空中是无数飞禽类怪兽，地面上是无数走兽类怪兽，地底有能钻地的怪兽，湖中有各种奇异的怪兽，鼠潮、蚁潮等只是其中一部分。

这才是最可怕的战争！

“怪兽才是人类的死敌。现如今，天空和海洋都是怪兽们的天下，陆地上，人类略占优势，人类被迫在一个个基地市中进行防守或者反击。”

过去罗峰一直没有意识到，他总感觉怪兽都是被武者们屠杀的，可是今天他终于意识到，怪兽完全有可能将地球上的人类毁灭。

“我的实力还远远不够。”罗峰心中暗道。

“轰！”突然，一道闪电直接从高空劈下。

“闪电霹雳……”罗峰看着远处的天空，心中隐约猜出了一些事情。

第62章

初具雏形

“轰——”一道道闪电接连劈下。

有时候，两道电光倏地合为一道电光，恐怕连领主级的怪兽也不敢尝试被雷电劈的滋味。那惊人的雷电的威力估计会令它们瞬间化为灰烬。

“锋利！”

“摧毁一切！”

站在天台上的罗峰默默地看着，喃喃自语。

这些天，罗峰一直在0231号县城中磨炼身法和刀法。如今，罗峰的身法已经算是踏入入微级了。可是，他的刀法还算不上是最强的，只能说他对力量的控制达到了惊人的程度。他猎杀了1万多头怪兽，再加上九重雷刀本来对武者力量方面的要求就很苛刻，从而使得他对刀法的控制比魏铁等人还是要强很多。

可是，罗峰并未领悟出九重雷刀的第二重，他一直渴望能成功。要知道，这套功法可是逆天的，只要领悟出第一重，就相当于实力是原先的1.4倍，若是领悟出第二重，实力就是原先的2.1倍，翻了一倍多。也就是说，高级战士级武者完全能发挥出初级战将级武者的实力。

若是将九重雷刀完全修炼成功，实力可是原来的7倍。

此时，高级战士级武者几乎可以发挥出高级战将级武者的实力，这就是九重雷刀的逆天之处。

不过，全世界将九重雷刀修炼到第九重的只有雷神一人而已。

“对，应该是这样。”

罗峰一直在琢磨刀法，当他看到雷电时，心中隐约有了联想。

他当即返回二楼，取出那把血影战刀，而后手持血影战刀站在天台上，在倾盆的暴雨中，开始练刀。

远处的闪电渐渐消失。

“秘籍上记载着，任何一个刀法宗师级的人物都会有自己的意境。按照秘籍所载，刀法境界越高，九重雷刀才能达到更高层次。

“这闪电……”

罗峰在暴雨中，开始一次次挥刀。

和过去不一样，罗峰如今练刀是为了追寻心中的感悟。

只见罗峰发出一道道刀光，或竖劈，或斩切，或上撩，或横切，仿佛一道道流光。

“全部爆发出来！”

罗峰一次次想要顺着心中的意境，从而让身体爆发出一重重暗劲。

“可是，我怎么只能发出一重暗劲，却发不出第二重暗劲呢？”

雨很大，可是罗峰完全沉浸在修炼刀法的状态中。

这一夜，罗峰并没有进行基因原能修炼，而是一次次施展九重雷刀刀法。

其实，他一次次地练习刀法，身体已经非常疲劳。

可是，他一点都不想停下，所以他每挥出一刀便稍作休息，而后再挥出一刀。

第二天清晨，雨停了，东边隐隐出现了一抹朝阳。

此时正值深秋，寒气弥漫，很冷。

全身湿透的罗峰却拿着血影战刀，呆坐在天台上。

他的眉头紧皱，心中暗道：“到底是哪里还差一点？”

他自己能感觉到，应该能发出第二重暗劲，而且连身体肌肉中的暗劲都调动了，可是每次看似能发出来了，最后总是还差一点儿。

“嘀！”

廊台边缘的一滴雨水滴落在天台上的一摊积水中，顿时平静的水面泛起一阵涟漪，水波朝四面轻轻荡漾开去。

“嗯？”罗峰心中一动。

他的脑海中浮现出摧毁闪电的场景，那场景很是震撼，而那滴雨水引起的涟漪却十分轻柔。

“刚不可久！我的身体素质本来就很强，若是修炼到九重雷刀的第九重，身体素质将更强。如果我一直追求刚之极致，我的身体怎么承受得了？”罗峰激动地站了起来。

他手持血影战刀，直接朝前方劈出一刀，刀刚出动的时候速度只能算是比较快。可是，刀速瞬间加快，而且连续加快了两次。

“轰隆——”一道爆破声响起。

罗峰的右臂几乎瞬间鼓起，右臂明显比左臂粗一些。

“就是这样。”罗峰收回血影战刀，脸上露出了惊喜的笑容。

刚才那一刻他身上的肌肉仿佛荡漾的水面，自然地接连迸发出两重暗劲，而融入这两重暗劲的血影战刀的速度瞬间加快，达到了惊人的地步。

九重雷刀第二重终于练成了！

仅仅靠此刀法，罗峰就能发挥出初级战将级武者的实力了，再凭借入微级的身法，他的实力就更强了，恐怕连一般的初级战将级武者都比不上他。

片刻后，罗峰下了楼，立即打电话叫了一份早餐。

吃完早餐后，他准备修炼基因原能。

“不对。我现在刀法的威力确实大了，但是使出的只是蛮力。”罗峰摇摇头，又拿起血影战刀，“我可以接连发出两重暗劲，这两重暗劲前后的频率我完全可以控制，这样可以令我的刀速加快到惊人的程度。”

罗峰在修炼室中开始练习挥刀。

因为接连发出了两重暗劲，所以罗峰的血影战刀会有两次加速，这就是修炼九重雷刀的人和一般用刀者的区别。

“呜——”血影战刀的声音很是诡异。

罗峰的脑海中一次次浮现出天空中轰下闪电和水滴产生道道涟漪的场景。他追寻着那种感觉，并且一次次地挥刀。

他需要创造出属于自己的刀法。九重雷刀带给他的只是发力的一种技巧。刀法的意境还是要靠他自己体会，因为适合自己的才是最好的。

而他只有体会到刀法的意境，才能令身体承受住九重雷刀的发力，从而使自己不受其影响。

罗峰沉浸在这种修炼状态中。

他的肉身很是疲累，却根本影响不了他。

他一次次挥刀，刀速加快，血影战刀在挥出的过程中，战刀本身因为两次加速隐隐震荡起来，产生了轻微的震荡波。

不知道过了多久——

“嗖！”一道刀光一闪而逝。

恍惚间，那闪电般的刀光已经消失了。

“就是它！”罗峰终于露出了笑容。

那种挥洒自如的出刀方法，让他的身体肌肉处于松弛状态。刹那间，他的身体迸发出暗劲，可是之后又处于松弛状态。这种一张一弛的状态令罗峰在战斗的时候可以持续更长时间。

“按照《九重雷刀》秘籍上记载的内容，我也算是跨越了基础这一关，触及刀法意境这一层次了。”

虽然还只是刚刚触及刀法意境，但是罗峰开心得很。

他自创的这套刀法该叫什么呢?

“我这刀法既然是观霹雳闪电时悟出的，那么这刀法就叫……霹雳吧！”

罗峰终于有了自己的刀法。

“我这霹雳刀法还只是一个开始，将来我会不断地完善它的意境。”罗峰心中默默道。

他低头看看通信手表，已经下午两点多了。

没想到，他从昨晚琢磨刀法到现在，竟然已经快20个小时了。

“再过几天，火锤小队就要集合了。我如今的刀法、身法也算小有所成，回去休息几天吧。”

罗峰怀着愉悦的心情，吃了午饭，收拾了一下东西，就乘坐列车离开了武者补给基地，前往JN基地市。

修炼了50多天，猎杀了1万多头怪兽，罗峰的身法和刀法都达到了新的境界。

而现在，他所创的霹雳刀法总算是初具雏形。

虽然霹雳刀法如今还很浅显，可是它的创造者年仅18岁，没人敢断定，霹雳刀法将来会达到什么层次。

第63章

实力测试

Y城，明月小区，罗峰家。

客厅内，罗峰正和父母、弟弟一起吃晚饭，一片欢声笑语。

罗峰第一次进入荒野区仅仅耗费了七八天时间，而这次耗费了近两个月的时间。虽然中途罗华经常通过电话和罗峰联系，可是真正见到罗峰回来，那种喜悦是无以言表的。

晚饭过后，罗峰来到罗华的房间。

“罗华，你在写什么呢？”罗峰看见罗华笔记本电脑的文档上有文字，笑着问道。

“我检讨一下最近一个月的炒股得失，完善一下我的炒股理论。”罗华笑着说道，“哥，炒股的主要理论其实很简单，花几个月的时间就能建立。可是，经过大量实践，完善这个理论，却需要很久。”

罗峰朗声大笑，道：“罗华，你就别跟我说这些了，我可不懂。对了，最近三个月炒股的情况如何？”

“最近股市不太好，大盘下跌了10%左右。不过，我选择的股票都属于优质股，通过波段操作，最近三个月赚了50%左右。”罗华脸上有着得意的笑容。

罗峰点点头。

他对于股票了解得很少，不过他在网络上查过相关信息。

现如今，各大联盟的股市为一体，不同区域的情况不同，或许整个大盘跌，可有的地方的股票是上涨的，而有的地方因为遭受怪兽的侵害，股票跌得厉害。

在这种无规则的情况下，炒股的难度非常大。

“哦，也就是说，你赚了1000万？”罗峰惊讶地道。

三个月前，罗峰猎杀了一头银月凶狼，大赚了一笔，回到家后，他给了罗华2000万，用来炒股。他虽然对罗华有信心，但是也不敢一次性给太多，以防亏太多。

“嗯，不错。”

罗峰拿起手机，迅速进入网络银行，进行转账。

“嘀！”罗华拿起手机一看，是他的银行卡的余额变动短信，存入5000万。”

“哥，你给我转了5000万？”罗华震惊地看着罗峰。

这可不是一笔小钱。

在C国，许多做生意的富商要拿出5000万现金都是有困难的。

“罗华，好好努力，哥哥看好你。”罗峰嘿嘿一笑。

“嗯。”罗华重重地点点头。

在股市中闯荡，令罗华有一种成就感。对于双腿残疾的他而言，股市就是事业。

从数年前开始，他尝试过短线、中线乃至长线，还有区域股、庄股等等，最终确定了自己的炒股理论。

可以说，他有了股市一代大师的基础。

不过，股市变幻莫测，即便是大师级人物，都很有可能栽跟头，因为这对于炒股者的理论和心理素质等都有很高的要求。

“你早点休息。”罗峰嘱咐了一声，就上楼了。

对于罗峰而言，5000万元不算什么。

这次他去荒野区修炼了两个月，赚了8000多万元。

这么快的赚钱速度，让许多武者都很羡慕。可是，罗峰的方法是他们学不来的，毕竟罗峰是精神念师，猎杀怪兽要容易得多。罗峰如果真的想赚钱，以他这名精神念师的能耐，绝对能猎杀大批兽将级怪兽。

昨夜还是暴雨，今夜则星光璀璨，星光透过天窗，照进二楼的练武厅中。

罗峰正手持血影战刀，一次次地挥刀，他挥刀的频率很高，而且他每次都是施展九重雷刀刀法。

之前在武者补给基地，他就连续修炼了二十多个小时，此刻他进行这种高频率的挥刀，仅仅半个小时，整个人就累得不行了。

随即，他开始修炼九重浑源导引术。最后，再修炼五心向天基因原能。

“哧哧——”罗峰盘膝而坐，脸上不由得露出一丝喜色。

他清楚地感觉到，全身的每一个细胞都疯狂地吞噬着那些宇宙能量。

“我练成九重雷刀第一重的时候，修炼速度几乎加快到了之前的一倍。现在，我练成了九重雷刀第二重，全身的细胞可以吸纳更多的基因原能了。”

时间一分一秒流逝。

过了许久，罗峰全身的细胞都再也无法吸纳基因原能，达到饱和状态了。

“我练成九重雷刀第一重后，修炼速度就加快到了之前的一倍，练成第二重后，虽然不如第一重，但是也加快了三分之一。”罗峰惊叹不已。

九重雷刀果然无比神奇，配合导引术修炼，令他的修炼速度快得惊人。

“之前，我在家苦修了一个月，后来，我进入荒野区，磨炼了两个月。这三个月来，我的实力增强了多少呢？”罗峰有些期待。

这三个月，他每天的进步都很惊人。毕竟他是精神念师，精神念力每天都在改善着他的身体，这也是精神念师实力提升得快的一个原因。

其次，罗峰修炼了究级功法九重雷刀，再加上他这两个月都在荒野区和怪兽厮杀。

这样一来，罗峰修炼的速度比优秀的武者还要快得多。

“明天我就去极限会馆测试一番，看看我现在的实力达到什么程度了。”

罗峰也想检验一下自己苦修的效果到底如何。

翌日清晨。

五点多，罗峰就前往极限会馆。

"疯子，你怎么起得这么早？"

"疯子，听说最近两个月你大赚了一笔啊！"

"你可得请小区的兄弟们好好吃一顿，大家一起乐一乐啊！"

小区中，一些正在晨练的武者笑着说道。

上一次，罗峰靠着一头银月凶狼大赚了一笔，此事没什么人知道。

可是，这两个月来，罗峰猎杀了大量普通兽兵级怪兽，此事在武者圈子里已传开了。

很多武者因此认识了罗峰。

两个月，罗峰就猎杀了1万多头怪兽，这个战绩可是很高的。

罗峰得了"疯子"这一外号就不足为怪了。

正因如此，大家对罗峰都很是敬重。

即便罗峰的实力没有他们想象的那么强，可是罗峰连续猎杀了1万多头怪兽，猎杀怪兽的经验和手段都会变得很高明，毕竟熟能生巧。

"没问题！要不，就今天晚上吧！"罗峰朗声笑道。

半晌，罗峰进入了极限会馆。

极限会馆大厅内接待的少女一看到罗峰，就大声说道："罗先生，这么早啊，楼上还没有人呢。你要喝点什么？我给你送上去。"

"不用了。你准备一点茶水和点心，回头我下楼吃。"罗峰笑笑，直接上楼了。

极限会馆六楼。

看着六楼这个超大的练武厅，罗峰感慨万分。

当初，他就是在这里进行了准武者考核。没想到，短短时间内，自己已经算得上是真正的精英武者了。

他先打开拳力测试机的开关，又打开了速度测试仪的开关。

打开速度测试仪的开关后，他就站到了跑道上。

"看看我如今的实力吧！"

原本轻松地站在跑道上的罗峰，"嗖"的一声瞬间就冲了出去，仿佛离弦的箭矢，一眨眼，就冲过了跑道，而后减速，停了下来。

罗峰走到速度测试仪旁边，只见屏幕上显示出了数字——78.6米/秒。

“不错。”罗峰眼睛一亮。

一般而言，速度能达到60米/秒，就算是身体素质达到高级战士级武者的巅峰了，而若是速度达到90米/秒，则算是达到了初级战将级武者的巅峰。

“接下来，我测试一下拳力。”

罗峰走到拳力测试机旁，深吸一口气，猛然击出一拳。

“轰隆！”

他的拳头重重地轰击在拳靶上。

拳靶猛然震荡一下，屏幕上显示出了数字——6121千克。

一般而言，拳力达到4000千克，就算是达到高级战士级武者的巅峰了，而若是拳力达到8000千克，就算是达到了初级战将级武者的巅峰。

当然，这些都只是大概的数字标准，因为判断武者的实力，并非是按照其身体素质来评判，而是按照其猎杀怪兽的战绩来评判的。

毕竟身体素质只能代表武者的一部分实力。

“我再试试九重雷刀刀法的发力方法。”

罗峰深吸一口气，随后猛然睁开眼睛。

他的双脚一发力，整个练武厅的地板都微微一震，强大的力量顺着他的双腿瞬间传输到腰胯部位。

“咔咔咔——”他的脊椎一节节撑起，强劲的拳力传输到右臂。

与此同时，腰胯部位至身体背部仿佛荡漾的波纹一般，接连迸发出两重暗劲。

他领悟出了九重雷刀的第二重，拳力增强了2.1倍，此刻拳力都爆发了！

他挥出拳头的同时，速度不断加快，急速砸在了拳力测试机的拳靶上。

“轰隆——”大半个拳靶都被击弯了，而后才缓缓直起来。

拳力测试机的屏幕黑屏了一会儿，才显示出一个数字——12928千克。

“好家伙！”罗峰脸上露出了一丝笑容。

按道理，是6121千克乘以2.1，准确的数字是12854.1千克。不过，拳力测试机上表示的本来就是大概的数字，有时候略高，有时候略低，这是很正常的。

可以说，罗峰如果全力爆发，拳力将达到近13000千克。

罗峰本身的身体力量就很强了，堪比高级战士级武者。

靠着九重雷刀的发力方法，他的拳力达到了初级战将级武者的级别，而且远超8000千克。初级战将级武者的拳力一般在8000千克到16000千克之间。

“最后，我再测试一下神经反应速度。”

罗峰当即进入神经反应测试室，直接调到初级战将级武者测试模式，并且设定为延时5秒启动，而后按动红色卡扣，迅速走入红色圆圈内。

他笔直地站在红色圆圈内。

五秒钟后——

“嘟——”神经反应测试机的炮口旋转起来，而后不断加速，直至达到惊人的程度。

随后，那巨大的炮口中的数十个枪口接连射出一颗颗橡胶子弹，橡胶子弹射向红色圆圈内。

“好快。”罗峰站在红色圆圈中央，迅速移动。

他的步伐诡异，却敏捷得很。

自始至终，他都很轻松。

即便是神经反应速度和他不相上下的人，恐怕都做不到像他这般轻松，因为他的身法已经达到了入微级。

借助入微级身法的控制力，他可以尽量让自己的躲避能力提升到最强。

“噗！噗！”两颗橡胶子弹接连击中罗峰。

可是，罗峰没有丝毫犹豫，继续闪躲着。

一分钟后，炮口减速直至停止旋转。

罗峰当即走到神经反应测试机旁，仔细一看屏幕。

“60秒内，被击中21次，未碰触到红光，优等。”

对于这个成绩，罗峰感到很惊讶。

他竟然能够在初级战将级武者的神经反应测试中获得优等的成绩，由此可见入微级身法的确很强。

准确地说，神经反应测试机测试的是武者的闪躲能力。而闪躲能力和速度、神经反应、意识等等都有密切的关系。不过，这已经是最佳的测试方法了。

“速度达到了78.6米/秒。

“拳力达到了6121千克，爆发的情况下，拳力可达到近13000千克。

“神经反应测试的结果是初级战将级优等！”

罗峰对于这个测试结果很满意。

他心里很清楚，自己的身体素质应该算是达到了高级战士级，而因为九重雷刀的发力方法和入微级身法的辅助，他的攻击力和神经反应测试都达到了初级战将级的境界。

测试完毕，罗峰的心情很是愉悦。

而后，他缓缓地下了楼。

一楼大厅的酒吧，有几名武者正坐在那里聊天。

“疯子。”其中一名武者和罗峰打招呼。

“罗峰。”邬通看到罗峰，笑着说道，“你这一大早来极限会馆，是不是想看看那些准武者参加考核的情况？前几次考核你都没有来，这次正好，到时候一起看看这批新人的考核怎么样。要不，到时候，你来给他们测试吧？”

罗峰闻言一怔。

准武者考核？

今天是12月1日，每月的第一天是准武者考核的日子。

第64章

死去的战神陆纲

罗峰不由得笑了。

世间的事情真是有趣。

五个月前，他还是来这里进行准武者考核的武馆学员，那时候他一家人都住在廉租房小区。

一转眼，他已经成了武者，和家人住进了明月小区，还两次进入荒野区，猎杀怪兽，赚数千万元都无比轻松。

“邬叔，测试的事情还是由你来吧，到时候我就在旁边看看。”罗峰笑笑，在一旁坐下。

当即，有服务生送上茶水和甜点。

“疯子。”一个穿着练功服的男子出声了。

此人是极限会馆的一名教员，他笑着说道：“我听说，最近两个月你猎杀了上万头怪兽，而且几乎都是高级兽兵级怪兽，你现在的实力是不是已经达到初级战将级了？”

“我觉得差不多了。”旁边有武者搭腔。

邬通点点头，接腔道：“如果罗峰只是高级战士级武者，是不可能猎杀那么多头高级兽兵级怪兽的，罗峰就算没有达到初级战将级，也差不多了。我记得，罗峰修炼的是九重雷刀，估计现在已经小有成就了。”

罗峰一听，惊住了。

他们说得很对。

短短两个月时间，他就猎杀了1万多头高级兽兵级怪兽，如此战绩，恐怕高级战士级武者都很难做到。

他们认为他拥有初级战将级武者的实力，也就不足为奇了。

“九重雷刀很难练，而且那本秘籍的价格超高。”其他武者说道。

“的确很难练。”罗峰笑着点点头，“我也只是略有突破而已。”

“哦。”

在场的人看罗峰的眼神都不一样了。

《九重雷刀》可是究级秘籍，购买这本秘籍的人不少，可是单单入门这一关，就令不少武者很是为难。修炼这种秘籍，就意味着可以越级战斗。

“罗峰。”外面传来一道声音。

罗峰转头看去，原来是陈谷。

“罗峰，我听说你从荒野区回来了，没想到，你一大早就来了这里。”陈谷走过来，笑着说道，“对了，明天你去参加陆纲前辈的追悼会吗？”

“这么大的事情，我们都会去，罗峰到时候会一起过去。”邬通说道。

罗峰点点头。

他当然得去追悼会。

陆纲就是前天在三级鼠潮之中不幸丧命的战神级强者。

罗峰虽然没有真正经历过鼠潮，可是鼠潮爆发的时候，他也在荒野区。前辈不幸丧命，他自然要去悼念。

半晌，准武者考核开始了。

罗峰等人都看着那些后辈参加准武者考核。此次一共有八人参加考核，其中三人过关了。

八人中，罗峰认识一人，那就是Y区极限武馆的高级学员。

遗憾的是，他并没有过关。

第二天清晨，气温很低。

JN基地市，英雄堂殡仪馆的周围已经完全戒严，因为今天将有很多人来悼念陆纲。

火锤小队的五人聚在一起，五人都身穿黑色衣服。

“今天人真多啊！”陈谷忍不住感叹道。

罗峰看向周围，周围的几条街道上挤满了前来悼念的人。

更重要的是，今天是追悼会的第一天，只有武者、死者的亲人、政府官员才能进来。

从明天起，普通民众就能进来悼念了。追悼会将持续七天。

即使如此，今天已经有上万人聚集到这里，这些都是JN基地市的上层人物，其中有一些是家族财团的上层人物，还有一些是政府和军队的官员，此外，还有许多武者，甚至有战神级武者。

一名战神级武者不幸去世，其他战神级武者前来悼念，这是很正常的。

“国家电视台的人也来了。”罗峰看着采访车，说道。

“战神级武者逝世，这场追悼会全国的电视会实时直播。”高风感慨一声，又道，“战神级武者的实力可是很强的，整个C国，战神级武者都不多。”

全国电视直播这种待遇只有战神级武者，乃至更高级别的武者才能享受。战士级武者和战将级武者是没有这种顶级待遇的。

“看，那边是JN基地市的市长，他旁边的是常常在电视上出现的那位领导。”

“啧啧，看那人，那是HR联盟在国内的十二家族之一徐家的族长。”

罗峰闻言，当即看去。

那是一名一头白发、身材微胖的老者，看起来有八九十岁了，不过整个人显得很是精神。

可能是常年身居高位的缘故，他很是威严，他的身后还跟着四名下属。

“那位是战神级强者诸葛山，他是我们极限总会馆主管诸葛韬的哥哥。”

武者们议论纷纷。

今天来到这里的都是大人物。无论他们是来自政界、商圈，还是武者圈子，他们都算得上是顶层人物。

“悼念活动开始了。”高风看了看前面，“不过，我们得等一等才能进去。”

“那就等等吧，难得看到这么多高手。”陈谷笑道。

罗峰几人站在街道边上，和其他武者一样在后面等着。

一些大人物已经进去了。

“嘀！”一架通体幽黑的飞碟形状的战机直接从远处飞了过来。

英雄堂殡仪馆周围警戒的军队没有阻拦，而之前进去悼念的战神级强者们，JN基地市的市长，来自J基地市的高官，军队的将军们，全部都出来迎接了。

“有地位更高的大人物来了。”陈谷眼睛一亮。

“天哪，这又是什么大人物啊？”高风很是惊讶。

要知道，在场的人物几乎算是C国上流社会中的大人物了，比如武者中的强者，即战神级武者。又比如JN基地市的市长，这绝对是一等一的高官。毕竟整个C国只有六个基地市，JN基地市市长的地位可比大涅槃时期之前的省长还要高很多。

可是，现在这群大人物一起出来迎接来的这位神秘人物。

“什么人？”罗峰心中很是好奇。

在场的所有武者，包括电视台的人，都紧紧地盯着战机，没人敢出声。

周遭一片寂静。

飞碟战机缓缓降落，机门打开。

只见一个有着鹰钩鼻的精瘦男子从战机阶梯上走了下来。他一身黑色，脸色不太好看，眼中隐隐有泪花闪烁。

他仅仅站在那里，就让人感觉气氛很是凝重。

“朱议员。”一名前来迎接的战神级武者开口了。

鹰钩鼻男子低叹一声，没有说什么，朝前来迎接的人点点头，就直接朝殡仪馆走去。

其他人当即都跟在他的后面。

待这群大人物进去之后，外面才出现议论声。

“这人是谁？”罗峰心中很是疑惑。

据他猜测，这人绝对是C国顶层的大人物。就算是国家领导人，也很少会令战神级武者都恭敬地等着。战神级武者一般瞧不起高官。

“不知道。”陈谷等人都摇摇头。

高风凑近罗峰，低声道：“刚刚我听到有人说，刚才那位叫朱喜。朱喜这人我是听说过的，当年朱喜可是名气极大的战神级武者，不过后来他鲜少露面。很多人估计都没有他的消息，我也是偶然在网络上看到，朱喜的实力已经超越了战神级。”

“超越了战神级的武者？”罗峰等人倒吸一口凉气。

天哪，这种人物，连国家的首领也得哄着、捧着。难怪刚刚那些人都出来迎接他。

可以说，这种人是神一般的存在。

第65章

郭海

哀乐回荡在英雄堂殡仪馆之中。

政府高官、军队将军、战神级武者都依次进行悼念。

很快，就轮到罗峰他们了。

火锤小队五人顺着人流很快就进入了殡仪馆。

追悼会场只有一张巨大的照片。

“只有照片，连遗体都没有。”罗峰心中暗叹。

在鼠潮的攻击下，一旦丧命，那可是尸骨无存的。

哀乐声中，罗峰等人郑重地鞠躬三次。

旁边跪着的是战神级武者陆纲的妻子和儿女们。

一会儿后，罗峰他们就离开了会场。会场外的气氛明显轻松一些，不像会场内那般压抑。

“陆纲前辈真是倒霉。”高风摇摇头，叹息一声，“他不幸陷入了鼠潮中。那鼠潮的首领肯定看出了陆纲前辈是实力极强的武者，所以不惜一切代价要杀了他。他被鼠潮困住了，就逃不掉了。”

罗峰低声说道：“我听说，当时卫星记录的场面很是惨烈，陆纲前辈和鼠兽群激烈厮杀，数十栋高楼倒塌，上百万鼠兽被杀。”

之前，他和万冬三人只是被一小群鼠兽追杀，而且那群鼠兽中连兽将级鼠兽都没有，否则它们怎么会追不上万冬他们三人？

然而，即使是一小群鼠兽，就让罗峰感觉到很有压力了。一想到亿万头鼠兽围攻陆纲的场景，罗峰就不寒而栗。

短短的时间，陆纲就猎杀了上百万的鼠兽，实在很是强大。

“陆纲前辈一开始如果能小心点，避开鼠潮的核心，有可能不会死。”高风慨叹一声。

殡仪馆外的寒气很重，街道上都是来参加追悼会的人。

“罗峰。”一道声音传来。

罗峰转头一看，不远处正是一身黑衣的徐欣。

这副打扮让徐欣显得有些难以接近。

“徐欣，你今天没上课啊？”罗峰问道。

“今天是星期六，我就跟着家人来这里了。”徐欣回道。

罗峰错愕。

而后，他自嘲一笑：“呃，我很久不上学了，连星期几都记不清了。”

他现在是一名武者，真的不怎么注意这些了。上学时，他对周末的日子可是记得很清楚。

“罗峰同学，你现在可是武者了，和我们不一样。”徐欣说道。

罗峰和徐欣在街道一旁小声交谈着。

远处，徐刚正和一个中年妇人交谈着，当徐刚的目光扫到罗峰和徐欣两人时，眉头不由得微微一皱。

他看向身侧的中年妇人，道：“张董事，不好意思，我有事情要去办，回头我们再谈分成的事。”

中年妇人笑着点点头。

徐刚走到不远处，眼角的余光注意着罗峰和徐欣。以徐刚的视力，自然可以清楚地看到罗峰和徐欣脸上的表情。

很显然，罗峰和徐欣聊得很开心。

徐刚的脸色越加难看，心中暗道：“妹妹是颇有傲气的，一般不怎么喜欢接触男生，怎么和罗峰聊得这么投机？”

徐欣已经到了法定结婚年龄，所以徐刚非常重视这件事情。可是，他又很不看好罗峰。

“不知道哪天就会横死荒野区的武者，竟敢来纠缠我妹妹！我妹妹陷得越深，她将来吃的苦就越大。”徐刚心中很是恼火，“这罗峰真不知好歹，上次我已经委婉地和他说过了，他如果知趣的话，就应该离我妹妹远一点。”

徐刚很是愤怒，可是，他又能怎么样呢？

他可不会愚蠢地直接冲上去揍人。

“嗯？”徐刚忽然注意到不远处的一个人，不由得心中一动，“那就让罗峰吃吃苦头，知难而退吧！”

他心中想着，当即朝左边走去。

“徐公子。”一个面容帅气的光头青年笑着打招呼。

“郭海。”徐刚笑着走过去，“没想到能在这里见到你，我还以为你还在荒野区呢。”

“陆纲前辈的追悼会可是大事，我怎么能不来？”光头青年看了看殡仪馆会场的方向，叹息一声，“当年，我有幸得到了陆纲前辈的指点，我怎么都没想到，如此厉害的陆纲前辈竟然会……”

徐刚暗自腹诽：“这郭海和陆纲也没多大交情，现在竟装作如此伤心的模样，也太惺惺作态了吧。”

他是一个商人，根本无法理解武者之间的那种感情。

武者常常行走在生死边缘，他们是很看重恩情的。陆纲指点了郭海，郭海自然一生难忘。

“郭海，今天我妹妹也过来了。”徐刚笑道。

“徐欣？”郭海心中一动，“她在哪里？”

徐刚用眼神示意了一下方向，道：“她就在那边，正和一名年轻武者交谈呢。”

郭海看到远处的罗峰和徐欣，眉头微微一皱，道：“据我所知，徐欣小姐鲜少和武者交流，她和那年轻武者的关系不一般吧？”

虽然他很喜欢徐欣，可是他并不认为自己喜欢徐欣，徐欣就一定要喜欢自己。

“确实不一般。”徐刚摇摇头，又道，“他们是高中同学，我妹妹对那小子挺有好感，否则不可能和他说那么多话。”

郭海点点头。

徐欣很少和男生说这么多话的。

虽然郭海脸上的表情没什么变化，但是他的心中难免嫉妒。

“这个小子，上次我就提醒过他一次，让他离我妹妹远一点。没想到，他压根没有把我的话听进去，看样子，他对我妹妹颇有企图啊。”徐刚看向郭海，继续道，“他也不看看自己是什么身份，一名战士级武者而已，说不定哪天就丧身荒野区了，竟然敢追我妹妹，真是癞蛤蟆想吃天鹅肉。”

郭海眉毛一挑，心中有了一丝得意。

他现如今可是中级战将级武者，而且年仅21岁。相较于那小子，他要优秀得多。

“徐刚，你说得对。在荒野区，战士级武者的确很危险，说不定什么时候就丧命了。”郭海点点头，“那小子如果真的为徐欣好，就不该追求徐欣。”

“我也是这么想的。”徐刚连忙说道。

郭海看了远处的罗峰一眼，道：“对了，他叫什么名字？”

“罗峰。他刚刚成为武者没多久。”徐刚说道。

“罗峰？”郭海眉头一皱，再次说道，“疯子？”

徐刚一愣，疑惑地看向郭海：“什么疯子？”

“疯子是外号，只有实力极强的人才有这个外号。一般人根本连外号都没有。”郭海看向徐刚，皱眉说道，“在武者的圈子中，罗峰是小有名气的，你刚刚可是小看他了。虽然他成为武者没多久，可是短短两个月的时间，他已经猎杀了1万多头兽兵级怪兽，而且几乎都是高等兽兵级怪兽。据我估计，他应该拥有初级战将级武者的实力。”

“两个月内，他猎杀了1万多头怪兽？”徐刚眨了两下眼睛，“还有，你刚刚说他拥有初级战将级武者的实力？”

郭海点点头。

徐刚转头，看向和徐欣谈得正欢的罗峰，骂道：“这小子扮猪吃老虎，耍我啊！没想到，他竟然还是个了不得的人物！”

18岁的初级战将级武者和21岁的中级战将级武者相比，潜力要略高一些。

徐刚的心态发生了改变。

“没想到，这疯子也喜欢徐欣。”郭海露出一丝笑容，“有意思！有意思！”

“罗峰的外号竟然叫疯子……”徐刚依旧处于震惊之中，“两个月内，就猎杀了1万多头怪兽，真够强悍的。”

第66章

003号城市

徐刚心中很是震撼，但很快就回过神来了。

他观察着远处的罗峰，很快做出了一系列判断。

“罗峰年纪轻轻，实力就已经达到初级战将级武者了。而且，他的出身条件并不好，能够走到这一步，的确是非常难得的。我还是静静地观察他好了，如果他哪天能成为战神级武者，恐怕我爸爸他们还巴不得将妹妹嫁给他呢。不过……武者终究是武者，连陆纲前辈此等实力高强的武者都丧命了，谁知道他哪天会死。算了，算了，不多想了，就看他将来怎么发展了。”徐刚心中暗道。

对于徐家这个大家族而言，罗峰这初级战将级武者真的算不了什么。

追悼会还在进行，一些武者已经离开了。

火锤小队的五人离开会场后，直接在周边找了一家酒楼聚餐。

酒楼老板知道今天有不少人会来参加追悼会，毕竟追悼会是全国直播的。他一看罗峰几人走来的方向和乘坐的极限会馆专用车，就猜出了这五人的身份，立即将他们带到了三楼最好的包间。

“好了，下去吧。”陈谷快速点了一些菜，便让服务员出去了。

几个服务员好奇地看了五人一眼，乖乖地离开了包间。

“今天本来心情还不错，看到虎牙小队那几个浑蛋，我就一肚子火，好心情都没了。”高风咬牙切齿地说道。

离开殡仪馆的时候，罗峰他们碰到了同样去悼念的虎牙小队。

“队长，几个浑蛋而已，你没必要气成这样，不值得。”魏铁摇摇头。

“待进入荒野区，我们找个机会教训他们一顿。”魏青冷笑一声。

罗峰眉头一皱。

他的精神念力扫过整个包间，寻找是否有窃听设备。

见罗峰这样，高风笑道：“罗峰，你放心！这算是高档酒楼，我们这个又是最好的包间，一般都是一些有身份的人物在这里吃饭，经常会牵扯到一些机密。这家老板如果敢安装窃听器，简直就是找死。”

陈谷也道：“即便他装了窃听器又怎么样，我们只是说要教训一下虎牙小队的人，又没有动手，嘴上说说还不行吗？”

罗峰闻言，顿时笑了。

高风和陈谷都说得很对。

“队长，虎牙小队的背后有没有什么难缠的大人物？”罗峰问道，“如果有的话，我们得警惕一点。”

“能有什么大人物啊？”高风嗤笑一声，“难道他们的父母都是战神级武者不成？”

“说起来，陆纲前辈一共有两个儿子和一个女儿。他的大儿子和女儿都是战将级武者，只是二儿子的实力一般。”魏铁感叹道，“高手就是不一样，连子女都这么了不得。”

“哦！他的三个子女中有两个都是战将级武者？”罗峰大吃一惊。

“很正常啊！”高风说道，“罗峰，你进入武者圈子的时间短，可能不太清楚。实际上，厉害的武者的子女大多都比较厉害，比如世界第一强者洪，他本人的实力超强，超越了战神级武者，而他的儿子和女儿都是战神级武者。”

罗峰有些惊讶，他还真的没注意到这种事情。

“其实道理很简单。”高风继续笑道，“武者修炼时，身体的每一个细胞都会吸收基因原能，从而完善身体的基因，令身体基因不断地变强。其实，修炼的过程也是基因变强的过程，越是强者，基因就越优秀。武者结婚生子，就是将基因传给后代。洪、雷神，还有之前我们看到的朱喜此等绝世强者的子女达到战神级也不奇怪，因为人家天生基因就好。不过，这也不是百分百的事情。如果这些后代的实力不如先辈，会导致一代不如一代，长此以往，他们的家族基因也会变得平庸。”

罗峰点点头。

结婚生子的确是基因遗传的过程，强者的子女天生就具有优势。

这时，包间的门打开了，服务员进来上菜。

待服务员放好美食，离开包间后，高风感叹道：“人类这么发展下去，强者的基因会逐渐提高，从而使得地球上整个人类的基因逐渐提高。不过，弱者和强者结婚后，会生出一些基因一般的子女。所以，优化整个人类的基因，难度是很大的。强者在提高整个人类的基因，而弱者在降低人类的基因。不过，有一点是可以肯定的，随着时间流逝，人类的身体素质会逐步加强，总有一天，几乎人人都能成为武者。”

听到高风的这个结论，罗峰点了点头。

“当然，人人都能成为武者，这一盛况，谁也不知道要过多久。”高风摇头一笑。

人类的进化的确是一个漫长的过程。

罗峰他们很快就吃完了午饭，撤了饭菜后，又叫了茶水。

“老陈、魏家兄弟都修炼得差不多了。依我看，我们这两天就可以进入荒野区。”高风看向其他人，“大家有什么意见吗？”

“要不，后天进入荒野区？”陈谷说道。

罗峰点点头，道：“好的。后天出发！队长，我们这次去什么地方呢？”

陈谷笑了起来：“这次我们当然不再去那些小县城，我们的队伍可比之前强多了。”

此话绝非虚言。

“那我们去大市区吧！”魏铁和魏青兴奋地说道。

过去，他们最多去地级市闯荡一番。

“要不我们就嚣张一次，去003号城市闯闯，如何？”高风深吸一口气，低声说道。

“003号城市？”

罗峰等人都吓了一跳。

003号城市可不是普通地方！

可以说，那是整个欧亚地区数一数二的可怕区域。那里濒临海洋，所以有许多海洋怪兽出没。此外，那里建筑群十分密集，怪兽的数量更是达到了惊人的程度，领主级怪兽都有很多，甚至还有超越领主级的怪兽盘踞在那里。

许多顶尖武者都去那里闯荡，就连C国其他基地市的武者都专门赶去那里。

那里可以算是武者和怪兽们厮杀的一个大本营。

大涅槃时期之前，那里就是整个C国的经济中心。

“我们真的要去那里？！”魏铁和魏青都大吃一惊。

“这也太冒险了吧！”魏铁忍不住说道，“要不，我们先去023号城市，怎么样？”

他胆再大，听到003号城市，也吓得身体发颤。

那可是真正厉害的怪兽出没的地方。

高风看向其他人，笑道：“怎么？你们都害怕了？”

“怕什么怕，我敢去003号城市，到时说出去也有面子。”陈谷眼睛一亮，又道，“去，我们当然要去。反正003号城市大得很，比其他城市大得多，我们从城市边缘慢慢进入市中心，有什么好怕的。”

“罗峰，你说呢？”一群人看向罗峰。

毕竟罗峰才是火锤小队的主要力量。

罗峰思忖着。

他当然听说过003号城市的一些事情。

“行，我们此次就去003号城市。不过，我们得从郊区慢慢进入市区。”罗峰点点头。

“嗯！当然是从郊区慢慢潜入市区，我可不想死呢。”高风笑笑，又道，“当初我的不少老朋友都在003号城市闯荡，那里才是绝顶武者与怪兽厮杀的战场。没想到，如今我也要去那里闯荡了。”

敢在003号城市闯荡，这是武者实力强大的一种标志。

因为那里有很多大鳄，就算是郊区，也经常会有大量兽将级怪兽出现，而腹地更是有不少领主级怪兽出没。

实力不强的武者，根本不敢进入003号城市的郊区。

“行，那大家好好休息，后天一早，我们就前往003号城市。”高风笑道。

“好！”罗峰等人都兴奋地应道。

第67章

战场

今天一早，罗峰和陈谷就离开了明月小区，去HR联盟商城和高风、魏铁、魏青会合了，而后一行人前往东南军区的武者补给基地。

论规模，东南军区比JN基地市的北军区还要大。

“这里的武者补给基地也比北军区的武者补给基地要大得多。”

罗峰一行人领了钥匙，走在武者补给基地内，不由得感叹着。

论住宅楼的数量，东南军区武者补给基地的住宅楼比北军区要多得多。一眼看去，武者补给基地的各个地方都有不少武者聚集。论武者个人的实力，这里的武者也远超北军区那边的。

“当然强多了！”高风感叹道，“003号城市临近海洋，海洋中的怪兽严重威胁到了在陆地上生活的人类。在这里设置军区，就是为了对付那些海洋怪兽，而这里的武者主要是为了对付003号城市中的怪兽。”

相较于陆地怪兽，海洋怪兽对人类的威胁更大。

因为海洋的面积远远超过陆地，而海洋完全是怪兽的领地，可以想象海洋中有多少怪兽。

“快看，那是毒魔枪吧！”

“啧啧，那是战神级武者啊！在北军区时，难得能看到一名战神级武者。我们才来到这边，就看到了一名战神级武者。”

“不奇怪，003号城市可是整个欧亚大陆数一数二的怪兽大本营，不单单我们

JN基地市的高手，还有其他基地市的高手都来到了这里，所以这里高手很多不足为怪。”

火锤小队从住处的阳台上往下看，一个个都惊叹起来。

这里的武者是来自天南地北的。

“我们吃完午饭后，就前往003号城市。”高风说道。

片刻后，全副武装的火锤小队离开了武者补给基地。

“那是火锤小队，他们也来这边了。”

“听说火锤小队新加入一名武者，人称疯子，特别厉害，此人目前是初级战将级武者，以后他的实力肯定提升得很快。”

武者补给基地中的一些人小声谈论着。

“疯子？”树荫下，正和朋友聊天的万冬不由得转头看去。

这时候，火锤小队的五人正朝武者补给基地的大门走去。

“冬子，这个罗峰是和你一起参加武者实战考核的吧？”旁边的粗壮大汉问道。

“嗯！”万冬点点头，“他的确是和我一起参加武者实战考核的。上次，三级鼠潮爆发时，我和他都在荒野区，我们是一起逃出去的。没想到，他也来东南军区这边了。”

上次鼠潮爆发时，万冬原先所在的武者小队的队长丧命了，所以万冬等人加入了其他武者小队，而后来到了这里。

“冬子，加油，可别被罗峰比下去了。”粗壮大汉拍了拍万冬的肩膀。

万冬看着罗峰的背影消失在大门口，心情很是复杂。

当初，他们一起参加武者实战考核，一样都是被武馆提前招募的。没想到，一转眼，自己还是需要好好奋斗的新人，而罗峰已经在武者圈子中闯出了名声，现在提到JN基地市的疯子，绝大多数人都知道是罗峰。

要知道，闯出名声是很难的事情，要么靠一场惊天大战；要么靠战绩，比如罗峰两个月内就猎杀了1万多头怪兽；要么靠长年累月积累的名声，比如陈谷和张科都是靠着十余年不断与怪兽战斗，才小有名气。

“当初他和我一样都是武者，现如今他已经是武者中颇有名气的人物了。我不能被他比下去！”万冬拳头紧攥，心中暗道。

有了罗峰这个目标，万冬不敢有丝毫松懈。

罗峰一行人沿着高速公路，走了大概两天，终于进入了003号城市的边缘区域。

天空灰蒙蒙的。

火锤小队的人小心翼翼地前行。

“进屋！”高风大喝一声。

罗峰等人迅速冲进街道旁的一家店铺内。

天空中，数百头飞禽类怪兽迅速飞过。

火锤小队的人这才从店铺里出来。

“这里是怪兽的聚集地，堪称整个欧亚大陆数一数二的怪兽大本营，不仅仅有走兽类怪兽，还有各种飞禽类怪兽。”高风郑重地说道，“而且因为是临海地区，一些水陆两栖类的怪兽也会出现，大家务必谨慎行事。”

“明白，队长。”罗峰等人点点头。

大家都知道这里危机四伏。

如果那些飞禽类怪兽发现他们，朝他们发起攻击，他们恐怕只有借助地理优势，再加上罗峰的瞬间爆发，才能保住性命。

“我们的目的地是两里外的梦想城小区。”高风低声说道，“梦想城小区占地面积极大，可供近百万人居住，此外，那里的怪兽极多。因为那里处于003号城市郊区的边缘地带，领主级怪兽很少，我们先去那里闯一闯。”

“嗯！”其他几人都点点头。

“大家务必小心。无论是天上还是地上，乃至地底，都有可能出现怪兽。”高风一挥手，下令道，“出发！”

罗峰的血影战刀已经出鞘，陈谷的RG112型重机枪随时准备发射。

火锤小队五人小心翼翼地前行，丝毫不敢大意。

他们和当初在小县城的迎战状态完全不一样。

“嗷呜——”

“受死吧！”

一阵咆哮声从远处传来，还夹杂着人的怒喝声。

“嗯？那是什么怪兽？”陈谷看向声音传来的方向。

“那是市区的方向，也就是大鳄会出没的地方，不少领主级怪兽和战神级武者都在那边。”高风低声道，“若是没达到战神级武者的实力，去那里，就等于是送死。003号城市的市区中不仅有C国的强者，还有R国、I国的强者。”

罗峰等人点点头。

短短两里路，在急速奔跑的情况下，一分钟不到就能抵达。可是，火锤小队的人耗费了半个小时才抵达荒芜了数十年的梦想城小区。在这半个小时内，罗峰他们猎杀了两头蛇类怪兽、三十多头普通兽兵级怪兽，以及一头初级兽将级怪兽。

“早就听说这里很危险，没想到，竟然这么危险。我们那么小心，还是被一头初级兽将级怪兽发现了。”陈谷无奈一笑，又道，“不愧是各类怪兽都有可能出没的003号城市。”

“走，赶紧上楼！”高风一挥手。

罗峰等人小心翼翼地进入一栋住宅楼，这栋住宅楼足足有十八层。他们从第一层到第十二层，中途遇到了十多头怪兽。

十二层的一个房屋内，屋子大概有100平方米。

“在003号城市闯荡的这段时间，这里就是我们的休息地。”高风说道。

罗峰点点头。

和一些县城不同，003号城市中有许多飞禽怪兽，所以他们不能再在天台休息。在天台休息的话，很容易被怪兽发现。

“看那边！”高风站在满是灰尘的阳台上，指着南方，道，“你们看，那边有一个完全被雾气笼罩的地方。”

罗峰等人当即都看过去。

大概十里外，一栋栋建筑在雾气的笼罩下若隐若现，再往深处看，根本看不见其他建筑了，只看得到破旧的路牌。

那一片区域完全被雾气笼罩了，整个003号城市灰蒙蒙的。各种怪兽的嘶吼声不断响起，怪兽数不胜数。

“那个区域的核心地带原先有一个家乐超市，有一头高级领主级怪兽盘踞在那里。”高风郑重地说道，“记住，无论发生什么，我们一定不能靠近那里。据说，那头高级领主级怪兽是周围二三十里范围内最厉害的怪兽，其麾下有两头初级领主级怪兽，还有大量兽将级怪兽以及无数头兽兵级怪兽。”

罗峰倒吸一口凉气。

一头高级领主级怪兽，两头初级领主级怪兽以及大量兽将级怪兽，这是什么族群？

“当然，那高级领主级怪兽也就在郊区能称得上一霸。在市区，高级领主级怪兽多的是。”高风缓缓地说道，“好了，大家先休息一晚，明天就开始我们在003号城市的征程。”

“是，队长。”

罗峰等人相视一眼，都露出了笑容。

小区上空，数百头飞禽类怪兽呼啸而过，甚至有几头飞禽类怪兽从小区中飞过。

最近的一头飞禽类怪兽距离罗峰他们仅仅二三十米。

“我们都进卧室休息。卧室的窗户不大，飞禽类怪兽根本飞不进去。今晚，陈谷和魏铁两人轮流守夜。”

在003号城市，罗峰他们睡觉时都必须让人守夜。

没人敢松懈，因为这里是怪兽的大本营，武者的战场。

第68章

赚钱迅速

翌日清晨。

罗峰站在房间的阳台上，冬日早晨的冰冷寒气弥漫着，使得罗峰整个人精神一振。

“好冷啊！这气温应该到零下五六摄氏度了吧？”高风笑着走过来。

“确实挺冷的。”

罗峰从阳台朝下面看去，而后指着下方那些正在寻找猎物的怪兽，道：“一大清早，这个小区中的怪兽还真多。你看，出现在我们视线内的就有十二头怪兽，其中有三头是兽将级怪兽。啧啧，003号城市不愧是怪兽的大本营。”

高风笑了。

的确，普通县城中，一头兽将级怪兽就能带领上百头兽兵级怪兽，前呼后拥，威风得很。而罗峰之前为了磨炼刀法所待的县城中，一头兽将级怪兽能带领数百头乃至上千头兽兵级怪兽。

一个县城的兽将级怪兽越少，兽将级怪兽带领的兽兵级怪兽就越多。

而在003号城市，即便是郊区，一头兽将级怪兽一般也就带领两三头兽兵级怪兽，有的兽将级怪兽甚至形单影只，活脱脱一个光杆司令。

“这些都是实力比较弱的兽将级怪兽，没有手下，高级兽将级怪兽和领主级怪兽可都是带领着成千上万的手下的。”高风回头看看其他人，又道，“各位，清醒清醒，我们下去猎杀怪兽吧！”

“走，兄弟们，赚钱去。”陈谷笑道。

“这003号城市就是不一样，兽将级怪兽遍地走。”魏青和魏铁都眼睛一亮。

003号城市真的很危险。

可是，危险和机遇是并存的。这里厉害的怪兽很多，武者实力不够强的话，很容易丧命，即便武者的实力很强，一旦被怪兽群围攻，也很可能丧命。此外，这里的兽将级怪兽一般都没有其他怪兽跟着，这样一来，猎杀兽将级怪兽的难度低很多。

“嗖——”刹那间，罗峰出现在楼梯口。

他的精神念力扫了扫拐角处，一挥手，道：“没事，方圆二十米没有怪兽。”

一般来说，拐角处很可能有怪兽潜伏，伺机偷袭。

而罗峰的精神念力是最佳的探测器。

“我们火锤小队有了精神念师，实力就是不一样。”陈谷嘿嘿一笑。

“大家注意点，别发出声音，怪兽的耳朵很灵的。”

高风瞪了陈谷一眼，陈谷立即闭上嘴巴。

罗峰领头，高风殿后。

魏铁和魏青在队伍两侧，陈谷在队伍正中间。

“嗯？”罗峰看向一百米外的三头独角野猪怪兽。

为首的独角野猪怪兽体形庞大，那根独角是黑色的。不同于兽兵级怪兽的灰色毛发，它身上的毛发都变成了黑色，这一切都表明了它的身份——初级兽将级怪兽。

“就它了。”罗峰低声说道，“我准备对付前面那头独角野猪怪兽，大家注意警戒四周。”

罗峰率先冲了过去，后面的四人按照队形分散开来。

这四人时刻注意着周围，看是否有其他兽将级怪兽，或者来捣乱的其他武者。

“嗷——”独角野猪怪兽见罗峰朝它冲过来，立即咆哮一声。

刹那间，它的速度达到100米/秒，直接朝罗峰袭击而去。

它的体形庞大，冲击力是巨大的，就算是一辆卡车也会被撞得裂开。

罗峰手持血影战刀，依旧保持70米/秒的速度。

两者擦身而过。

瞬间，罗峰的速度飙升，脚下一顿，灵活地躲闪开来，那独角野猪怪兽根本没碰到他。

与此同时，他手中的血影战刀急速挥出。在出刀的过程中，血影战刀接连两次增速，从而变得模糊，化为迷蒙的刀光。

“咻！”冰冷的刀光瞬间划过独角野猪怪兽的脖子。

随即，这道刀光好似雾气般瞬间消散了。

“霹雳刀法！”罗峰大声道。

“扑哧！扑哧！”

罗峰的血影战刀发出了看似随意的两击，瞬间就将另外两头兽兵级独角野猪怪兽杀了。

“轰隆——”

那头兽将级独角野猪怪兽因惯性依旧飞奔了十多米，而后猛地跌倒在地，沿着地面滑出了数米，撞到旁边一棵生长了数十年的粗壮大树，使得整棵大树不停地晃动，这才停下。

“啧啧，好小子，仅仅靠血影战刀就灭了初级兽将级怪兽。”陈谷等人已经围了过来。

“你的进步不小啊！”魏家兄弟赞叹道。

这时，高风已经去解剖独角野猪怪兽的尸身了。

“我将身法、刀法和丰富的实战经验结合后，杀一头初级兽将级怪兽竟然这么轻松。”罗峰心中感叹一声。

之前他猎杀过1万多头怪兽，现在面对这些怪兽，他能保持绝对的平静，刀法和身法都能得到最精准的运用。也就是说，他能用最小的力气瞬间解决怪兽。

“好，解剖完毕。”高风露出一丝笑容，“看来，我们一天就能猎杀不少兽将级怪兽。”

“走，继续去猎杀怪兽。”罗峰笑道。

火锤小队的人都信心满满。

003号城市中的怪兽很多，虽然罗峰他们早预料到猎杀怪兽的效率会很高，但没想到真正战斗起来，这效率也太高了。

老天，这哪里是怪兽，根本就是印钞机啊！恐怕印钞机的速度，都没有罗峰他们赚钱的速度快吧！

初级兽将级怪兽的重要材料一般能卖到500万元至1500万元。

中级兽将级怪兽的重要材料一般能卖到1000万元至1亿元。

高级兽将级怪兽的重要材料一般能卖到5000万元至7亿元。

当然，也有例外，比如极其特殊的怪兽，或者一些实力堪比领主级怪兽的高级兽将级怪兽，这些怪兽的材料售价会更高一些。不过，绝大多数怪兽的材料售价都在上面这个价格区间。

火锤小队每天差不多能猎杀十头兽将级怪兽，虽然几乎都是初级兽将级怪兽，赚钱的速度还是很吓人。

罗峰五人接连奋斗了十天，猎杀了92头初级兽将级怪兽和3头中级兽将级怪兽，总售价约10亿。连续十天的高强度作战，令他们很是疲劳。

好好休息了一天，他们继续猎杀怪兽，而周围一带的兽将级怪兽明显少了很多。

第十五天。

罗峰一行人都在住处休息。

“队长，周围一带连初级兽将级怪兽都很少看到了。”陈谷无奈地说道。

“没办法，这段时间，我们猎杀的怪兽比较多。”高风无奈一笑，“不过，不用急，怪兽是大范围流窜的。据我估计，十天内，小区中的怪兽又会多起来。我们要做的是，安静地守在这里，毕竟我们对这里的环境很熟悉。”

罗峰点点头。

这十几天下来，他们对这个小区已经很熟悉了。虽然这个小区很大，但是他们将小区的每一处都记得清清楚楚。

“还是在003号城市猎杀怪兽比较赚钱啊！”魏铁忍不住感叹。

虽然此次猎杀怪兽主要是罗峰和高风的功劳，但是魏铁他们都是火锤小队的一员，也能分一杯羹。罗峰和高风能分到大头，他们也能分到一部分，这样算下来，他们都能得到1亿元。

若换作之前，那些小县城和市区的兽将级怪兽很少，魏铁和魏青一年都赚不到1亿元。现在仅仅十几天，他们就能赚到1亿元。

当然，利益越大就越危险。

这十余天来，罗峰他们遭受过飞禽类怪兽的攻击，幸亏他们躲在屋里，而且罗峰用飞刀将那些飞禽类怪兽吓走了。

“赚钱多？不多不多。”高风笑笑，又道，“一位精神念师一年赚几十亿是很正常的。我们敢来这里猎杀怪兽，主要也是靠罗峰。”

“哈哈！”陈谷、魏青、魏铁不由得笑起来。

“队长，别这么说。正是因为有你们的帮忙，我猎杀怪兽才容易得多。”

罗峰说的是实话。他的实力再强，也没办法同时注意四面八方的各种危险，正是因为有小队的其他三人帮忙警戒，扫除危险，还有高风这名中级战将级武者辅助，罗峰猎杀怪兽的效率才这么高。

罗峰他们谈笑着，不过声音都不大。

旁边的陈谷正端着重型狙击枪，透过光学瞄准镜看向下方。

忽然，他低声说道：“快看，来了一个大家伙。”

“什么？”罗峰等人几乎同时抓起身旁的望远镜。

罗峰用望远镜仔细地看着，只见远处一栋住宅楼的墙角满是青色藤蔓。这时，青色藤蔓上有一条足足有二十余米长的巨大蟒蛇。

这条蟒蛇全身有着一条条黑线，越是靠近头部，黑线就越粗。

巨大蟒蛇有两个三角形的头，这两个蛇头的额头部位微微隆起。

“天哪，那是蛇类怪兽中拥有剧毒的黑线蛇。”高风很是惊讶，又道，“还是黑线蛇中变异的双头黑线蛇，这双头黑线蛇很快长角了，看来就要变成蛟了。”

罗峰闻言，倒吸一口凉气。

即将变成蛟的变异的双头黑线蛇？！

这怪兽可不好惹啊！

“这双头黑线蛇肯定是高级兽将级怪兽，实力接近领主级怪兽。”高风表情严肃，低声说道，“它的毒性要比普通的黑线蛇强。它有两个毒囊，每个毒囊的售价都是未变异的同等级黑线蛇的两倍。也就是说，这双头黑线蛇的售价相当于四条同等级黑线蛇的售价。即将变成蛟的黑线蛇售价差不多是4亿，这双头黑线蛇估计能卖到16亿，售价比得上一般的初级领主级怪兽了。”

听到高风说出这个数字，其他人都心跳加速。

第69章

双头黑线蛇

他们拼了十几天，猎杀了上百头兽将级怪兽，还没这双头黑线蛇怪兽值钱。可想而知，猎杀强大的怪兽，赚钱速度更快。

“当然，这双头黑线蛇是非常危险的，若是被它的毒牙咬了，必死无疑。”高风沉声说道，“而且它有两个脑袋，攻击力倍增。”

“我们要不要猎杀它？”高风看向其他人，最后将目光落在罗峰的身上。

其他人都保持沉默，看着罗峰。

一切都需要罗峰来做抉择！

双头黑线蛇怪兽的价格的确很高，可是，双头黑线蛇怪兽也非常危险。

“做！”罗峰斩钉截铁地道。

他有精神念力作为辅助，躲闪能力是很强的。即便打不过双头黑线蛇怪兽，应该也能逃开。

“队长，你说呢？”

“罗峰，如果我遇到麻烦，帮我一把。”高风一咬牙，又道，“武者本来就是在生死线上闯荡的。魏铁，把你的盾牌给我。”

“队长，给。”魏铁没有丝毫犹豫，将自己的盾牌递给了高风。

高风将自己的一柄重锤放在地上。

他左手持盾牌，右手持重锤，自嘲一笑：“这么久了，我很少用盾牌作战。不过，这双头黑线蛇怪兽实在是太危险，不用盾牌的话，我还真有点害怕。”

"队长，到时候，我远攻，你近攻。"罗峰低声说道，"一旦出现不利的情况，我会将精神念力作用在你的盾牌或者重锤上，你可以借力躲闪开来。"

"明白。"高风点点头。

罗峰看向其他三人，道："我和队长下去，你们就待在这里。对了，陈哥，你的狙击枪一定要瞄准，以防有人最后趁火打劫。"

"放心，我时刻瞄准着双头黑线蛇周围的区域。"陈谷微微一笑，"需要我开枪的话，直接通知我。"

"嗯。"

通过通信手表，武者小队的成员可以随时联系。

"队长，我们下去吧。"罗峰和高风迅速下楼。

和双头黑线蛇此等级别的怪兽一战，陈谷和魏家兄弟根本插不上手。

罗峰和高风迅速来到楼下，而后凭着记忆，沿着一条破败的石头小路，朝双头黑线蛇所在的方向走去。

"嘶——"双头黑线蛇怪兽的嘶叫声远远地传来。

罗峰和高风相视一眼。

这时候，他们手腕上的通信手表都在微微振动。

罗峰低头一看，他的通信手表上出现了一行字——突然出现三个人，正和双头黑线蛇怪兽激战。

高风也收到了消息，低声道："没想到，有人抢先一步了，不过，我们可以去看看情况。"

"走。"罗峰点点头。

两人迅速前行，很快来到一栋住宅楼的拐角处。透过拐角，罗峰一眼就看到数十米外正在激烈厮杀的双头黑线蛇怪兽和三个男子。

看那三个男子的长相，他们似乎是西亚一带和南亚一带的人，他们的头发微微卷曲，肤色偏黑。

为首的光头男子身材壮硕，手持一根足足有三米长的暗金色长棍。

那根长棍在他手中宛如游龙，当双头黑线蛇嘶叫着朝他袭击而来的时候，那根长棍总会迅速地反击，虽然砸不到双头黑线蛇的脑袋，但是能将双头黑线蛇怪兽给击退。

每当长棍急速反击时，总是能令双头黑线蛇怪兽愤怒地嘶叫。

另外两人则都是一手持方形盾牌，一手持巨型弯刀。

这两人紧紧地靠在一起，联手围攻，配合得非常巧妙。

“砰！”

小区中那些满是铁锈的娱乐设施，被双头黑线蛇怪兽的蛇尾给击毁了。

光头壮汉猛地后退，手中的长棍一阵搅动，化为一阵旋风，将所有破铜烂铁都给挡了下来，他本人则借力退远。

“好棍法。”远处观看的高风忍不住赞叹道，“这个光头壮汉应该是高级战将级武者，另外两人是中级战将级武者。”

罗峰点点头。

那光头壮汉敢和双头黑线蛇怪兽硬碰硬，可想而知，他的实力极强。

双头黑线蛇怪兽状若疯狂，冰冷的眸子让人心惊胆战。

它一次次张开血盆大口。

在双头黑线蛇怪兽的攻击下，那三人都连连后退，同时开始交流。

听到三人的对话，罗峰和高风瞬间就断定他们是I国人。

激烈的战斗过后，双头黑线蛇怪兽的其中一个脑袋已经流血了。正是被那光头壮汉的棍子给打的，不过，并非致命伤。

I国三人迅速朝罗峰和高风所在的方向冲来。

“你们两个有本事的话，尽管上。”光头壮汉说着蹩脚的汉语。

这时候，双头黑线蛇怪兽嘶吼着冲了过来。

罗峰和高风冷冷一笑，没有说什么，迅速朝旁边躲去。

他们可不会傻乎乎地和双头黑线蛇怪兽正面硬战。

光头壮汉不由得低声咒骂一声。

而后，他手中的长棍再次袭向双头黑线蛇怪兽。

“就是这时候。”

躲闪的罗峰手中出现了一把黑色飞刀。

这可是9系飞刀！

“咻！”飞刀急速射向双头黑线蛇怪兽的左头颅。

这双头黑线蛇可是即将变成蛟的怪兽，智力很高。

它见罗峰竟然朝自己射出飞刀，左侧的脑袋迅速晃动。

要知道，蛇的脑袋晃动起来本来就极快，这双头黑线蛇左侧的脑袋瞬间变成一连串残影。

“聪明反被聪明误。”罗峰冷冷一笑，道，“变！”

他故意射出飞刀，就是要让自作聪明的双头黑线蛇怪兽误以为他是使用暗器的。按照常理，飞刀射出后是无法变向的。

虽然罗峰并非什么暗器高手，但是他比暗器高手要厉害得多。

“咻！”

飞刀在距离双头黑线蛇怪兽一米的时候，瞬间改变了方向，刹那间，飞刀直接射向双头黑线蛇怪兽左侧脑袋上的一只眼睛。

“嘶——”双头黑线蛇怪兽愤怒地嘶吼一声。

霎时，它左侧的脑袋竟然做出了闪避的动作。

要知道，罗峰的飞刀速度比狙击枪的子弹还要快。

仅仅一米的距离，飞刀射出，耗费的时间不足千分之一秒。

正因为飞刀实在是太快了，就连罗峰自己都无法精确地控制飞刀变向。毕竟飞刀的速度太快了，罗峰略微反应慢一点，飞刀可能已经前行了十米的距离。即便罗峰的反应快，在这一刹那，罗峰也只能进行一次变向控制。

这一瞬间，双头黑线蛇怪兽不仅反应过来了，而且还做出了闪避的动作。当然，因为时间实在是太短了，双头黑线蛇怪兽这是在极限情况下做出的闪躲动作。

飞刀刺中了双头黑线蛇怪兽的嘴巴，划出一道口子后，飞刀又擦过了双头黑线蛇怪兽颈部的鳞片。

“哧哧——”

而后，飞刀直接反弹，落在了地面上。

“好强的防御力。”罗峰心中一惊，“而且，这怪兽的闪躲能力也很是惊人。那么短的距离，飞刀很快转变了方向，这双头黑线蛇怪兽竟然还能闪躲开来，这下麻烦了。”

罗峰心里很清楚，自己想要解决这头双头黑线蛇怪兽的难度非常大。

“嘶——”双头黑线蛇怪兽的两个脑袋都转过来，看向罗峰。

它左侧的脑袋上的嘴巴有一道巨大的伤口，深绿色血液不断流出。

“Good！”手持长棍的光头壮汉大喊一声。

随后，他后退的同时，喊道：“联手，对半分？”

罗峰和高风相视一眼。

“好。”罗峰开口了。

“OK！”高风还做出了表示赞同的手势。

I国三人和罗峰两人瞬间就做出了联手的决定。

那光头壮汉的实力很强，得到了罗峰和高风的认可，而罗峰的飞刀威力极大，也得到了I国三人的认可。

只要有足够强的实力，就能得到别人的认可。

第70章

捡便宜

梦想城小区外面，一支九人武者小队缓缓前行着，这支小队中有虎牙小队的成员。

“嗯？那是蛇类怪兽的声音！”

九人中，一名头发灰白的老者说道。

荒芜的梦想城小区内，怪兽嘶叫的声音不断响起。

一条粗壮的蛇尾闪电一般抽向使用巨型弯刀的那两名I国武者。

那两名I国武者跃起五六米高，一把抓住旁边住宅楼窗户的栏杆。

那蛇尾狠狠地抽在旁边的大树上，“咔嚓”一声，大树的树干直接断裂开来，轰然倒下。

“哈哈，想杀我，做梦！”

这时，一手持着盾牌的罗峰正急速地奔跑着。

双头黑线蛇怪兽疯狂地追着罗峰。

罗峰一挥手，两把飞刀急速射出。

从表面上看是罗峰奋力用手射出飞刀，实际上，两把飞刀射出的瞬间，就完全被他的精神念力控制住了，从而速度飙升到了惊人的程度。

“嘶嘶——”双头黑线蛇怪兽咆哮着闪避开来。

“变！”罗峰目光冷厉。

两把飞刀都略微变了方向，变向的幅度都不大。此外，飞刀比狙击枪子弹都要快得多，其他人根本察觉不出飞刀变向了。

“咻！咻！”

其中一把飞刀擦着双头黑线蛇怪兽左侧的脑袋飞过，另外一把飞刀却射中了左侧的蛇头。

自战斗到现在，罗峰已经射出六把飞刀。六把飞刀都是攻击左侧的蛇头，此刻左侧的蛇头已经满是鲜血，伤势很严重。

“呼！”罗峰身轻如燕，奔跑速度快得吓人。

“Good！”手持合金长棍的光头壮汉兴奋地大叫一声。

趁着双头黑线蛇怪兽追杀罗峰，他痛打落水狗似的，一棍比一棍快，狠狠地袭击双头黑线蛇怪兽右侧的脑袋。

双头黑线蛇怪兽不敢用蛇头硬扛合金长棍，只能闪躲。

这长棍看似威力不大，也不如长枪的尖头锋利，可是其攻击力是极其惊人的。长棍的力量全部集中在棍头，棍头的侧面面积不大，反而能产生钝武器的效果。

“I国人加把劲啊！”高风大吼着。

另外两名手持巨型弯刀和盾牌的I国武者和高风一起，对双头黑线蛇怪兽发起近身攻击。一来，可以防止双头黑线蛇怪兽用尾巴袭击罗峰和光头壮汉；二来，他们想袭击这双头黑线蛇怪兽的七寸。

蛇的要害是七寸，当然七寸是大概部位，主要是腹部和心脏。

双头黑线蛇怪兽的防御力很强，可也不敢任由高风三人攻击自己要害，所以蛇尾时而抽打，时而缠绕，想尽办法对付高风三人。

“嗖！”罗峰左臂的盾牌受到精神念力的作用，整个人脚下一用力，急速飞向高风。

靠近高风的时候，罗峰连忙低声说道：“队长，你近身攻击的时候，可以用离手锤，使尽全力袭击这怪兽左侧的脑袋。”

“明白。”高风点点头。

对战怪兽时，罗峰的行迹飘忽诡异，他根本不敢靠近双头黑线蛇，只能靠惊人的速度在四周晃悠。

“啊！”光头壮汉忽然低吼一声，脸涨得通红。

一时间，他仿佛传说中的佛门罗汉，手中的长棍速度猛然加快，他不要命似的冲到双头黑线蛇怪兽的面前。

挥出的长棍速度瞬间达到极限，眨眼的工夫，数十道棍影袭击而去。

“砰！砰！”其中有两道棍影狠狠地击中了右侧的蛇头。

右侧的蛇头不由得一晃，似乎有些发晕。

“轰”的一声，右侧蛇头直接坠落在地面上。

“嘶——”左侧的蛇头立即发出可怕的嘶吼声，巨大的蛇身猛然一动，竟然弹射起来。

双头黑线蛇怪兽飞速地移动，欲逃走。

“快！”光头壮汉急切地大吼一声。

离双头黑线蛇怪兽非常近的高风怒吼一声：“去死吧！”

他使出全身的力气，猛然挥出重锤，狠狠地砸向双头黑线蛇怪兽左侧的脑袋。

双头黑线蛇怪兽左侧的脑袋立即避开。

不远处的罗峰心中一动，将精神念力全部作用在重锤上，重锤的速度瞬间加快。

“砰！”

双头黑线蛇怪兽瞬间避开。然而，重锤虽然没砸在它的脑袋上，但是砸中了它的颈部。

高风强大的力量加上罗峰的精神念力，这一锤的冲击力是无比强大的。

双头黑线蛇怪兽左侧的脑袋晕乎乎的，不由得跌落在地。

当它清醒过来，欲抬起脑袋的时候——

罗峰露出了一丝笑容，随后一把黑色飞刀瞬间飞出，射向了左侧的蛇头。

左侧的蛇头再也抬不起来了。

“哧！”光头壮汉手中的合金长棍宛如闪电般直接击向右侧蛇头。

右侧的蛇头被击毁了。

双头黑线蛇怪兽失去了生命，可那庞大的身躯还在无意识地抽搐着，渐渐地，一动不动了。

“哈哈！”光头壮汉大笑起来。

“干得漂亮！”高风捡起自己的重锤，笑着说道。

罗峰微微一笑，一一捡起自己的飞刀。

从头到尾，I国的武者恐怕都没有发现罗峰是用精神念力在控制武器。特别是最后一击，双头黑线蛇怪兽左侧的脑袋跌在地上了，罗峰才控制飞刀破土击出，直接射向蛇头。

“朋友，”光头壮汉笑着看向罗峰和高风，举起了大拇指，“Good！”

“你也不错！”罗峰笑着说道。

他看得出来光头壮汉最后使出了拼命的招式。直至现在，光头壮汉都还脸色泛红，青筋突起。

“你们一半，我们一半。”光头壮汉说道。

罗峰指向左侧的蛇头，微微一笑，道：“蛇鳞也是各一半。”

双方都感觉到对方的实力很强，而且背后的帮手都不简单，恐怕都有擅长使用热武器的武者在暗中用狙击枪瞄准现场，所以公平分配怪兽身上的材料是最好的解决方式。

紧接着，罗峰和高风开始解剖双头黑线蛇怪兽左侧的蛇头，而I国武者则解剖右侧的蛇头。

“罗峰，这一刀够狠的。”高风轻声说道。

罗峰笑笑，从已经解剖开的蛇头中取出黑色飞刀，这黑色飞刀的一击可是致命的。

忽然——

“嗯？”罗峰和高风迅速转身看过去。

I国三名武者脸色一变。

只见不远处走过来九名武者，大多数都是C国人。

这九人一看到地上的蛇类怪兽的尸身，瞬间判断出这蛇尸价值十几亿。

这可是巨额的财富啊！

顿时，不少人眼中都露出了贪婪之色。

“请走开！”光头壮汉说道。

“没想到，竟然在这里碰到了虎牙小队的人，他们还真是阴魂不散。”高风的目光扫过眼前的一群人。

罗峰沉默不语。

眼前的九人中，除了虎牙小队六人外，还有一名老者、一个高大的白皮肤壮汉，以及一名混血青年。

“哈哈！高风、罗峰，你们竟然和I国人联手，真是难得一见啊！不过，你们能猎杀这双头黑线蛇怪兽，还真是厉害啊！”虎牙小队的队长冷笑一声，又道，“知趣的话，就赶紧滚开，我们雷霆小队还能饶你们一命，否则……可就别怪我们手下无情了。哦，对了，这位是刘前辈，我们雷霆小队的队长，这位卡隆先生是雷霆小队的副队长。”

刘前辈正是那老者，而卡隆是那个白皮肤壮汉。

罗峰目光一沉。

“我是第一次来003号城市，这猎物归我了，你们可以走了。”混血青年笑着说道。

老者和卡隆分别站在混血青年的两侧，扫视罗峰等人。

“谁敢抢我的猎物，找死！”光头壮汉沉声道。

他身侧的两名使用巨型弯刀的I国武者都杀气腾腾的。

为了猎杀这双头黑线蛇怪兽，他们容易吗？首先，他们是极其幸运，才遇到这种珍贵的变异怪兽；其次，这一战非常辛苦。

高风手持重锤，眸中涌现出杀意。

“你想抢就来吧！”罗峰踩在蛇头上，看着眼前的一群人，冷笑道，“我们能猎杀这双头黑线蛇怪兽，还用得着怕你们吗？对了，别怪我没提醒你们，我兄弟的狙击枪正瞄准你们。”

“我们的狙击枪也瞄准了你们。”一名手持弯刀的I国武者冷冷地道。

罗峰、高风、三名I国武者都站在蛇的尸体旁，冷冷地看着面前的九人。

“狙击枪？”

不少人忍不住抬头看向周围的住宅楼，可是他们根本没看到任何人影。

正因为没看到人影，他们心里更害怕。虎牙小队的人心里很清楚，火锤小队中的陈谷是狙击手，此刻陈谷正好不在现场。

而I国武者小队又岂会没有擅长热武器的高手？

第71章

独行

重型狙击枪一般能威胁初级兽将级怪兽。怪兽和武者是不一样的，武者的力量的确很强，可是其皮肤和肌肉的防御力比怪兽的毛皮和鳞甲要弱得多，这也是武者都要穿上作战服的原因。

中级战将级武者如果中枪的话，即便不死，也会身受重伤。

不过，重型狙击枪对于高级战将级武者的威胁小得多，甚至根本威胁不了战神级武者。

“那名老者和卡隆都在保护混血青年，混血青年应该是整个雷霆小队最重要的人物。”罗峰的目光扫过眼前的雷霆小队，心中暗自思忖。

雷霆小队的九人抬头看着周围的住宅楼，寻找狙击枪所在的方位，而后用眼神交流。

周遭死一般地寂静。

“刘前辈。”虎牙小队的队长潘亚看向老者。

老者眉头一皱，瞪了他一眼。

潘亚立即不吭声了。

老者凑近混血青年，在他耳边低声说道：“少爷，你既然要来这里磨炼，还是亲手对付那些怪兽吧！”

混血青年看了看老者，又转头看向卡隆。

卡隆点点头。

“好吧，我们走。”混血青年无奈地下令。

他父亲早有严令，进入荒野区后，他必须听两位保镖的话。

这个小队名义上的队长是那名老者，实际上，领袖人物是混血青年。

混血青年一声令下，虎牙小队的成员都不甘地瞪着高风和罗峰。

张泽虎低斥一声：“罗峰，算你走运！”

他完全不掩饰自己对罗峰的厌恶。

其实也没必要掩饰，虎牙小队和火锤小队早就水火不容了。

很快，雷霆小队的九人离开了。

梦想城小区占地面积极大，雷霆小队依旧在小区内前行着。

“潘亚。”老者边走边道。

“刘前辈。”潘亚走上前，恭敬地应道。

老者沉声道：“你们虎牙小队既然接了这个任务，就应该知道，这次行动必须以少爷的安全为第一。双头黑线蛇怪兽的确算得上是宝物，可是远远比不上少爷的安全重要。如果少爷出事了，不仅我跑不掉，虎牙小队的人也得全部陪葬。”

虎牙小队的队长心中一惊，连连点头：“明白！”

“嗯！你明白就好。”老者顿了顿，继续道，“待会儿，我们就在梦想城小区旁边的井江连锁酒店住下，让少爷在周围一带猎杀怪兽。如果你们想要抢夺别人的猎物，自己动手，别连累少爷。”

“我懂。”潘亚恭敬地应道。

敢进入003号城市的武者小队哪里会是实力弱的？如果不靠着老者、卡隆这两名高级战将级武者，虎牙小队根本没有能力去抢夺别人的猎物。

潘亚大步后退，退到虎牙小队其他成员的身边。

“队长，火锤小队的整体实力似乎提升了不少。”独眼中年人低声说道，“他们竟然能够和I国武者联手猎杀双头黑线蛇怪兽。即便是I国武者起了主要作用，可是，I国武者愿意和他们联手，说明他们是有一定的实力的。”

潘亚点点头，道：“我知道。火锤小队的人敢进入003号城市，显然他们的实力大大提升了。”

“队长，我们不能再迟疑了。那个罗峰才成为武者不久，可是，我听说他已经是初级战将级武者了。”张泽虎急切地道。

“这个小子的潜力也很是惊人啊！”潘亚沉声说道，“放任仇敌成长，对我们的威胁会越来越大。既然这次在荒野区碰到了他们，我会想办法弄死他们，大不了，花些钱请刘前辈和卡隆帮忙。”

草地上，罗峰、高风以及三名I国武者正对双头黑线蛇怪兽进行解剖。

他们不仅取出了双头黑线蛇怪兽的毒囊，还将蛇胆也取了出来。当然，双头黑线蛇怪兽的皮也被剥下来了，蛇皮的价值可不低。

“一半！”

“一半！”

三名I国武者和罗峰两人迅速将材料给分配了。

“无论是硬度还是韧性，这蛇鳞都很惊人啊！”高风忍不住感叹一声，他摸了摸蛇鳞，又道，“这蛇鳞绝对是制造作战服的重要材料之一。”

现如今，人类最重要的一项发明，即克罗合金，主要用的就是各种怪兽身上的材料。当然，有的用的是在月球上开采出来的蓝金金属。

克罗合金使得武者拥有比怪兽的防御力还强的作战服，还让武者拥有锋利无比的战刀，甚至大大增强了一些热武器的威力。

“合作愉快！”光头壮汉和罗峰、高风两人说道。

“哈哈，愉快。”高风朗声大笑。

随后，罗峰和高风都背着鼓鼓的背包，朝楼上走去。

那蛇鳞虽然面积很大，但是非常薄，双头黑线蛇怪兽的一半蛇鳞重叠起来，都无法填满一个背包。

当然，武者的背包具有惊人的弹性，此外，背包本身有隐形的机关，可以逐步释放背包的容量。背包的容量最大时，几乎可以容纳一个成年人。

不过，只是暂时存放蛇鳞而已，还不需要扩大背包的容量。

高风和罗峰迅速回到住宅楼的第十二层。

一进屋子，就响起了一阵欢呼声。

“热烈欢迎，热烈欢迎。”魏铁兴奋地叫道。

“欢迎队长和罗峰胜利归来。”陈谷也兴奋地叫道。

他们当然很是高兴，罗峰和高风成功归来，他们也能分得不少钱。

高风的脸上却没有笑容。

“你们看到虎牙小队的人了吗？”

“看到了。”陈谷、魏铁、魏青三人脸色一沉。

陈谷咬牙切齿地道：“我刚刚真想一枪崩了他们，为老张报仇。”

火锤小队中，陈谷和张科的感情是最好的，他们都住在明月小区。

这么多年，他们一起出生入死，一起返回老家，两人比亲兄弟还亲。张科就是被虎牙小队的人害的，失去了一只手臂，再也不能当武者，陈谷如何不恨？

不过，陈谷心里也清楚，自己不能冲动。第一，他一枪只能杀一个人；第二，一旦他开枪，雷霆小队的人肯定会立即动手，到时候局面一发不可收拾。

“陈哥，虎牙小队的人现在在哪里？”罗峰问道。

“我们一直在盯着呢。”魏青正拿着一架望远镜往下方察看，“那群人刚刚走出梦想城小区，正沿着那条街道往东走。”

罗峰等人立即走到魏青的旁边，依次接过望远镜朝下面看去。

果然，雷霆小队的人正在数里外的街道上缓缓前行着。

罗峰他们选择的住宅楼的地理位置很好，正好处于整个小区中间的最北边，而且楼层很高，周围只有一些低矮的建筑，这使得他们对北方区域一览无余。

“队长，陈哥。”罗峰唤道。

“嗯？”火锤小队的其他人都看向罗峰。

罗峰握紧拳头，沉声道：“张哥的仇我一直忘不了。我早就发誓，若是在荒野区碰到虎牙小队的人，一定要好好教训他们。”

“罗峰，你的意思是？”高风闻言一惊。

“我打算偷偷跟过去，然后找机会教训虎牙小队的人。他们早就对我们下了杀手，肯定不会善罢甘休。”

罗峰一直记得，当初虎牙小队的人趁他们和怪兽战斗，竟然偷袭他们。虎牙小队的狙击手射出了两颗子弹，其中一颗毁了张科的右臂，另外一颗本来会要了罗峰的命，罗峰是靠着精神念力才勉强躲过一劫。

“罗峰，我跟你一起去。老张的仇，不能不报。”陈谷咬牙切齿地道。

“陈哥，我自己去吧，我有把握。”罗峰低声说道，“我有精神念力，即便是遇到战神级武者，我也能靠着精神念力逃掉。”

这就是精神念师的可怕之处。

即便战神级武者的实力比罗峰强数倍，罗峰也可以靠着精神念力飞行。除了精神念师，只有超越战神级武者的强者才能飞行。

“陈谷，罗峰说得有道理，你去的话，很可能是累赘。”高风道。

陈谷点点头。

队长说得很直接，可是他知道，队长是真心为他好。

“而且，我们想教训虎牙小队，虎牙小队何尝不想找我们的麻烦？”高风沉声道，“他们上次暗算我们的事情，被我们知道了，他们当然不会再任由我们火锤小队继续壮大。可是，他们一直没有在荒野区碰到我们，这次碰到我们了，肯定还会动手的。”

其他人都心中一惊。

没错！虎牙小队行事狠辣，绝对不会任由火锤小队继续壮大的。

“反正我们这次猎杀的怪兽也够多了，背包都快放不下怪兽的材料了，其他人就先回武者补给基地吧！”高风道。

随后，高风看向罗峰，道：“罗峰，尽管你是精神念师，在城市中逃命的能力比我们强，你也还是要小心，千万别大意。”

罗峰点点头。

他们一边说话，一边拿着望远镜留意雷霆小队的行踪。

“他们进了井江连锁酒店。”陈谷兴奋地道，“看来，他们要将那儿当成暂时的据点。”

“事不宜迟，我们现在就走。”高风直接说道。

罗峰当即起身，目送他们离开。

这里本来就是郊区，离高速公路只有两三里路，很快，罗峰就将高风四人送到了高速公路上。

他们已经离开了003号城市的建筑密集区，怪兽很少，以他们的实力，在荒芜的高速公路上行走，一般是不会出事的。

“罗峰，小心。”高风四人都看着罗峰。

这次，罗峰决定独自去会会虎牙小队。

“队长，你放心。”罗峰笑着说道。

随后，他转过身去，迅速冲进远处的建筑密集区。

第72章

忍不住了

天灰蒙蒙的，罗峰仿佛猿猴般迅速地穿行在003号城市的郊区中。

003号城市不愧是曾经的大城市，就连郊区都是高楼大厦林立，住宅小区一个接一个，土地利用率极高。

罗峰时而急速奔跑，时而躲在墙角，待得一些寻找猎物的怪兽走了之后，他才继续前行。

他的精神念力不时扫着周围，可以清楚地判断出前方和拐角等地方是否存在危险。

“就这家吧！”罗峰直接跃入一栋三层的联排别墅的三楼窗户。

数十年来，这里都没有人居住，屋内早就满是灰尘，不过家用电器等设备还是一眼可以分辨出来，只是部分家具已经倒塌，或者碎裂了。

罗峰迅速将一个床垫翻过来，反面果然干净不少。他略微整理一下，就能睡觉了。

而后，他放下背包，迅速取出望远镜，来到窗口。

玻璃窗上满是灰尘。他将玻璃窗拉开一小半，拿着望远镜朝正北方看去。

他现在是在梦想城小区中的一栋三层联排别墅中，在这个方位可以清楚地观察北边的井江连锁酒店。

此外，还能一眼看到酒店前的街道。罗峰和街道之间约有两里的距离，以罗峰的眼力，就算不用望远镜，也能看到远处街道上的情况，通过望远镜则可以清楚地看到。

“井江连锁酒店。”罗峰站在窗户前，默默地观察着。

五分钟后。

“嗯？”罗峰的脸上露出一丝笑容，“原来是那一间。”

通过望远镜，罗峰清楚地看到两里外的井江连锁酒店第六层其中的一个阳台上站着两个人，那两人正拿着望远镜朝外面张望，正是张泽虎和那个叫李晓的狙击手。

“机会是等出来的。”罗峰放下望远镜，开始了蹲守的日子。

井江连锁酒店。

虎牙小队的队长潘亚冷冷地说道：“虎子、阿晓，你们俩给我看仔细了，一定要找到火锤小队的藏身之所。据我所知，火锤小队的陈谷若要使用狙击枪，那么就必须待在比较高的地方，所以你们拿望远镜仔细地察看高楼。”

“是，队长。”张泽虎和李晓站在阳台上，通过望远镜不断地察看梦想城小区的高层建筑。

“潘亚，你告诉我的关于火锤小队的情报没问题吧？”老者皱眉问道。

潘亚连忙说道：“绝对没问题，这六个人的资料非常准确，唯一的变数是罗峰，他是极限武馆提前招入的，天赋极高，实力应该达到了初级战将级。”

“嗯。”老者微微点头，“既然如此，潘亚，待你的队员找到火锤小队的藏身之所后，再告诉我吧。”

“是。”潘亚恭敬地应道。

可惜，虎牙小队的成员们直到天黑都没有发现火锤小队的人。

第二天早晨。

“少爷，按照计划，今天早晨少爷的目标是一头初级兽将级怪兽，此怪兽的力量较强、速度较快，到时候我和卡隆都不会出手的。”老者笑着说道。

混血青年大笑道：“好，你和卡隆就在旁边看着吧，我一个人能解决的。”

卡隆微微一笑。

“潘亚。”老者转过头来，吩咐道，“你们虎牙小队昨天守夜的那两个人休息，其他人跟我们一起走。”

“明白。”潘亚咧嘴一笑。

虎牙小队现如今有两名中级战将级武者和四名初级战将级武者。

“铁头、阿东，昨天你们俩守夜的，今天就在这里休息吧。”潘亚道。

保护大少爷的安全是第一位的，所以要留也是留下实力弱的，自然是从四名初级战将级武者中选两人。

今天是铁头、阿东，明天就是张泽虎、李晓，轮流留下来。

“明白。”铁头和正擦拭着枪械的阿东笑着说道。

“我们走。”老者一声令下。

混血青年、老者、卡隆以及虎牙小队的四名队员都离开了酒店。

顿时，空荡的房间中只剩下铁头和阿东。

“哼！那小子有个厉害的老子，就是不一样。”铁头忍不住说道，“他只是去积累和怪兽战斗的经验，竟然还可以请两名高级战将级武者当保镖，还请我们虎牙小队保护他，真是……当年我出来混的时候，可是将脑袋别在裤腰带上去拼命的啊！”

阿东嗤笑一声，道：“咱们怎么和人家比？你刚刚没听到吗，那个刘前辈一副管家的口吻，连训练都计划好前后次序了，先和哪一种怪兽厮杀，而后和哪一种怪兽厮杀。”

荒野区中满是危机，武者哪里有选择权啊？

若是碰到一头厉害的怪兽，立即高呼“我不和这头怪兽战斗”，这可能吗？你不想斗，怪兽偏偏会追着你，逼着你动手。

“那位大少爷可不一样，若是遇到厉害的怪兽，自己根本不必出手，刘前辈就先出手给解决了。他只用等到一头初级兽将级怪兽，和怪兽练练手。”铁头嗤笑道。

一大早，一直蹲守的罗峰发现雷霆小队的七名成员都离开了酒店。

“怎么只有七人？不是一共有九个人吗？”罗峰心中一动，“剩下的两个人应该还在酒店。”

罗峰很清楚自己的实力。

自己对付中级战将级武者是轻而易举的，可是对付高级战将级武者就比较难了。如果自己偷袭的话，或许能瞬间杀了对手，可是如果偷袭失败的话，那就比较麻烦了。

即便是用狙击枪射出的子弹，高级战将级武者也能瞬间躲开。

毕竟高级战将级武者的神经反应速度可比自己要快得多。

“雷霆小队中，卡隆和老者十有八九是高级战将级武者，否则当初他们也不敢那么嚣张，说要抢夺双头黑线蛇怪兽的尸身。”

“如果我一个人对付他们九个，运气好的话，或许有可能成功。不过，若是对方有一个人在死前将此消息通过通信手表传出去，那麻烦就大了。”罗峰心中暗道。

老者和卡隆对那混血青年的态度很是恭敬，而且他们都唤混血青年“少爷”，由此可知，混血青年的背景很强大。

毕竟能够安排两名高级战将级武者当保镖，这就说明一点，混血青年背后的大人物至少是战神级武者，或许，那大人物的地位比战神级武者更高。

“现在，酒店中只剩下虎牙小队的两名武者，要不要动手？”

罗峰略一犹豫，便打消了这个念头。

“不能动手。如果我杀了这两个人，剩下的七个人肯定会更加警惕，我再想动手，那就更难了。”

当下，他只能忍。

“我就不信等不到机会！”

时间一天天过去，雷霆小队的人没有发现火锤小队的人的踪迹，而罗峰也没找到最佳的出手机会。

雷霆小队的人每次离开酒店，都会将前晚守夜的两个人留在酒店中休息，第一天是铁头和阿东，第二天便是张泽虎和李晓。

整整九天!

“他们未免太规律了！”罗峰一脸苦色，“这雷霆小队根本就是那位少爷的保姆队啊！”

这几天，罗峰不仅仅监视着酒店的动静，还暗中观察出来狩猎的七个人，看是否能找到虎牙小队和老者他们暂时分开的机会，可是，他没得到一点机会。

雷霆小队的人一直保护着混血青年，根本没有离开。罗峰没有一丁点出手的机会。

第十天!

“我再这么忍下去，恐怕待他们返回基地市我都没出手的机会，不能再等了。”罗峰一咬牙，眼中闪过一丝怒意，“今天就是第十天，应该是张泽虎和李晓留守酒店。”

井江连锁酒店。

“虎子、阿晓，你们俩一夜没睡觉，好好休息。”潘亚笑着说道。

“明白，队长。”张泽虎和李晓笑着应道。

“走吧。”老者一声令下。

潘亚一行七人离开了酒店。

与此同时，罗峰悄悄地离开了自己的据点，沿着另外一条路朝酒店的方向前行。

第73章

张泽虎死

冬天的清晨，很是寒冷，地面上的怪兽残骸上凝结着冰霜。

此时，罗峰正悄悄地漫步在巷道中，远远地，有两头影猫怪兽正低头撕咬着一头铁毛野猪怪兽的尸身。一发现有人类朝它们走来，它们立马躲闪开来。

怪兽也是有智力的，在003号城市闯荡的武者都很厉害，一两头兽兵级怪兽根本抵挡不住。

“那两头影猫怪兽估计是去召集其他影猫怪兽了。”

罗峰迅速穿过巷道，继续前行，而后故意绕了一大圈，半个小时后，才抵达酒店北边的后门处。

酒店后门处脏兮兮的，地面上有着黑色的血迹，连雨水都冲洗不掉。

罗峰默默地站在那里。

“半个小时了，雷霆小队的七人估计已经走远了。”

罗峰看了看面前早已破损不堪的后门，立即将精神念力作用在护臂、盾牌以及血影战刀上，这股强劲的托力使得罗峰身轻如燕，每一步都非常轻松。

“上楼！”罗峰沿着楼梯一步步往上，没有发出一丁点声音。

他小心翼翼地往上走，当他走到三楼的时候，一眼就看到三楼的走廊上竟然有一头体形庞大的虎獒犬怪兽，它一下子就发现了罗峰。

罗峰吓出了一身冷汗。

“嗖！嗖！”

两道黑影几乎瞬间袭向虎夔犬怪兽。

虎夔犬怪兽都没来得及嘶吼，瞬间便没有了气息。

紧接着，那两把飞刀在远处飞了一圈后，又落回了罗峰裤子侧面的袋子内。

“还好。”罗峰长舒一口气，“幸亏这怪兽没来得及嘶吼，否则引起张泽虎和李晓两人的注意，可就麻烦了。”

虽然罗峰要教训张泽虎和李晓并不难，但是他不想节外生枝，招来别的祸患。张泽虎和李晓若是被惊动了，很有可能联系雷霆小队的其他人，此事若是被雷霆小队的其他人知道了，罗峰接下来的行动肯定会难得多。

“六楼！”罗峰走到六楼，不由得露出一丝笑容。

还好，从一楼爬到六楼，也就碰到一头怪兽而已，估计是雷霆小队当初进来的时候扫荡了一遍，将那些怪兽都给解决了，而刚刚那虎夔犬怪兽估计才进入酒店没多久。

六楼的走廊上，罗峰缓缓地走着。

“窗户朝南的房间，从东往西的第八个窗户。”罗峰无法确定第八个窗户到底对应的是哪一个房间。

“应该是这几个房间中的一个。”罗峰屏住呼吸，尽量不发出声音。

他走到其中一个房间外面，停了下来，耳朵贴着墙壁仔细地聆听着，隐隐约约能听到聊天的声音。

他当即断定这就是那两人所在的房间，悄然进了房间。

“应该就是这个房间。”罗峰的精神念力迅速将房间扫了一遍。

房间内。

张泽虎正靠着破沙发坐着，李晓则擦拭着手中的机枪，两人不时闲聊着。

“火锤小队的人真是胆小，那次碰到我们后，竟然直接逃回武者补给基地了，难怪之前我们怎么都找不到他们的踪迹。”张泽虎嗤笑道。

李晓冷冷一笑，道：“逃得了初一，还能逃得了十五？既然他们和我们结了死仇，那他们就死定了。”

张泽虎冷哼一声，道：“就凭他们，还想和我们斗，笑话。”

忽然，张泽虎脸色一变。

李晓的神色变得凝重。

“刚才好像有什么异常。”张泽虎看向李晓。

李晓点点头，皱眉道：“我刚才莫名地有些心悸。”

他们常年在生死线上闯荡，遇到危险时，总会有一些奇特的感觉。

事实上，他们之所以感觉这么明显，是因为罗峰用精神念力扫了房间一遍，精神念力辐散开来，一般人是很难察觉到的。不过，厉害的武者还是会有感觉的。

“难道房间外面有怪兽？”张泽虎低声说道。

“很有可能。”李晓点点头，“第一次来酒店的时候，我们倒是将酒店中的怪兽都解决了，可是说不定之后有什么厉害的怪兽进入了酒店。”

当即，李晓手持机枪，张泽虎手持开山刀，两人都起身朝门口走去。

数十年了，房间的门锁早就坏掉了。张泽虎轻轻一拉，房门就打开了，房门外什么都没有，更别提怪兽了。

“没有异常。”张泽虎和李晓相视一眼，都松了一口气。

而后，张泽虎小心地走到门外，准备察探一番。

就在这时——

“咻！咻！”

两道刀芒瞬间出现在张泽虎和李晓的前方，其中一道刀芒划过张泽虎的左臂，紧接着，又划过张泽虎的喉咙，而另外一道刀芒瞬间划过李晓的喉咙。

张泽虎瞪大眼睛，根本发不出声音。

两道刀芒的速度都太快了。

张泽虎和刀芒距离只有一两米，而李晓和刀芒距离也就三四米，这么短的距离，那刀芒比狙击枪子弹的速度还要快，他们怎么来得及躲闪？

若他们是高级战将级武者，或许还有一丝生机，可惜他们并不是。

张泽虎想要说话，却发不出声音，想按动通信手表，通信手表早就掉落在地。

“我要死了吗？我、我怎么会死呢？”张泽虎的右手紧紧地捂住喉咙，心中十分慌乱，“怎么会这样？！”

忽然，一个人出现在门口。

来人身穿作战服，脚踏合金战靴，背着盾牌和血影战刀，正看着张泽虎。

张泽虎的眼睛瞪得滚圆，他看着眼前的武者，一脸难以置信。

此人竟然是罗峰！

正是他瞧不起的那个新武者——罗峰。

张泽虎张了张嘴巴，想要说些什么，可是他根本说不出话。

这时，那两道刀芒飞向了罗峰，在罗峰的面前悬浮着两把飞刀。

而后，这两把飞刀落入了罗峰大腿外侧的刀袋内。

张泽虎瞪大眼睛，想说些什么，却身体一颤，轰然倒在地上。

临死前，他发现了罗峰的秘密——罗峰竟然是精神念师！然而，他已经来不及通知虎牙小队的其他人了。

一开始，张泽虎自认为是资深武者，而罗峰只是个菜鸟武者，所以当初因为张昊白的事情找罗峰谈判的时候，张泽虎完全不肯低头。

本来，这也只是小矛盾。

没想到，罗峰第一次进入荒野区，张泽虎就想着要杀了罗峰。虎牙小队那次埋伏袭击了火锤小队，差点让火锤小队的成员全部丧命。幸好罗峰最后精神念力爆发，救了火锤小队的其他人，可是，张科的右臂断了。

虎牙小队的人见事情败露，又唯恐火锤小队再次变强，就想斩草除根。

“张泽虎和李晓已死，虎牙小队只剩下四人。”罗峰站在房间门口，心中暗自思忖。

“他们一回来，发现这两人被杀了，肯定会及时追查，我得想办法脱身。”

罗峰沿着楼梯迅速往下冲，从六楼一直来到一楼，而后到了酒店的后门。

“嗯？”罗峰朝四周看了看。

“周围没有怪兽群，这可有些麻烦。”罗峰眉头紧蹙。

他一眼能看到几头怪兽，可是，怪兽的数量太少，不利于他的计划。他打算让雷霆小队的其他七人认定张泽虎和李晓是被怪兽杀的。

随即，罗峰沿着巷道朝外面飞奔而去，跑出巷道后，发现不远处有一大群独角野猪怪兽，少说也有数百头。

普通武者看到这情景，躲还来不及呢，罗峰却打算冲进怪兽群中。

第74章

布置现场

“就是它们了。”罗峰迅速靠近。

“嗷——”一头独角野猪怪兽发现了罗峰，当即愤怒地吼叫起来。

正是这群独角野猪怪兽的首领！

顿时，其他独角野猪怪兽都疯狂地朝罗峰冲了过来。一时间，街道的地面都震动起来了。

“轰隆隆——”独角野猪怪兽群冲刺着。

“嗯，我原本准备先猎杀一头独角野猪怪兽，引其他独角野猪怪兽追杀我，可是，我还什么都没做呢，它们就追杀我了。”罗峰掉头就跑，很快转了个弯，朝巷道跑去。

巷道较宽，两头独角野猪怪兽差不多能并排飞奔。

罗峰在前面飞奔，独角野猪怪兽群在后面疯狂地追杀。

“哧！哧！”

两道刀芒在后面飞了一圈，又飞回到罗峰的身边。

顿时，前面的一头独角野猪怪兽当场毙命了，而另外一头独角野猪怪兽的身上有一道巨大的伤口。

一时间，独角野猪怪兽群的咆哮声更大了，显然很是愤怒。

罗峰进入酒店的后门急速跑上了楼梯。

一头头独角野猪怪兽也急速往上飞奔。

那水泥混凝土建造的楼梯的质量的确不错，几十年过去了，竟然还能承受住急速飞奔的独角野猪怪兽群。

罗峰刻意控制了速度，大概领先独角野猪怪兽群十米，而后冲到了目的地——六楼。

到了六楼，罗峰控制着精神念力将张泽虎的开山刀和李晓的机枪悬浮起来，机枪还拖曳着长长的弹链。

独角野猪怪兽轰隆隆地冲上六楼，急速朝罗峰冲来。

罗峰控制精神念力扣动了机枪的扳机，顿时机枪那粗大的枪管振动起来，一发发子弹疯狂地射向独角野猪怪兽群。

独角野猪怪兽是很疯狂的，就连子弹的冲击力都无法令它们停下。

那开山刀也急速移动起来，攻向一头头独角野猪怪兽。

失控的独角野猪怪兽狠狠地撞击着旁边的墙壁。

“轰隆隆——”房间的墙壁被撞裂。

罗峰凭借机枪和开山刀，一次性猎杀了数十头独角野猪怪兽。

一道愤怒的嘶吼声响起。

一头满身都是银色毛发，零星有几处黑色斑点的独角野猪怪兽出现了。

这时，开山刀和机枪已经跌落到张泽虎和李晓的尸身旁。

罗峰则沿着北边一个房间的窗户一跃而下。

一股精神念力作用在他双臂的护臂上，产生了托力，令他跳下楼的冲力锐减。

他轻松地落在一栋两层楼的楼顶，而后迅速飞奔着，跃入一条巷道中，很快就消失不见了。

数十头独角野猪怪兽在破败的酒店内横冲直撞，寻找那可恶的武者。

罗峰潜回原先的住处，用望远镜观察着。

“差不多两个小时，雷霆小队的其他七人就会回到酒店。”罗峰心中暗道，“整个003号城市中不时响起怪兽的吼声，之前，酒店中发生的战斗虽然惨烈，但是雷霆小队在数里之外，没发现也不奇怪。”

酒店正门口，意气风发的雷霆小队回来了。

“少爷刚刚那一击真是厉害，精确地划过了那头兽将级怪兽的喉咙。”潘亚笑着恭维道。

紧接着，他的笑容僵住了。

“嗯？”潘亚警惕地看向酒店内。

雷霆小队的其他人都脸色一变。

“血腥味！”老者直接走进酒店。

“这里肯定发生过大规模厮杀。若是只死了一两头怪兽，不会有这么浓的血腥味。”潘亚皱眉道。

旁边的独眼中年人立即按动手上的通信手表，大喊道：“虎子、阿晓，你们赶紧回话，到底发生什么事了？”

半晌——

“队长，他们还是没有回话。”独眼中年人看向潘亚。

虎牙小队的四人都心中一凛。

“说不定他们没注意到通信手表振动了。”铁头忍不住道。

武者的感觉是很灵敏的，怎么会感觉不到通信手表振动呢？

潘亚沉声道：“我们去六楼看看。”

“走，我们也上去看看。”老者发话了。

顿时，一行七人来到楼梯处。

看到楼梯上有怪兽踩过的痕迹，七人都脸色一变。

很显然，之前有很多怪兽来了这里，楼梯经过踩踏，都微微裂开了。

“大家小心点。”

七人小心翼翼地缓缓前行。

没过多久，他们就到了六楼。

“啊！”七人看到眼前的一幕，都倒吸了一口凉气。

整个酒店，明显六楼是最混乱的，简直一片狼藉，这一层房间的墙壁被怪兽撞得快要倒塌，地上满是血迹，还有残骸。

七人脸色一沉。

看来，张泽虎和李晓凶多吉少。

“看，墙上有枪眼。”

“这里有不少弹壳，应该是阿晓开枪抵挡怪兽的攻击，可惜怪兽太多。”

片刻后，他们还发现了地上散落着的作战服，被踩得变形的开山刀，还有完全变形的机枪。

“这是虎子的开山刀，还有阿晓的机枪。”

“这两套作战服……”

作战服非常结实，虽然经过独角野猪怪兽的撕咬，变得破烂不堪，可是虎牙小队的人依稀能辨别出，正是张泽虎和李晓的作战服。

“怎么会这样？”铁头喃喃道，“他们明明留在房间里休息，怎么会这么倒霉，竟然遇到了来这里寻食的怪兽群？”

“走，我们下楼！”老者下令。

“下楼？”独眼中年人、铁头、阿东都一惊，随即面露怒色。

潘亚眉头微微一皱，喝道：“好了，我们将虎子和阿晓的遗物整理一下，然后下楼。”

队长发话了，他们当然不敢不听。

酒店的一楼大厅。

“我们心里都很清楚。”潘亚沉声说道，“虎子和阿晓的警惕性很高，即便是怪兽群进入了酒店，他们也能很快发觉，至少有很大把握能够逃生。就算他们没能逃生，按理说，他们在发现危机的时候，会立即通过通信手表通知我们。”

其他人都点点头。

“没错。”老者点点头，接着说道，“奇怪的是，这两人死前都没有联系你们。我怀疑，是有人故意设局，并且在现场留下了监听器，所以我才让大家下楼商议的。”

其他人当即都崇拜地看着老者。

到现场后，能够瞬间做出判断，姜还是老的辣啊！

“这是其中一种可能。还有另一种可能，那就是兽将级怪兽发现了他们，而后偷袭了他们。之后，大量怪兽冲了上去，在混乱的紧急情况下，他们根本没有机会联系你们。”老者又道。

虎牙小队的四人彼此相视一眼。

混血青年的脸上露出担忧之色。

老者低声说道：“少爷，放心，即便有人设局，也不是针对你的。战神级武者根本不屑用此等手段，而战将级武者根本不敢来招惹少爷。”

“刘前辈，为了少爷的安全，我们还是赶紧回基地市吧。”潘亚说道。

第75章

和弟弟通话

酒店内仍旧弥漫着血腥气，潘亚的心中很是焦虑。

“虎子和阿晓的死很是怪异，他们有可能是被怪兽杀的，更大的可能是有武者对他们下黑手。据我所知，一般的武者都不敢得罪李威少爷，肯定是和我们虎牙小队有仇怨的武者。”

潘亚很清楚李威的身份，李威是混血儿，其父亲是C国人，实力和背景都很强大，根本没有武者敢招惹李威。

“不必。”老者摆摆手，又道，“有我和卡隆在，少爷是不会有事的。”

卡隆看了虎牙小队的四人一眼，轻蔑一笑。

“李少爷。”潘亚乞求地看向李威。

“我的训练计划还没结束呢，我才不走呢。”李威皱眉道。

老者微微皱眉，道：“身为武者，本就是在生死边缘行走。如今，张泽虎和李晓的死因还没查清楚，你们就这么害怕，急着赶回基地市，以后能有什么大成就？”

虎牙小队的四人都说不出话来了。

“大不了，你们就一直跟着我们，这样总行了吧？”

老者此话一出，虎牙小队的四人彼此相视一眼，顿时打消了回基地市的念头。

跟着两名高级战将级武者，的确非常安全。

“刘前辈说得对，前怕狼后怕虎，哪里有资格当武者啊？一旦发现敢暗算我们的人，那我们就先下手为强，直接解决他们。”潘亚眼中涌现出杀意。

“我们听刘前辈的。”独眼中年人笑着说道。

“这酒店满是血腥气，我们换一个地方吧！”老者说道。

当即，雷霆小队的七人离开了井江连锁酒店。

罗峰仍旧用望远镜默默地观察着。

“他们果然离开了井江连锁酒店。”

雷霆小队的七人离开酒店后，沿着街道走了好一会儿，而后就消失在了罗峰的视线中。

“这栋别墅比较低，能观察到的范围很小。”

罗峰迅速背上背包、盾牌、血影战刀，犹如豹子般直接蹿出了别墅，他飞速地奔跑着，而后直接冲进对面的一栋高层住宅楼。

这栋住宅楼足足有十八层，罗峰身上的盾牌、血影战刀等都受到了精神念力的托力，罗峰的速度极为惊人。

一道人影不断地在楼梯上迅速移动着。

很快，罗峰就到了第十八楼。

一个房间内，罗峰站在北边窗口边，拿着望远镜朝下看。

他所在的位置很高，往下俯瞰时，看到的场景很是清晰。

很快，他就看到雷霆小队的七人正在街道上缓缓地走着。这七人走了许久，最后进入了一栋破败的六层住宅楼。

“不知道我布置的现场有没有起作用。”罗峰眯着眼，心中暗道，“只能听天由命了。”

罗峰又继续开始了蹲守的日子。

作为一名武者，首先需要有足够的耐心和毅力。如果没有耐心和毅力，哪能拥有那么惊人的实力?

第一天，那七人在下午时分出去狩猎了，这次是七人一起去的。

第二天，七人在上午和下午都出去了一趟，主要是陪李威训练，同样是七人一起去的，罗峰没有找到任何出手的机会。

第三天，依旧如此。

“看来，雷霆小队的人有所怀疑了，都提高了警惕。”罗峰坐在卧室中那略微清理过的床上，默默地看着窗外。

此刻，夜色正浓，繁星满天，星光透过窗户照进房间。

“怎么办呢？”罗峰眉头紧蹙。

看样子，那位少爷的训练计划一结束，他们就会回基地市。

“嗡——”

罗峰感觉到手腕上的通信手表微微振动，低头一看，是罗华打来的电话。

“回拨。”罗峰发出了声控指令。

“喂，哥！”手表中传来罗华的声音。

“罗华，你怎么想起给我打电话了？”罗峰笑容满面，显得很是开心。

此次他独自一人在荒野区闯荡，日子是很孤寂的，能和家人聊聊天，他心里暖洋洋的。

“没什么，我只是想你了。”罗华说道，“哥，最近我炒股又大赚了一笔。”

“哦？你是怎么赚的？”罗峰笑着问道。

罗华兴奋地道：“我一直在炒的有八只股票，其中有六只是绩优股，另外两只纯粹是短线庄股。绩优股本身的质量很好，每年净利润率很高，不过其中有一只股票开始狂跌，我吓了一跳，还以为这家公司出什么问题了呢，后来我仔细查了一下，发现这家公司没有任何问题。如果是短线庄股猛跌，我的损失肯定很大。可是，这是绩优股，我很有信心，我愿意长期持有。它跌的话，我就买，阶段性地不断补仓。就这样，跌了大概十几天，跌了近50%，我几乎将我所有资金的八成都拿来补仓了。没想到，最近十几天，那只股票开始狂涨，短短二十天不到，不但涨回了原价，还略有超出，我操作的资金翻了一倍。哈哈，太爽了！”

罗峰能感觉到罗华很兴奋。

“这么厉害，你可比我强多了。”罗峰不禁夸赞道，“你现在手头的资金是不是有1亿多了？”

上次他给了罗华5000万元，加上罗华的本金，应该是8000多万元。

“嗯，这次我炒股赚了 1.7亿元。”罗华嘿嘿一笑，“哥，多亏你给了我一大笔钱，如果不是我的本钱够多，我怎么可能赚这么多？”

“你在炒股方面是很有实力的，你应该感谢自己。我在荒野区闯荡了两个月，猎杀了很多怪兽，赚了不到1亿元。”罗峰说道。

“哥，我这次确实赚得多，不过这种机会不是常常能遇到的。”罗华说道。

罗华炒股已经有好几年了，短短的时间，他就猛赚了一笔，这种机会的确很少。

“嗯。”罗峰应着，同时开始操作通信手表。

他进行了触摸屏的操作，进入了自己的银行账户，将1.8亿元转到了罗华的账户。

“啊！”罗华惊呼一声，“哥，我的账户上多出来了……”

“嗯！是我转给你的。我最近也大赚了一笔，这些是给你炒股用的。你尽管去炒股，如果有一天，你的炒股资金达到了150亿元，我会给你一个大惊喜。”罗峰笑着说道。

他一直没有告诉罗华有关生命之水的事情。

毕竟那东西的价格太高。不过，按照罗峰的计划，自己赚钱，弟弟也炒股赚钱，自己的钱可以拨出部分给弟弟炒股。就这样，钱生钱，想要赚足300亿并非不可能。

“150亿？”罗华惊呼一声。

“放心，我会借给你不少本金的。”罗峰笑道。

到时候，罗华手上的钱加上自己手里的钱估计就有300亿了。

他们有了钱，到时再想方设法买到生命之水，让罗华重新站起来。

“好，哥，我一定会努力的。”罗华道。

“嗯。”罗峰笑着应道，“好了，你早点休息吧。”

“嗯，哥，你在荒野区一定要小心。”

兄弟俩很快就挂了电话。

明月小区，罗峰家。

一楼的一个房间内，坐在轮椅上的罗华放下手机，随即打开了电脑。

“华子，看你的样子，今天很开心啊！”视频上的少女笑着说道。

“嘿嘿，当然开心。”罗华兴奋地和视频中的少女聊天。

这少女脸上略带婴儿肥，齐耳短发，眉目清秀，妆容干净。

这就是罗华的女朋友——小楠。

小楠的大学就在她家乡所在的城市，所以课程结束后，她都是回自己家。

小楠正在卧室内，用电脑和罗华视频聊天。

一对中年夫妇坐在客厅的沙发上，表面上，两人都看着电视，注意力却明显不在电视上。

“怎么办？”中年妇女焦急地说道，“你也不是不知道小楠的脾气，如果我们硬将他们拆散，小楠以后肯定会恨我们的。”

“恨就恨，我们也是为了她好。”中年男人怒气冲冲地道，“她从小一点苦都没吃过，还以为活在童话里呢！虽然咱们也不是大富大贵之家，可也生活得好好的，我们闺女的长相和人品都不错，凭什么非要和一个残疾人谈恋爱。那个残疾人的哥哥是武者又怎么样？不管怎么样，我不能看着闺女往火坑里跳！如果不是老李告诉我，我还不知道闺女竟然背着我们和明月小区的那个残疾人约会呢，真是气死我了！”

中年妇女连忙安抚道：“别生气了。你再生气也没用，我们就一个女儿，能怎么样？现在最重要的是，想办法让咱们女儿和他分开，而且尽量不要伤女儿的心。”

“我懂！”中年男人皱着眉头。

一时间，客厅很是安静，只有墙上的机械挂钟不断地发出“嘀嗒”声。

第76章

大好机会

003号城市一如既往的一派肃杀之气，城市中不时传出一阵阵让人心悸的怪兽吼声。

数十年前还是C国最繁华的003号城市，现如今却变成了怪兽们的乐园，随处可见血迹和尸骸。

这里简直就是魔窟。

在一栋十八层建筑的顶楼的房间，身穿作战服的罗峰一手拿着望远镜看着下方，一手拿着一块肉干，咬了一口，咀嚼了两下，而后吞下。

房间内只有罗峰咀嚼肉干的声音，显得很是安静。

而后，罗峰拿出水袋，喝了一小口。过了片刻，他又喝了一小口。

他并没有带很多食物和水来荒野区，所以每天都必须节省点。

“这次那七个人又一起出去了。”罗峰透过望远镜清楚地看到那七个人又一次离开了那栋六层住宅楼。

罗峰有些恼怒，一把将望远镜扔到旁边的床上。

他按摩着眼睛周围的穴位——整天蹲守在这里，用望远镜监视着那七人的一举一动，他的眼睛最疲劳。

“那七个人每次都一起出去，根本不给我一点机会。”罗峰皱眉说道，“这样下去，那位少爷估计很快就要结束训练了，我恐怕依旧是白等一场。到底该怎么办？”罗峰思忖起来。

现如今，他根本没有机会动手。

难道就这么苦等下去？

“咦！”罗峰眼睛一亮，心中暗道，“既然等不到机会，那我就自己创造机会。”

“他们不是一直在一起吗，那我就逼他们分开。”罗峰的手拧紧了水袋的塞子。

三个小时后。

在怪兽老巢附近狩猎的雷霆小队七人十分小心，时而前行，时而躲避，最后又回到了那栋六层住宅楼中。

“行动……开始！”全副武装的罗峰微微一笑，直接走出了房间。

随后，他如猿猴一般迅速地朝楼下飞奔，出了这栋十八层住宅楼后，就小心翼翼地探寻着。

虽然他的实力很强，但是他不敢嚣张。

躲避怪兽很难，而寻找怪兽是很容易的。

十五分钟后，罗峰找到了两三千头犬类怪兽。这犬类怪兽群盘踞在一家大型机械厂的厂房之中。

平常根本没有武者敢来挑衅这庞大的犬类怪兽群，这犬类怪兽群太可怕了。

“呼呼——”

一头头体形庞大的犬类怪兽趴在厂区外面的地面上，呼噜声不断地回荡着。

周围弥漫着一股浓浓的臊气。

“啧啧，好强的犬类怪兽群。”罗峰透过院墙缝隙朝里面看了一眼，心中暗道，“开始吧！”

很快——

厂区内的犬类怪兽群疯狂地嘶吼着。

数十头犬类怪兽忽然丧命，使得这庞大的犬类怪兽群骚动起来，它们认为受到了前所未有的侮辱。

犬类怪兽群的首领是两头高级兽将级狮獒犬怪兽，此刻，它们愤怒地咆哮着。

那些犬类怪兽当即疯狂地追着偷袭它们的罗峰。

“这些犬类怪兽跑得还挺快！”

罗峰背后的六棱盾牌受到精神念力的作用产生了强大推力，一下子，罗峰的飞行速度大大加快了。

“轰隆隆——”

整个狮獒犬怪兽群中掺杂了部分虎獒犬怪兽，这庞大的犬类怪兽群疯狂地追逐着。

它们的速度同样快得惊人，跑在最前面的怪兽速度达到了80米/秒。仅仅耗费30秒，它们就从厂区到了那栋六层住宅楼，这中间隔着四里路的距离。

罗峰闪电般地进入了六层住宅楼中。

六楼的一套四室二厅的房间内，雷霆小队的七人正在休息。犬类怪兽群怒吼着追逐罗峰的时候，雷霆小队的七人根本没有一丝警惕。在他们看来，整个003号城市到处都是怪兽的吼叫声，根本没什么奇怪的。

“东边的区域似乎发生了战斗。”独眼中年人笑道。

“别多管闲事，这003号城市混乱得很，哪天没有发生武者和怪兽群的战斗？这次肯定又是有武者招惹了怪兽群。”潘亚的语气很是淡然，其情绪没有丝毫波动。

他成为武者十多年了，怪兽群追杀武者的事情实在是太多了。

仅仅聊天的时间——

“怪兽群似乎离这里越来越近了。”

“住宅楼都隐隐有些震动。”

顿时，雷霆小队的七人都冲到了北边的窗口边，朝下面看去。

只见大量的狮獒犬怪兽和少量的虎獒犬怪兽正疯狂地往这栋住宅楼冲。

短短几秒钟，整个住宅楼都剧烈地震动起来，仿佛发生了地震一般。

怪兽的咆哮声在住宅楼内回荡着。

“轰！”雷霆小队七人所在房间的房门猛地被撞开。

一头头狮獒犬怪兽接连冲了进来，它们不仅把房门撞得稀巴烂，还把墙壁给撞塌了。

在一千多头犬类怪兽的踩踏下，整栋住宅楼很可能随时倒塌。

住宅楼外，还有一两千头狮獒犬怪兽和虎獒犬怪兽，它们根本没办法进入住宅楼中，只能将整个住宅楼给重重包围。

“这是怎么回事！”李威尖叫道，脸色煞白。

如今他们处于危险的境地中。这栋住宅楼剧烈地震颤着，仿佛随时会倒塌。

任谁处在这样的境况下，都会惊慌失措的。

“保护少爷！虎牙小队殿后！”老者大喝一声。

“嗒嗒嗒嗒——”阿东的机枪已经疯狂地扫射起来。

一发发子弹直接射进了那些狮獒犬怪兽的体内，然而，这些怪兽就算中弹了，身体依旧因惯性撞击了过去。

铁头、独眼中年人、潘亚这三人只能靠着冷兵器将这些怪兽给挡到一边。

“啊——”

这时，老者和卡隆带着李威直接跳窗了。

“我们走！”潘亚大喝一声，也跟着从窗户往下跳。

“阿东，快！”独眼中年人大吼道。

论身体素质，枪手是最弱的，自然速度也很慢，怎么可能抵挡住那些怪兽的袭击？

阿东咬咬牙，从窗户一跃而下。

最后，独眼中年人和铁头才依次从窗户跳下去。仅仅六层楼的高度，初级战将级武者就算负重数百斤跳下去也不会受伤。

可是，这次下面不是平地，而是一千多头怪兽。

住宅楼二楼的墙壁已经倒塌了。

罗峰正躲在二楼一个房间的拐角处。

刚刚罗峰冲进二楼的这个房间后，就控制精神念力用墙壁的碎石和大理石桌将自己所在房间的出口给堵死了，还将三楼的楼板和水泥柱弄塌了，一时间，这个房间成了一片废墟。

那些怪兽冲进来时，根本没有发现罗峰。

随后，怪兽发现了六楼的雷霆小队，它们的注意力完全在雷霆小队身上。

罗峰站在卫生间的窗边，死死地盯着外面，同时仔细地听着。

“交战了！”罗峰隐约听到六楼传出了打斗声。

随后，三道人影迅速从上方坠下。

“有人跳楼了！”

罗峰眼睛一亮，两把黑色飞刀立即悬浮在面前。

率先落到地上的是老者和李威，紧接着就是卡隆，随后，虎牙小队的队长潘亚也跳了下来。

“嗷——”住宅楼外面的怪兽激动地嘶吼着。

“保护少爷，冲出去！”老者落在地面后，狠狠地踹在旁边两头狮獒犬怪兽的身上。

顿时，这两头狮獒犬怪兽惨叫着倒飞出去，撞倒了旁边的七八头狮獒犬怪兽，使得周围一片混乱。

第77章

战神到来

卡隆手持一把巨剑在前面开路，潘亚则跟在他的身侧做辅助。

这两人都不简单，一个力大无穷，一个阴险狡诈，两人快速地扫除着前方的怪兽。

“呜！”一道低沉的吼声突然响起。

只见不远处有一头体形庞大的怪兽，此怪兽几乎有五米高，身躯比卡车还要大，通体都是银白色的毛，全身隐隐反射着道道光芒，它的毛皮中竟然藏着一层银色的鳞甲。

它的额头有一个小小的凸起。

正是这个怪兽群的两大首领之一——高级兽将级的狮獒犬怪兽。

“轰！”仅仅一个飞扑，这头狮獒犬怪兽就跃过了二十多米的距离，直接到了潘亚等人的面前。

“潘亚，你保护好少爷，赶紧冲出去。”老者手持一把战刀，吼道，“卡隆！”

“明白！”卡隆大声应道。

老者和卡隆几乎同时迎战这头狮獒犬怪兽。

没办法，如果他们不正面迎战的话，李威将会遭遇莫大的危机。

这头狮獒犬怪兽怒吼着，双爪直接袭向眼前的两名武者。

两名高级战将级武者和一头高级兽将级怪兽厮杀，现场顿时一片混乱。

一时间，周围的狮獒犬怪兽都被撞飞开去。旁边的墙壁和水泥地面都受到了影响，一片狼藉。

那高级兽将级狮虁犬有许多普通狮虁犬怪兽辅助，它和老者、卡隆斗得难解难分。

“啊——”

这时，阿东、铁头、独眼中年人接连跳了下来。

面对怪兽群，这三人却慌乱得很。

之前，老者、卡隆、李威、潘亚这四人敢在怪兽群中横冲直撞，而这三人显得非常狼狈。

“快，我们走。”独眼中年人大喝道。

“快走！”

阿东举着机枪对着周围的怪兽扫射着。

就在这时候——

“嗷！”一道让人心颤的吼声响起，一头体形同样庞大的狮虁犬怪兽直接从六楼一跃而下。

顿时，正和老者、卡隆厮杀的狮虁犬怪兽兴奋地嘶吼起来。

又一头高级兽将级狮虁犬怪兽！

老者和卡隆都脸色大变。

他们瞥了已经走远的潘亚和李威一眼，稍稍松了一口气。

正是因为他们费力牵制了大量怪兽，潘亚和李威才成功逃离这里。

“快，走！”

“走！”

卡隆和老者根本不敢迟疑。

面对这两头高级兽将级怪兽，他们根本不敢硬碰硬，更何况周围还有大量的怪兽。

“嗷——”

两头高级兽将级狮虁犬怪兽咆哮着冲过去。

它们岂会放任这两名可恶的武者逃脱？

破败不堪的六层住宅楼的二楼，罗峰正在卫生间的窗户边，冷静地观察着楼下的动静。

只见卡隆和老者掉头就跑，而独眼中年人、铁头、阿东这三人还在费力地往外冲。

罗峰的脸上露出了一丝笑容。

“就是这个时候！”

两把黑色飞刀瞬间从窗口朝下方射出，而后通过大量狮獒犬怪兽身体的夹缝，猛地射向独眼中年人和铁头。

如果正面对战，独眼中年人还能反抗两下，毕竟他是中级战将级武者。

可是，他遭到了出其不意的袭击，根本没有反应过来。

独眼中年人和铁头当场丧命。

紧接着，两道刀芒瞬间贯穿了正用机枪扫射怪兽的阿东的脑袋。

这三人临死的时候，满心都是惊恐、疑惑、不甘。

他们甚至不知道是谁杀了他们。

“嗷——”那些怪兽当即兴奋地扑向这三具尸身。

“并非是我无情，是他们想置我于死地。”罗峰缓缓说道。

罗峰打心底不愿意得罪李威。

他看得出来，李威的背景很强大。所以，虎牙小队的人和李威在一起的时候，他是不敢出手的。

“不过，那位大少爷恐怕麻烦大了。”罗峰心中暗道。

突然，罗峰的视线中出现了一道模糊的人影。

那人手持一件棍棒类的兵器，一闪身，就越过了数百米距离，直接冲入怪兽群当中。

“轰隆隆——”只听得一阵让人惊颤的轰鸣声。

李威周围的数十头怪兽瞬间丧命。

而后，那道人影又猛地一动。

这次，它直接到了两大兽将级狮獒犬怪兽的前方。

那两头高级兽将级狮獒犬怪兽惊恐地嘶吼一声，竟然欲逃跑。

“轰！”

那棍棒类的兵器闪电般地狠狠砸在其中一头高级兽将级狮獒犬怪兽的身上，那高级兽将级狮獒犬怪兽全身鳞甲碎裂开来，口中喷出鲜血。

就在这时——

“轰！”那道人影又追上了另外一头高级兽将级狮獒犬怪兽，同样用兵器猛地一击。

这高级兽将级狮獒犬怪兽仿佛被扔出去的保龄球，撞击在后面的狮獒犬怪兽和虎獒犬怪兽的身上。

一时间，那些离得最近的狮獒犬怪兽和虎獒犬怪兽活活被撞击而死，还有大量狮獒犬怪兽和虎獒犬怪兽被撞得跌倒在地。

那头高级兽将级狮獒犬怪兽在地上打了个滚，最后倒在地上，一动不动了。

刹那的工夫，两头高级兽将级狮獒犬怪兽毙命。

“嗷——”其他怪兽被这一幕吓到了，都惊慌地嘶吼着。

整个怪兽群立即逃窜。

这时，那道人影才渐渐变得清晰。

罗峰这才看清楚此人的模样，这是一个身高两米多的大汉，身上穿着灰色的作战服。

他的手中握着一根巨型的狼牙棒，狼牙棒上的一根根尖刺让人不寒而栗。

“太厉害了。”罗峰看了看那两头高级兽将级狮獒犬怪兽的尸身，彻底惊呆了，根本不敢大声喘息，“此人绝对是战神级武者。我还是小心点，千万不能被他发现我藏在这里，否则就麻烦了。”

罗峰连那陷入地底的飞刀都不敢收回。

“李叔！”李威跑过来。

“李先生。”老者和卡隆都恭敬地躬身行礼。

大汉看了李威一眼，道：“李威啊，你爸收到你的求救信号后，立马查到了你所在的位置，周围正好有我和王哥这两名战神级武者。于是，他就第一时间通知了我，幸亏我离这里不远，才来得及赶来救你。”

“王叔也来了？”李威眼睛一亮。

这时，一阵风吹过，一道人影出现了。

来人一身青色作战服，面容俊秀，乍一看，三十岁的样子。

“王叔。”李威连忙喊道。

“看你这狼狈样子。”那个男子没好气地说道。

卡隆和老者根本不敢吭声。

潘亚则不断地察看四周，当他看到不远处散落着一些作战服、机枪、残骸时，眼眶都红了。

第78章

战神宫

潘亚忍不住冲过去，看着地面上的残骸，他痛苦地攥紧双拳。

“潘亚，人已经死了，你现在难过又有什么用！”老者低喝一声。

“这是怎么回事？”王姓男子朝这边看过来，问道。

旁边的李威立即解释道：“王叔，是这样的。这次我爸爸让我来荒野区进行实战训练，还派了老刘和卡隆来保护我，同时请了一支战将级武者小队，以防保卫的人手不够。这支武者小队一共有六人，现在却有五人丧命了，只剩下他一个人了。”

“嗯！”大汉嗤笑一声，“这武者小队的实力未免太弱了。”

“李先生。”老者恭敬地道，“这倒不是虎牙小队的实力弱。前几天，我们陪着少爷出去进行实战训练的时候，留守在据点的虎牙小队的两名队员就遭到了怪兽的袭击，当场身亡。这次我们都在六楼休息，也是莫名其妙遭到了一大群怪兽的袭击。那三名队员的实力相对较弱，都死在怪兽的手上了。”

王姓男子眉头一皱。

大汉很是疑惑，道：“此事怎么这么奇怪？”

怪兽群攻击武者的据点，这可是非常少见的。然而，这种事情接连发生了两次，实在诡异。

“有人在背后暗算你们。”王姓男子淡淡地道，“应该是和虎牙小队有仇怨的人。”

罗峰躲在住宅楼二楼房间的卫生间中，不敢发出丝毫声响。

听到不远处的王姓男子的话，罗峰不由得大吃一惊："这人猜得还真准。"

"王叔，你的意思是？"李威疑惑地看向王姓男子。

"你爸爸虽然有一些敌人，可那些都是战神级武者，战神级武者还不至于跑来对付你这个孩子。"王姓男子淡笑道，"更何况，战神级武者真要杀你的话，你离开基地市的第一天，他们就动手了。"

李威点点头。

"你爸做得很对。你从小受到的训练是一等一的，战斗力却很一般，来荒野区进行实战训练，的确能大大增强实力。"王姓男子问道，"你现在的身体素质怎么样了？"

"我如今身体素质只能算是中级战将级，不过，我差不多能对付大多数初级战将级怪兽。"李威回道。

"你的实力只能算一般，甚至可以说是比较差。"王姓男子显然不满意，"人的智力比怪兽高。领主级怪兽的智力才和人类相当，所以实力较强的武者差不多能对付同等级的怪兽，一些极其厉害的武者甚至能猎杀高一级别的怪兽。你的身体素质达到了中级战将级，却只能对付初级战将级怪兽，你缺乏大量的训练。"

李威有些羞愧。

"不过，你也不必着急。你的身体素质不错，你爸妈舍得在你身上花钱。"王姓男子语重心长地道，"以你的天赋，加上你爸妈的支持，十年内，你达到战神级是很有可能的。从今天起，你认认真真地积累实战经验，待你成为战神级武者，加入战神宫，到时自然能得到别人的尊重，而不是被当成眼高手低的公子哥。"

"明白，王叔。"李威点点头。

他的爸爸是一代强者，他的母亲是E国一个超级大家族的战神级武者，他继承了父母良好的基因，他的天赋很好，就算没进入荒野区，修炼二十几年，身体素质也能达到中级战将级。

而他的爸妈愿意在他的身上花钱，他成为战神级武者，并非难事。

“敢问前辈，什么是战神宫？”旁边的潘亚忍不住问道。

另一边，罗峰竖起耳朵，认真地听着。

“一般来说，只要成为高级战将级武者，就会被告知战神宫的事。”王姓男子看了潘亚一眼，“你的实力还算强，我提前告诉你也没事。战神宫是全世界五大强国和各大基地市中的所有战神级武者和超越战神级强者的存在组成的团体。可以说，全世界所有的战神级武者都是战神宫的一员。”

“而世界第一强者洪和雷神是战神宫的开创者。战神宫是武者团体中的巅峰势力。”王姓男子笑着说道。

潘亚惊呆了。

躲在不远处的罗峰也大吃一惊。

天哪，全世界所有的战神级武者组成的势力，还是洪和雷神这两大绝世强者联合创建的，估计各大强国都没办法和这样的势力对抗吧！

“战神宫是武者的圣殿。

“战神宫是全人类对抗怪兽的最后堡垒。

“战神宫存在的目的有两个：一是追求人类身体的极限力量；二是灭掉地球上的怪兽。”

王姓男子一字一句地说道。

在场的人闻言，都热血沸腾。

老者则是期待得很，他是高级战将级武者，离战神级武者只差最后一步了。可是，他的年纪大了，看起来很难再突破了。

罗峰听了，同样期待万分。

“好了，李威，你们赶紧离开这里吧！”王姓男子笑着说道，“我和你李叔还要去对付那头高级领主级的铁甲龙，这次行动十分危险，所以你们现在赶紧离开，最好去郊区外的高速公路上。”

“铁甲龙怪兽？”李威的眼睛瞪得滚圆。

潘亚、老者、卡隆倒吸一口凉气。

“老天。”罗峰也大吃一惊，“这两名战神级武者还真是大胆，竟然敢去对付高级领主级的铁甲龙。”

要知道，领主级怪兽的智力和人类差不多，而领主级怪兽的身体素质比同等级的武者的身体素质要强一些，所以，即便是高级战神级武者，遇到高级领主级怪兽也只能逃命。

两名战神级武者联手对付高级领主级怪兽？！

这是疯了吗？

“哈哈！那头铁甲龙怪兽刚刚产卵，实力变弱了不少。”王姓男子笑道，“正是对付它的最佳时机。”

“产卵？”李威等人很是惊讶。

“好了，你们赶紧走吧。那铁甲龙怪兽距离这里只有十里距离，一旦我们动手，它控制的那庞大的怪兽群会袭击我们，到时周围一带都会受到影响，你们赶紧到那高速公路上去，那儿是最安全的。”王姓男子叮嘱道。

每一头领主级怪兽都很聪明，都会控制庞大的怪兽族群。

“明白。”李威连连点头，“那侄儿就祝李叔和王叔马到成功。”

“我们走。”

随着李威一声令下，老者、卡隆、潘亚等人立即飞速离开了。

战神级武者都提醒了，他们可不敢懈怠，当即朝郊区赶去。

途中。

李威一行四人仍然惊叹不已。

“王先生和李先生真厉害啊，竟然敢去猎杀铁甲龙怪兽。即便那铁甲龙怪兽因为产卵而实力减弱了，可它毕竟是高级领主级怪兽啊！”老者忍不住惊叹。

“这两人是不是传说中的影刀俩兄弟，影刀王通和大力熊李阚？”潘亚问道。

“没错。”李威得意一笑，“我爸妈年轻的时候，和王叔、李叔是一个武者小队的，那可是生死之交。”

潘亚点点头。

李威的背景的确很强大啊！他的爸妈都是战神级武者，他爸妈的朋友也有不少是战神级武者。

“总有一天，我也要成为战神级武者，加入战神宫，到时就能结交其他战神级武者。”潘亚心里暗自期盼着，“嗯！如今虎牙小队只剩下我一人，我到时再加入一个厉害的武者小队。”

罗峰依旧躲在原处，外面传来了声音。

“解剖好了吧？走吧，我们好好准备一下，这次我们的对手可是铁甲龙怪兽。如果是高级领主级的银月凶狼或者黑云虎，都好解决。可是，铁甲龙的速度、防御力、力量都非常强。它这次产卵，实力减弱，正是我们对付它的最好时机。”王通说道。

李阚沉声道：“搞定了，王哥。”

“好，出发！”

一阵风声吹过，随后就再也没有声音了。

罗峰透过窗户看了看外面，那两人已经走远了。

“潘亚这次倒是走运，看来暂时没有出手的机会了。”

一旦潘亚跟着李威等人离开003号城市，罗峰这次行动就结束了。

“嗯，我不能冒险。大不了，待下一次在荒野区遇到潘亚我再动手。”罗峰心中暗道。

“那两大战神级武者要去猎杀高级领主级铁甲龙，那铁甲龙怪兽就在十里外的地方，这一战肯定很精彩，我得去看看。”罗峰心中痒痒的。

第79章

巅峰对决

破烂不堪的住宅楼楼下，地面上遍布怪兽的尸身。

罗峰猛地从住宅楼二楼的窗口跳下，将处于地底的两把飞刀给收了回来。

“据我估计，过不了多久，那两名战神级武者就会和高级领主级铁甲龙交战，我得赶紧找个好的观战地。”罗峰瞥了瞥那两头高级领主级狮獒犬怪兽的尸身，叹息一声，“他们将怪兽尸身解剖得够彻底的，把重要的材料都取走了。”

本来罗峰还想捞点好处呢！

“嗖！”罗峰迅速朝南方赶去。

“铁甲龙的老巢在十里外的地方，那我就选离那里三里地的一栋住宅楼作为观战地吧！”

罗峰一边飞奔，一边做出了决定。

在这003号城市，即便是精神念师，也不敢大意。

罗峰时而飞奔，时而停下察探。

总的看来，他的速度是很快的。十分钟后，他就进入了一栋十八层住宅楼的第十六层。

罗峰轻轻推开一个房间的门。

原本房门是紧闭的，罗峰控制精神念力轻易就控制住了门锁，将门打开了。

“这房间的门紧锁，并没有被强行破坏。看来，自大涅槃时期到现在，还没有武者或者怪兽进过这个房间。”

罗峰进入房间后，随手关上房门。

只见房子中的物品摆放得井然有序，玻璃柜、沙发、大理石饭桌、电视等都是大涅槃时期之前的样子。

“呼！”罗峰将沙发上蒙着的一层毛毯给拿掉了，沙发还是比较干净的。

而后，罗峰用抹布擦拭了阳台上的玻璃窗，并且打开了玻璃窗。

“真是好景色。站在这里，前面的怪兽老巢尽收眼底。”罗峰俯瞰着下方三里外的地方。

只见那里烟雾弥漫，以家乐超市为核心的怪兽老巢完全被遮盖住了。

罗峰拿起望远镜，朝烟雾弥漫的区域看去，只见数头体形庞大的猪类怪兽，有的趴在地面上，有的在缓缓地踱步，还有一些正彼此切磋呢。

“那里一点动静都没有，那两名战神级武者呢？”罗峰观察四周，却没发现两名战神级武者的踪迹。

距离罗峰大概五百米处有一栋住宅楼。

第十二楼的一个房间内，王通和李阚正盘膝坐着，喝着水，补充体内的水分。

“阿阚，”王通喝了一口水，小声道，“待会儿我们闯进铁甲龙怪兽的老巢，直接对付铁甲龙怪兽。到时候，它手下的那两头初级领主级火鳞三戟猪怪兽肯定会阻拦我们，那两头火鳞三戟猪怪兽就交给你了。”

“嗯。”李阚应道。

他轻轻挥舞了两下狼牙棒，很是轻松。

“火鳞三戟猪怪兽可是在猪类怪兽中排名第一的，非常不好惹，你的任务是牵制住它们，不用击毙它们。”王通郑重地说道。

高级领主级铁甲龙和两头初级领主级火鳞三戟猪的组合很不一般，绝对有资格称霸003号城市的郊区。

若非这铁甲龙怪兽刚刚产卵，元气大伤，实力减弱，王通和李阚根本不敢杀过去。

“王哥，我好了。”李阚站了起来。

“嗯。”王通也站了起来，看了看不远处被雾气笼罩的区域，“出发！”

“嗖！嗖！”

两道人影直接从十二层的高楼一跃而下，直接跨越百米距离，落到另外一栋建筑的顶楼。

而后，这两人一借力，立即跃到另外一栋建筑的顶楼。

“轰隆——”

罗峰听到一阵轰鸣声，待他转头看过去的时候，只看到两道模糊的人影进入了烟雾笼罩区。

“他们已经进去了，好快啊！”罗峰当即紧紧地盯着烟雾笼罩区。

烟雾笼罩区响起了疯狂的怒吼声。

此时，烟雾笼罩区外面的大量怪兽立即冲了进去。

一时间，大地都震颤起来。

“打起来了？”罗峰只能紧紧地盯着烟雾笼罩区，他根本不知道里面发生了什么。

荒芜的家乐超市中。

“呼呼——”

一头通体覆盖着深青色鳞片的庞然大物正趴在地上睡觉，两道带着腥臭味道的烟雾从它的鼻子中喷了出来。

家乐超市的一楼和二楼的楼板早就被毁了，如今整个家乐超市空旷得很。

忽然，外面传来了怪兽们疯狂的吼声。

这庞然大物缓缓爬起来，一双泛着火红色光芒的眼睛让人心惊。

这庞然大物高约五米，身体长十余米，就连尾巴也有十余米长，体形较为狭长。它的额头有一根弯曲的黑色独角。

当它站起来的时候，它身下的那颗青色巨蛋露了出来。

“轰！”

这怪兽一闪身，就消失在了家乐超市内。

家乐超市是整个怪兽群根据地的核心。家乐超市的周围还聚集着大量怪兽。

“嗖！嗖！”

两人迅速踩着一些怪兽的身体飞向中央的家乐超市。

“快走！不要打斗，小心被这怪兽群给牵制住。”王通低声喝道。

“明白。”李阚强忍住动手的冲动。

只见家乐超市的门前有数头体形庞大的嗜血坦克和数头独角野猪怪兽。它们的鳞甲比普通怪兽的要亮得多，也更加精致。这些怪兽的智力都比较高。

这些怪兽的数量估计达上百头，全部是兽将级怪兽，是整个怪兽群的核心力量。

在这些兽将级怪兽的前方，有两头仿佛燃烧的火焰般的巨兽。这两头巨兽通体长满火红色的鳞片，没有一丝杂色，它们的额头都长着三根弯曲的尖角，让人心悸。

火鳞三戟猪怪兽是猪类怪兽中排名第一的。实力最弱的火鳞三戟猪怪兽都是中级兽将级，而这两头火鳞三戟猪是初级领主级。

“嗷——”一道怒吼声响起。

一道模糊的身影出现在两头火鳞三戟猪怪兽的前方。而后，这道身影越来越清晰。

原来是一头体形比火鳞三戟猪怪兽小，全身满是深青色鳞甲的怪兽，它的鼻孔中喷出两道烟雾，恶狠狠地盯着冲过来的两名武者。

“孽畜，受死！”王通大喝一声。

当即，大量怪兽飞扑向他。

王通的攻击力极强，硬是击毙了那些怪兽，那些怪兽的尸身从高空坠落。

铁甲龙怪兽感觉到眼前的两名武者很是厉害。

它转过头看了看家乐超市内部，它的龙蛋还在那里。

如果它和他们在这里战斗，很容易毁掉龙蛋。

“嗷——”铁甲龙低吼一声，猛然朝外飞奔而去。

“果然如我们所料！”

王通和李阚看到这一幕，心中大喜。

他们早就猜到，铁甲龙怪兽为了保护刚刚产下的龙蛋，很可能放弃在老巢和他们大战，这样一来，他们也就躲开了大量怪兽的袭击，胜的概率大了不少。

王通和李阚以最快的速度追了过去。

两头初级领主级的火鳞三戟猪怪兽同样急速追了出去。

此外，还有三十几头兽将级怪兽跟着冲了出去，绝大部分兽将级怪兽依旧守在原地，来保护铁甲龙怪兽的老巢。

此处一共有近百头兽将级怪兽，高级兽将级怪兽就有三十余头，整体实力如此强的怪兽群，即便是两名战神级武者联手，在短时间内也冲不进去。

高楼上，站在阳台上的罗峰拿着望远镜观察着。

只见铁甲龙怪兽、王通、李阚、两头火鳞三戟猪怪兽，以及数十头兽将级怪兽接连冲出了烟雾笼罩区。

“哈哈！他们竟然冲了出来，看来是要在外面决战。”罗峰显得很是激动，“啧啧！领主级怪兽和战神级武者的战斗啊！”

第80章

偷龙蛋

无论是对于东方人而言，还是对西方人而言，龙都是很尊贵的族群。

大涅槃时期之前，没有任何猛兽有资格被称为龙。大涅槃时期之后，在基因变异的情况下，产生了各样奇特而可怕的怪兽，比如猪类怪兽、犬类怪兽、猫类怪兽、鼠类怪兽、壁虎类怪兽、狼类怪兽、虎类怪兽、蛇类怪兽、雕类怪兽、熊类怪兽……

而每一类怪兽都有不少种族。

除了这些，还有一些极为特殊、极为稀少的怪兽，谁也不知道它们是由什么进化而来的。或许是因为某些特殊因素才产生的，这些怪兽拥有一些奇特的名字。

根据不同的实力，人类赋予它们不同的名字。

铁甲龙就是一个极为特殊的怪兽种族。因为它在速度、力量、防御力、意识、身体结构等方面几近完美，所以它被人类称为“铁甲龙”。能被命名为“铁甲龙”，可知它是何等厉害。

铁甲龙怪兽那条长长的尾巴迅速地挥舞着。

铁甲龙怪兽则急速袭向王通。

“轰！”路面因为铁甲龙怪兽袭击，直接龟裂开来。

“轰隆——”王通和铁甲龙怪兽先后撞进了前方的一栋住宅楼内。

住宅楼内的混凝土墙壁被撞得轰然裂开。

铁甲龙怪兽的尾巴一甩，顿时，住宅楼内的大量墙壁和石柱轰然倒塌。

“轰隆隆——”

整栋住宅楼倒塌了，尘土飞扬。

“呼——”王通整个人好似一阵风，移动的动作显得十分飘逸。

虽然铁甲龙怪兽的攻击速度快得惊人，每一击都产生了惊人的气爆声，可就是伤不了王通，而此时铁甲龙怪兽身上的两块鳞甲碎裂了。

“没想到，铁甲龙怪兽产卵之后，竟然还这么厉害。”王通有些慌乱，“我毕竟是人类，身体的抗撞击能力比这铁甲龙怪兽要弱得多。所谓久守必失，我能躲得了一时，却不能一直躲避下去。可是，它的防御力极强，我想要击毙它，除非我攻击到它的要害。如今我只破坏了它身上的两块鳞甲，对它而言根本没有多大影响。”

王通眉头一皱：“看来，我只能冒险，自己去创造机会了。”

“太厉害了！”

远处高楼的阳台上，看到这一幕的罗峰，心跳得很快。

此时，王通、李阙这两名战神级武者正和三头领主级怪兽交战，所经过的街道路面都龟裂开来，沿街的商铺倒塌，就连十几层的大楼也轰然倒塌了。

然而，这根本阻挡不住他们的步伐。

“都说领主级怪兽的身体比金刚石还要坚硬得多，连导弹都摧毁不了，此事果然不是传言。”

十几层的大楼倒塌，那些石柱砸在铁甲龙怪兽的身上，铁甲龙怪兽的尾巴一甩，倒塌的石柱直接碎裂，碎石被抛飞。

而铁甲龙怪兽的身上一点伤痕都没有。

“毕竟是高级领主级怪兽，而且不是普通的族群，而是铁甲龙怪兽，这可比当年我在视频中看到的黑冠金雕要强多了。”罗峰看得热血沸腾，“可惜，双方对攻的招式实在是太快，我根本看不清。”

罗峰只能感受到两方战斗时产生的恐怖威力。

随着滔天的怒吼声，在三十多头兽将级怪兽的带领下，成千上万头怪兽气势汹汹地冲了过来。

一时间，地面开始震动起来。

正和李阚厮杀的两头火鳞三戟猪怪兽立即发出了兴奋的咆哮声。

“那李阚够厉害的。”罗峰在不远处高楼的阳台上观战。

“李阚不仅手中的狼牙棒威力极大，他躲闪的动作也非常敏捷，身法应该达到了入微级而且已经非常娴熟了，能够利用周围的每一处环境，乃至于那些朝他冲来的怪兽，他都能轻松地躲避开来。”罗峰心中暗自评价，同时也在积累战斗经验。

虽然罗峰的身法也达到了入微级，但是他在和怪兽厮杀时，还无法利用周围的环境来帮助自己。

“那王通的实力更强。”罗峰目露惊叹之色，“他的身法不仅远超入微级身法，而且他的战斗力比李阚更强。他仿佛一阵风，轻轻松松就躲避开来。在身法上，他堪称一代大师。”

虽然罗峰的身法也很厉害，但是和这两名战神级武者一比，明显有不小的差距。

在此之前，罗峰根本没听说过这两人。

影刀王通可是高级战神级武者，在全世界都有着很大的名气。他的搭档大力熊李阚是中级战神级武者，而李阚的力量和身体素质堪比高级战神级武者。

这两人可都是经历过许多次生死战斗的，并且都是全世界一等一的精英，拥有着惊人的悟性，所以身法都很强。

“天哪！王通竟然受伤了。不对，那是阴谋，那铁甲龙怪兽的头部受到了重创。”罗峰惊得瞪大眼睛，拿着望远镜仔细观看，“怎么回事，整个怪兽群都发狂了，那两头火鳞三戟猪怪兽也疯狂了。”

罗峰心中激动得很：“不对，那铁甲龙怪兽虽然身受重伤，战斗力却更强了，王通一直在竭力躲避。哦，对了，王通应该是在躲避铁甲龙怪兽的攻击。王通真是够厉害的，出刀真快！”

罗峰发现，王通一直在掌控着战斗的节奏。

不过，铁甲龙怪兽虽然因为产卵而实力减弱，但是它的身体素质比王通要强得多。

“对，王通在控制战斗的节奏。这样下去，说不定王通他们还真的能杀了铁甲龙怪兽。啧啧，到时候，他们估计也能得到铁甲龙怪兽的龙蛋。那可是能孕育出铁甲龙怪兽的龙蛋，很值钱的。”

忽然，罗峰眼睛一亮。

龙蛋？！

“铁甲龙怪兽和两头火鳞三戟猪怪兽都已经出来了，那两名实力极强的战神级武者也在这里，也就是说，铁甲龙怪兽的老巢附近没有实力很强的怪兽了。我正好趁此机会进入铁甲龙怪兽的老巢，拿走那颗龙蛋。”罗峰想到这儿，很是兴奋。

之前，罗峰压根没想过去偷龙蛋。

一开始，那两名战神级武者进入了铁甲龙怪兽的老巢，罗峰以为他们和那三头领主级怪兽会在老巢大战。他如果想趁机偷龙蛋，根本就是送死。

不过，现在情形不一样了。

“我想要让弟弟从轮椅上站起来，像普通人一样行走在阳光下，需要买生命之水，可一瓶生命之水至少需要300亿元。除非我成为战神级武者，否则要拼搏许多年才能赚够这么多钱。然而，这次我若是能得到龙蛋，就能大赚一笔。”

罗峰的念头一起，就遏制不住了。

龙蛋因为极难得到，所以售价极高。

毕竟武者想要查到龙产卵的消息就很难了，而想要得到龙蛋更是难上加难。

能被称之为龙的怪兽，不仅极其厉害，而且都很有傲气。一旦它们预感到有可能丧命，宁愿毁掉龙蛋，也不愿让龙蛋落入人类的手中。

因此，人类得到龙蛋的机会是很少的，龙蛋的价格自然很高。

“家乐超市是铁甲龙怪兽的老巢，外面有很多怪兽守在那里，可是，现在没有领主级怪兽留守在那里。如果我偷龙蛋失败的话，大不了逃走。”罗峰一咬牙，“拼了，如果成功了，给阿华买生命之水的钱就有着落了！”

当即，他顾不得继续观战，从十六楼的阳台上一跃而下。

第81章

脚踏盾牌飞行

当罗峰朝铁甲龙怪兽老巢赶去的时候，千里之外的JN基地市依旧是一片祥和，这是人类安居的乐园。

Y城，明月小区。

昨夜下了一场大雪，整个小区满是积雪。

大清早，孩子们开心地堆雪人，打雪仗，一些老人则在小区内悠闲地散步。

小区外的街道上，一辆辆越野车和轿车飞驰而过，天空中不时飞过带着飞行功能的豪华车。

陈谷和妻子坐在清扫干净了的石凳上，看着他们的孩子在不远处堆着雪人。

“还是基地市好啊！”陈谷忍不住感叹一声。

“基地市的确很好，荒野区中到处都是怪兽，只有武者们才能在荒野区闯荡。老陈，你准备什么时候退出火锤小队？”陈谷的妻子缓缓地说道，“你都闯荡这么多年了，也该休息休息了。”

陈谷看了看妻子，又看了看不远处的儿子，道：“老婆，我也想过安稳日子。可是，我是武者，我不能总想着退缩。火锤小队现在正是整体实力急速提升的时期，我和兄弟们再多并肩作战一段时间吧。等过个一年半载，我的实力提升的速度估计就跟不上其他成员了，到时候，火锤小队就要招收新成员了，我那时再退役。”

陈谷心里很清楚。

除了罗峰之外，火锤小队的其他队员的年龄都挺大了。而罗峰的实力进步速度惊人，一年半载后，陈谷、魏青、魏铁都跟不上罗峰进步的速度了，自己退出火锤小队，更是很正常的事。

“听罗峰的爸妈说，罗峰还没有回来，还在荒野区。”陈谷的妻子说道。

“是的。”陈谷点点头。

“他也太拼命了吧！”陈谷妻子忍不住感叹道，“虽然他是武者，但是也该劳逸结合啊！基地市多么舒服啊，他应该多在基地市生活生活。”

生活在基地市的确很舒服，没有怪兽的威胁，还有科技带给人类的各种便捷，而荒野区是危机四伏的。

“老婆，如果武者都贪图享乐的话，就没人去猎杀怪兽了，那谁来守护基地市呢？”陈谷轻声说道，“正是因为有无数科学家夜以继日的努力，更重要的是，有战神级武者乃至超越战神级武者和其他武者的存在，他们的共同努力，才让人类可以安居在基地市。”

基地市和荒野区几乎是两个世界，一个是舒适、安宁的和平世界，一个是危机四伏的黑暗世界。

唯有人类社会中的武者们才能纵横荒野区。

“对了，老婆，罗峰父母若是问你有关罗峰的近况，你就说，罗峰很快就回来了。”陈谷嘱咐道。

“我懂。”陈谷妻子点点头。

和基地市的气氛完全不一样，荒野区可是整个欧亚大陆聚集怪兽最多的地方。

003号城市北部的郊区中，两名战神级武者和三头领主级怪兽的巅峰之战正进行着。

“我必须加快速度。若是那三头领主级怪兽得胜后返回老巢，我就一点机会都没有了。如果是那两名战神级武者取胜的话，他们同样会回到铁甲龙怪兽的老巢，我一样没有机会。”罗峰心中暗自思忖，“我唯一的机会是趁他们在外面战斗时，赶紧拿到龙蛋。”

此时，罗峰正全力穿行在怪兽密布的城市中。

他很快就进入了烟雾弥漫区。

“嗯？”罗峰猛地惊呼一声，进入一栋六层住宅楼第五层的房间之中，透过窗户看向前方烟雾笼罩的区域。

前方的街道上有各种各样的怪兽，就连沿街的一些商铺和写字楼里面都有许多怪兽。

以家乐超市为核心的烟雾弥漫区域中遍布怪兽。

“这下该怎么办呢？”罗峰眉头一皱，“怪兽实在是太多了，我根本没办法悄无声息地进去。”

要知道，即便是王通和李阚这两大战神级武者，面对烟雾弥漫区域中无处不在的怪兽，也根本无法偷偷进去，只能选择硬闯。

“战神级武者能硬闯，但我若是硬闯，就等于是去送死。看来，只有一个办法了。”罗峰摇头一笑。

他和战神级武者相比，最大的优势就是——可以飞行。

“咔！咔！”

罗峰接连按动两个卡扣，身上背着的六棱盾牌立即滑落。

随即，六棱盾牌在他的精神念力的控制下，悬浮在他面前。

“啧啧，我若是靠飞行闯入了铁甲龙怪兽的老巢，这也太刺激了吧。”罗峰当即纵身一跃，双脚踩在六棱盾牌上。

而六棱盾牌就这么悬浮着，离地面大概有半米的距离。

“走！”罗峰轻喝一声。

六棱盾牌以惊人的速度瞬间从窗口射了出去。

要知道，罗峰用精神念力控制的飞刀，其速度能瞬间超过狙击枪子弹的速度。

而六棱盾牌比飞刀重得多，加上还要承受罗峰的身体，整体重量较重，速度自然没有飞刀那么快。不过，罗峰的精神念力极强，还是可以令六棱盾牌的飞行速度达到近乎音速。

不过——

“我不能飞得太快，否则空气震荡声太大，容易被怪兽发现。”

罗峰站在六棱盾牌上，飞行在离地面五十米的半空中。

因为烟雾弥漫，能见度很低，罗峰自然没有被怪兽发现。

“烟雾帮了我的大忙啊！”

虽然四处都有很多怪兽，但是铁甲龙怪兽控制的主要是走兽类的怪兽，并没有飞禽类怪兽。那些怪兽根本不会飞，再加上能见度低，完全发现不了罗峰。

“家乐超市！”半空中的罗峰隐约看到了占地面积较大的家乐超市。

整个家乐超市一共有五层，原本一楼和二楼是超市，三楼、四楼、五楼主要是一些大型家电和百货的卖场。数十年过去，这里早就被怪兽糟蹋得破烂不堪了。

不过，这栋五层楼的建筑外表依旧和当年差不多。

罗峰从背包里拿出望远镜仔细观察了一番，烟雾虽然很大，可使用望远镜明显比用肉眼看得清楚很多。

“嗯？”

透过早已破碎的窗户，罗峰看到，家乐超市的三楼、四楼、五楼中隐隐约约有一些怪兽。

然而，一楼和二楼一头怪兽都没有。

家乐超市外面，四面八方都聚集着大量的怪兽。

“领主级怪兽的智力很高，几乎和人类不相上下。”罗峰暗自思忖着，“如果我是铁甲龙怪兽，当然希望我居住的地方是很安全的，禁止人类和其他怪兽来捣乱。所以，一楼二楼很可能是铁甲龙怪兽的住处。至于三楼、四楼、五楼，应该是铁甲龙怪兽手下的精英怪兽才有资格居住的，估计是兽将级怪兽的居所。”

罗峰在半空中用望远镜观察着家乐超市四处，他从各个方向仔细地探察了家乐超市一番。

没有十足的把握，他根本不敢硬闯铁甲龙怪兽的老巢。

“这是——”罗峰在半空中，拿着望远镜仔细地探察着下方。

罗峰通过望远镜看到，家乐超市正门前站着许多怪兽，这些怪兽的体形巨大，毛色油亮，鳞甲很是精致。

“这是中级兽将级怪兽……这是高级兽将级怪兽……中级兽将级怪兽……高级兽将级怪兽……”罗峰不断地辨别着。

他辨别出了52头兽将级怪兽的级别，还有近一半怪兽没有辨别出来。

“这52头兽将级怪兽中，有32头中级兽将级怪兽，有20头高级兽将级怪兽。守在铁甲龙怪兽老巢正门前的差不多有近百头兽将级怪兽，有六七十头中级兽将级怪兽和三四十头高级兽将级怪兽。”罗峰推测出了一个大概的数字，不由得吓了一大跳。

天哪！除了铁甲龙怪兽老巢周围密密麻麻的怪兽外，竟然还有一支兽将级怪兽小队，其中有三四十头高级兽将级怪兽。

如果是初级战神级武者，恐怕会不战而逃。即便勇敢地和怪兽对战，也必死无疑。

中级战神级武者或许能斗一斗，而只有高级战神级武者才能闯过这支兽将级怪兽小队的阻碍。

“怎么办？三楼、四楼、五楼里面都有怪兽，整个家乐超市的周围更是遍布怪兽，而且，家乐超市的正门前还有一支兽将级怪兽小队看守着，我怎么才能进去啊？我又要如何在不惊扰这些怪兽的情况下，偷偷拿走铁甲龙的龙蛋呢？”

烟雾弥漫的半空中，罗峰脚踏六棱盾牌，手持望远镜，默默地思忖着。

第82章

铁甲龙老巢

家乐超市呈四方形，超市的周围有一片空地，这片空地是顾客停靠汽车的地方，也是为了能让更多顾客从容地进入家乐超市。大涅槃时期之前，单单周围一带的人口就超过了百万，更别说从其他地方赶来的一些顾客。

现如今，家乐超市周围的空地上盘踞着无数怪兽。

“我该怎么进入铁甲龙怪兽的老巢，取走龙蛋呢？我直接以最快的速度从一楼或者二楼的窗口冲进超市？”罗峰悬浮在半空中，透过望远镜能看到下方密密麻麻的怪兽，“这么多怪兽，肯定会发现我冲进了超市，那样的话，就完蛋了。呃！我还是先降落到地面吧，老是悬浮在半空中，是很消耗精神念力的。”

罗峰想着，当即飞到家乐超市正中央的上空。整个家乐超市占地面积极大，其天台面积同样大得惊人，天台上空荡荡的，没有一头怪兽。

这也不奇怪，怪兽也是有森严的等级之分的，如领主级怪兽、兽将级怪兽、兽兵级怪兽这三个等级。

家乐超市作为这些怪兽老巢的核心，居住在家乐超市中的怪兽是地位极高的，分别是领主级怪兽和兽将级怪兽。

这些地位高的怪兽不喜欢日晒雨淋，所以大部分兽将级怪兽分别居住在三楼、四楼、五楼。

至于铁甲龙怪兽，它是这些怪兽的首领，地位是最高的，则独占一楼和二楼。

两头初级领主级火鳞三戟猪住在家乐超市旁边的另外一栋商厦内，距离此处大概近百米。

只有那些普通怪兽没有固定的居所，它们一般盘踞在家乐超市周围的空地上。

无论是领主级怪兽，还是兽将级怪兽，都不允许普通怪兽进入家乐超市，所以天台上一头怪兽都没有。

“嗖！”

罗峰从高空直线坠落，直接落在天台的最中央。

家乐超市周围的怪兽只关注周遭的动静，根本不看天空，自然发现不了罗峰。

“我现在到底该怎么进到一楼和二楼呢？”罗峰半蹲在天台上，心中思忖着，“三楼、四楼、五楼估计都是精英怪兽的住所。

“要不我直接下到一楼？不行，这太冒险了。

“不然，我先用飞刀引开家乐超市周围的怪兽，再进入家乐超市？也不行，家乐超市中还有一些怪兽。”

……

一个个方案都被罗峰给否决了。

铁甲龙怪兽的巢穴仿佛铜墙铁壁一般，很难闯进去。

“轰隆隆——”

远处，那两大战神级武者和三大领主级怪兽仍在激烈地厮杀着，嘶吼声、建筑物倒塌声、怪兽的嚎叫声接连传来。

家乐超市的天台上，罗峰仍在冥思苦想。

“有了！”罗峰眼睛一亮，“超市一共有五层，加上地下车库，总共有六层。

“这种大型超市一般都有电梯的，甚至还有两个电梯，一个是对外开放的客运电梯，一个是内部使用的货运电梯，电梯天井就是一条直达六楼的通道。我只要找到电梯通道，就可以直接降落到一楼和二楼。”

当然，电梯天井可能已经被怪兽给破坏了。不过，怪兽们是不想完全毁掉家乐超市的，所以空间狭小又在边缘的电梯天井存在的可能性很大，更何况，家乐超市中很可能有客运电梯和货运电梯这两个电梯天井，即便被毁掉一个，还有一个呢。

“电梯天井！”罗峰迅速地在天台的边缘进行搜索。

他的搜索方法很简单，将精神念力延伸并渗透进天台的楼板，探察下方的结构。

罗峰小心翼翼地趴在天台上，唯恐被下方的怪兽发现。

“找到了！”罗峰露出一丝喜色，“对……延伸，继续往下延伸，四楼、三楼……”

罗峰通过往下延伸的精神念力，探察出了这个电梯天井的结构，整个天井并未被损坏。怪兽们显然对家乐超市一些主要的支撑骨架保护得挺好，这毕竟是怪兽们的老巢。

“咻！”两把黑色飞刀悬浮起来，而后轻轻地在天台表面划了一个圆。

这可是比金刚石不知道坚硬多少倍的9系飞刀，如同切豆腐一般，9系飞刀轻易地切割出了一块圆形石板。

而那圆形石板被罗峰的精神念力控制着悬浮起来，而后缓缓地落在旁边的天台上，没有发出一丝声音。

“啧啧。”罗峰低头看了看下方，“这天井被保护得挺好的。嗯，第三层楼的电梯门有些凹陷，不过整体几乎没有损坏。”

罗峰露出一丝笑容。

六棱盾牌悬浮在他的面前，他迈出一步，踩在六棱盾牌上。

“下去！”六棱盾牌立即缓缓下降，没有发出一丝声音。

五楼、四楼、三楼……

那些用钢缆和钢铁构成的电梯门一眼可见。不过，早就布满了灰尘，已经太久没人使用了。

“这是一楼。”罗峰在其中一个电梯门门口停了下来。

电梯门紧紧关闭着。

罗峰心中一动，两把飞刀立即插进两扇紧闭的电梯门之间，朝两侧轻轻拉开。

“哧哧——”电梯门太久没打开过了，此时竟然发出了声音。

罗峰吓了一跳。

“我现在已经进入了家乐超市的内部，看来一楼和二楼并无怪兽，不然它们肯定能听到声音。而对于外面的兽将级怪兽小队来说，声音比较小，它们应该听不到。”

罗峰深吸一口气，以极其缓慢的速度打开了电梯门，因为速度很慢，电梯门打开时产生的声响很小。

当电梯门打开了一半的时候，罗峰凭借着精神念力对电梯门的结构有了了解，而后用精神念力轻易地扭曲了钢铁，卡住了电梯门。

“搞定！”

罗峰屏住呼吸，不敢有丝毫松懈。

而后，他轻轻一迈步，站在地上。

那悬浮着的盾牌立即落在他的背上，背上的两个卡扣在精神念力的控制下，自然地扣住了盾牌。

“好难闻。”一股浓浓的腥臭味道弥漫开来。

罗峰闻到这股味道，整个人都不舒服了。

“那铁甲龙怪兽的龙蛋在哪里呢？”罗峰小心翼翼地前行。

他的精神念力作用在护臂、盾牌、合金战靴上，使得他身轻如燕，每一步都轻飘飘的，没有发出任何声响。

罗峰抬头一看，一楼和二楼的楼板几乎完全被毁了，只有超市边缘的钢架地带没有被破坏。

破烂的货架、腐烂的食品都被堆在两侧，有些地方罗峰都没法走，只能用精神念力轻轻地清扫出一条道来。

“铁甲龙怪兽应该会住在家乐超市的中心区域，那里最空旷。”罗峰直接朝中心区域靠近。

渐渐地，他隐约看到了一个椭圆形的球体。

“龙蛋？！”罗峰屏住呼吸，缓缓走近。

超市外面传来一阵阵怪兽的吼声。

罗峰更加小心，每一步都很轻盈。

“这里更臭。”罗峰越靠近龙蛋，腥臭的味道就越浓。

“估计平时铁甲龙怪兽就盘踞在那里，这些腥臭味道都是铁甲龙怪兽身上散发出来的。”

很快，罗峰距离龙蛋只有十余米了，已经能够比较清楚地观察龙蛋了。

这是一个约一米高的龙蛋，蛋壳是青色的，上面隐隐有一些纹路。

“铁甲龙怪兽的龙蛋！”罗峰眼睛一亮。

“不过，我不能随随便便就靠近龙蛋，铁甲龙怪兽说不定在龙蛋周围布置了什么机关，以防别人来偷龙蛋呢。唉！龙蛋是有生命的，我的精神念力也无法移动它。

“咦！我可以用飞刀啊！”

罗峰心念一动，六把飞刀迅速朝龙蛋飞了过去，而后在龙蛋的底部形成一个圆环，轻轻地托住龙蛋，仿佛一个铁圈托住了龙蛋。

为了不损坏龙蛋，罗峰是用飞刀刀背贴着龙蛋的外壳的。

“龙蛋，过来。”罗峰迅速打开了背包。

龙蛋被飞刀托着朝罗峰飞了过来。

第83章

铁甲龙的宝藏

空旷的超市一楼中，腥臭的味道弥漫在周围。

一颗青色的龙蛋被六把飞刀托着，落入了罗峰的背包中。

而后，六把飞刀迅速地飞回了罗峰双腿外侧的刀袋中。

“哧！”罗峰一拉背包的一根扣绳，立即将整个龙蛋锁紧在背包的最内层。

“这下赚了，赶紧走！”

罗峰背着鼓鼓的背包，准备走人。

就在他转身的时候——

“那是什么？”罗峰的余光瞥到不远处竟然有一堆物品。

这可是铁甲龙怪兽睡觉的地方，除了龙蛋外，货架、冰箱、彩电等破烂物品早就被扫到超市边缘了。

这一小片区域是空荡荡的。可是，周围竟然诡异地放着一堆物品，这些物品距离龙蛋并不远，可以说，铁甲龙怪兽应该天天能看到这些物品。

“铁甲龙怪兽将这些物品放在它的视线范围内，这是有什么用意吗？”

罗峰心中一动，迅速靠近。

每往前一步，罗峰的心跳开始加速。

“难道是……”当罗峰距离那堆物品只有三米时，激动得攥紧了拳头，“还真是它。这下，我又大赚了一笔。”

原来是一双合金战靴、一套作战服以及一把插在剑鞘中的利剑。这作战服的材质是黑色的，剑鞘做工精良，比罗峰的血影战刀的刀鞘做工好多了。

“这些肯定是战神级武者的装备。”罗峰激动万分，“一眼看去，这作战服的材质就很不一般，而那利剑比我的血影战刀不知道好多少倍。此外，那套作战服明显是人类的，却被铁甲龙怪兽给收藏起来了。估计是铁甲龙怪兽击杀了穿着这套作战服的战神级武者，这也算是铁甲龙怪兽最自豪的战绩。”

这是罗峰的猜测。

在他看来，领主级怪兽的智力和人类相当。有时候，战神级武者或许敌不过一些领主级怪兽，可是，战神级武者的逃命能力是很强的。

整个C国，很少有战神级武者殒身。一旦有战神级武者不幸殒身，全国都会进行悼念，可以想象，领主级怪兽要击杀战神级武者有多难。

在荒野区，战神级武者遗落的装备是非常罕见的。

“能够让铁甲龙怪兽如此自豪，并收藏这些装备，死在铁甲龙怪兽手下的战神级武者的实力肯定很强。经历了那么激烈的战斗，这套装备却几乎没有破损，档次肯定很高，至少是9系的。”罗峰做出了判断。

按照市场的价格，全套9系作战服的全价是120亿元。若是在极限之家上购买，半价则是60亿元。

“这二手的作战服就算卖不到60亿元，卖二三十亿元还是可以的。这还只是9系作战服的价格，如果这套作战服是SS级，那么……”罗峰想到这，热血沸腾。

1系到9系分别对应H级、G级……C级、B级、A级、S级这九个级别，9系的武器、作战服也就是S级的武器、作战服。

而在S级之上，还有SS级。

SS级的作战服可以扛住绝大多数SS王级怪兽的撕咬。至于领主级怪兽，绝对破坏不了SS级作战服。

“如果这是比9系更贵重的SS级作战服，那可是能卖出天价的。”罗峰激动不已。

9系作战服，全价是120亿元。

而SS级作战服的全价是1200亿元，不是一般人能够买得起的。

要知道，这可是能够抵抗绝大多数SS王级怪兽撕咬的作战服。

王级怪兽和领主级怪兽的实力相差很大，一头王级怪兽能横扫一群领主级怪兽，正如洪和雷神此等顶级高手和战神级武者的实力相差也很大一样。

SS级装备的价格自然比S级装备高得多。

SS级作战服，全价是1200亿元，半价是600亿元。

“如果这是SS级的作战服，就算是二手货，卖不到600亿元，卖300亿元是很有可能的。”罗峰十分激动，“说不定，这次我将在铁甲龙怪兽老巢中得到的东西卖了，就能获得足够多的钱，给弟弟购买生命之水。”

当然，这套作战服到底是不是SS级的，罗峰并不确定。

不过，他能确定，这套作战服至少是9系的。

实际上，罗峰走到作战服等物品的面前，只是短短一瞬间，他的脑海中就闪过这么多念头。

他顾不得那么多，立即打开了背包。

“如果是SS级作战服，那可比龙蛋值钱多了。”罗峰迅速控制精神念力将作战服、合金战靴、护臂、利剑等物品收入背包中。

家乐超市门口，那群兽将级怪兽正在四处巡逻。

其中有数十头兽将级怪兽死守着大门，它们不时转过头朝超市内部看一看，透过大门，兽将级怪兽隐约能够看到龙蛋。

守护龙蛋，这是铁甲龙怪兽派给这支兽将级怪兽小队的任务。

这也是兽将级怪兽小队没有跟着铁甲龙怪兽和那两名战神级武者战斗的原因。

其中一头高级兽将级的嗜血坦克趴在那里，庞大的身躯好似一座土丘。

它缓缓地转过头，朝超市内部看了一眼。它已经不知道做了多少遍这个动作了，之前它都能看到龙蛋模糊的影子。

可这次——

“轰！”嗜血坦克猛地站起来，双眸瞪得滚圆。

而后，它立即仰头，发出焦急的吼声。

吼叫声瞬间响彻方圆十余里范围。

超市门口的其他兽将级怪兽条件反射似的转过头去，看向超市内龙蛋所在的位置。

紧接着，它们都疯狂地嘶吼起来。

与此同时——

无论是超市门口的兽将级怪兽，还是在周围巡逻的兽将级怪兽，甚至于在超市三楼、四楼、五楼休息的兽将级怪兽，同时咆哮着朝一楼的核心区域冲了过去。

楼板被踩出了大窟窿。

一时间，整个家乐超市都震动起来，仿佛要崩塌一般。

远处。

铁甲龙怪兽、两头火鳞三戟猪怪兽正和那两名战神级武者激烈地战斗着。

这时，铁甲龙怪兽头部的鳞甲碎裂了，一只眼睛已经瞎了。

而王通身上有着血迹，不过，看起来，他的伤势比铁甲龙怪兽轻得多。

“嗷——”家乐超市方向传来了一阵阵吼声。

铁甲龙怪兽的独眼几乎瞬间变得赤红。

“嗷——”刺耳的嘶吼声陡然响起。

铁甲龙怪兽的吼声极大，甚至产生了冲击波，周围的混凝土地面瞬间崩裂，连钢筋都断裂了。

这道凄厉的怒吼声几乎响彻整个003号城市。

“不好！”王通脸色大变。

这铁甲龙怪兽发疯了！

“嗖！”铁甲龙怪兽的速度瞬间达到了极限。

它疯狂地冲向家乐超市的方向。

“轰隆隆——”恐怖的音爆声使得地面、建筑等等都裂了开来，碎石乱飞。

罗峰将作战服等物品收入背包当中的时候，超市外面就传来了怪兽的怒吼声。

随后，家乐超市中的兽将级怪兽也怒吼起来。

罗峰大吃一惊。

“怎么回事？”罗峰很是不解。

自始至终，他都没有发出声响啊。

“轰隆隆——”四周的墙壁瞬间被怪兽撞破，出现一个个大窟窿。

一头头愤怒的兽将级怪兽直接朝罗峰冲了过来。

守护龙蛋，这是铁甲龙怪兽交给它们的首要任务。

龙蛋是铁甲龙怪兽的命根子，而铁甲龙怪兽是它们的首领，无论如何，它们必须保住龙蛋。

“我被发现了，快逃！”

罗峰可没因为偷龙蛋而有丝毫愧疚。人类和怪兽本来就是敌对的，怪兽要灭掉人类，而人类要保护自己，只能做出反击。

“嗖！”罗峰急速奔向电梯天井的方向。

一头头庞大的兽将级怪兽见状，立即急速追来。

那电梯门早就被罗峰给卡住了，刹那间，罗峰就已经冲进了电梯。

“逃！”罗峰欲冲天而起。

“轰隆隆——”罗峰感觉整个超市仿佛要崩塌一般。

只听得“砰”的一声，电梯天井直接被撞得裂了开来。数头兽将级怪兽几乎同时撞破了电梯天井。

原本在三楼、四楼、五楼的怪兽也瞬间冲过来。

“不好。”罗峰右脚一蹬墙壁，仿佛一道闪电，蹿出了电梯天井。

只要他能够蹿到高空中，就能逃脱怪兽群的追击。

可是，当罗峰刚刚蹿出电梯天井，一头头兽将级怪兽就朝他飞扑过来。

那些普通兽兵级怪兽几乎没有什么行动，而那些初级兽将级怪兽从各个位置飞奔出来。

兽将级小队中，实力最弱的都是中级兽将级怪兽。而大部分初级兽将级怪兽分散在怪兽群中，它们这样做是为了带领好整个怪兽群。

此刻，所有的初级兽将级怪兽都杀了过来。

一头头兽将级怪兽都跃起十余米高，而原本在三楼、四楼、五楼的一些怪兽直接冲到了天台，而后也朝罗峰飞扑过去，几乎将罗峰上方的出口完全堵住了。

罗峰被怪兽群团团包围了。

“轰隆隆——”铁甲龙怪兽嘶吼着急速冲了回来。

眨眼的工夫，它已经冲进了烟雾弥漫区。

不一会儿，它就能抵达家乐超市。

第84章

完美级身法

数百头兽将级怪兽的怒吼声响彻天际。

这一刻，一百多头兽将级怪兽飞扑到罗峰的上空，而地面上还有数百头兽将级怪兽。

虽然数百头兽将级怪兽中只有六十多头中级兽将级怪兽，三十多头高级兽将级怪兽，其他的都是初级兽将级怪兽，但是单单这怪兽惊人的数量，恐怕连初级战神级武者都无法逃掉。

“哼！我就不信我冲不出去。”罗峰牙关紧咬，目光冷厉。

他灵活地一转身，避开朝自己扑来的一头兽将级怪兽。而后，将自己的精神念力作用在盾牌、血影战刀、战靴、护臂上面，使得自己在半空中能不断地改变方向。

这些怪兽的体形都很庞大，相比之下，罗峰的体形要小得多。

在这种情况下，最多两三头怪兽可以同时攻击罗峰。罗峰则仿佛轻巧的蝴蝶一般，在空中灵活地飞舞，不断地躲避着。

那一头头怪兽在空中无法改变方向，只能朝下方坠落，同时发出不甘的怒吼声。

“快了，我再坚持一会儿，朝我飞扑而来的怪兽会少很多，我就能逃出去了。”罗峰倾尽全力躲避着怪兽，根本不敢落地。

“嗷——”

那些扑空的兽将级怪兽刚刚落地。

“嗷——”一头高级兽将级独角野猪怪兽低吼一声。

与此同时，六十多头兽将级怪兽一同朝罗峰飞扑过去，这六十多头兽将级怪兽在半空中聚集在一起，好似上下两层的“罩子”。

兽将级怪兽的智力比较高，高级兽将级怪兽的智力更是接近人类。

之前它们总是做无用功，现在它们改变了攻击的方式。它们不再毫无章法地飞扑向罗峰，而是聚集在一起，宛如罩子一般，不留一点空间给罗峰。

“轰隆隆！”地面上的一群兽将级怪兽飞扑起来。

此时，又出现了一层怪兽聚集而成的罩子。

三层、四层、五层……

两百头兽将级怪兽先后飞扑起来，形成了五层罩子，五层罩子从天而降罩向罗峰。

“这些怪兽也太聪明了，一下子就找到了困住我的方法。”罗峰不由得心中焦急。

然而，怪兽们根本不留时间给他思考，瞬间就到了他的面前。

“拼了！”

罗峰一咬牙，佯装努力闪躲，自然被这大量怪兽形成的罩子给罩住了。

正因如此，罗峰和一头中级兽将级的嗜血坦克近身接触了。

“嗷——”

那嗜血坦克全身有着火红色的鳞甲，双眸赤红，它不断地嘶吼着，同时张开血盆大嘴，露出锋利的獠牙，獠牙仿佛锯子一般，恐怕连钢铁都能轻易咬碎。

那强有力的四蹄狠狠地踩向罗峰。

“哼！”罗峰冷哼一声。

这时，一道刀芒一闪而过。

“呼！”刀芒瞬间急速射向嗜血坦克。

“轰”的一声，嗜血坦克庞大的身躯倒在地上。

而刀芒划过一道弧线迅速飞回到罗峰的面前。

之前还疯狂袭击罗峰的中级兽将级嗜血坦克的双眸瞬间变得黯淡。

罗峰身体一缩，躲在嗜血坦克腹部下方的位置。

嗜血坦克的身躯庞大，堪比卡车，罗峰躲在其腹部下方正好合适。

“给我往上冲！”罗峰大喝一声。

“嗖！”

罗峰顶着嗜血坦克的尸身直接往上方冲去，完全将嗜血坦克的尸身当成了盾牌。

上方的兽将级怪兽见到嗜血坦克，都愣住了。

趁着这个空当，罗峰顶着嗜血坦克的尸身撞开了那些怪兽。

后面的兽将级怪兽没有任何迟疑，都疯狂地攻击着嗜血坦克的尸身。

它们或践踏，或撞击，或撕咬。

“轰隆隆——”罗峰感觉到头顶上方的嗜血坦克的尸身遭受到了一股股强劲的冲击力。

那冲击力经过嗜血坦克庞大的尸身的层层传递，削弱了九成，然而威力依旧很大，使得罗峰的身体一颤，他的五脏六腑都被震伤了。

“噗！”罗峰喷出了一口鲜血。

此时，地上更多的兽将级怪兽发现罗峰竟然是顶着嗜血坦克的尸身往上冲，都发出了愤怒的吼声。

它们再次猛地一跃而起。

这些兽将级怪兽一跃就能跃十多米乃至二十多米高。而且，它们弹跳起来的速度都极快。

“不好！”罗峰看见数头兽将级怪兽接连飞扑过来，都顾不上擦拭嘴角的血了。

“它们这么不断地攻击，我根本逃不掉。”罗峰脸色大变。

“轰隆隆——”此刻，那头铁甲龙怪兽仍以超音速飞奔着。

它的眼睛泛红，地面都被它蹬踏得龟裂开来。

此刻，它距离家乐超市只有八百米了，以它惊人的速度，很快就能到达。

兽将级怪兽仍旧接连朝罗峰飞扑过去，一时间，罗峰陷入了绝境。

“那头铁甲龙怪兽距离这里不足十里了，以它远超音速的速度，它就快要回来了。”罗峰的脑海中瞬间闪过这个念头，“一旦那铁甲龙怪兽回来，以铁甲龙怪兽飞扑的速度，我根本躲闪不开，那我可就真的一点生机都没有了。”

“拼了！这样一来，我至少还有一线生机！不拼的话，我必死无疑！”

刹那间，罗峰就做出了决定。

他手持血影战刀，在半空中灵活地一挥，和下方朝自己飞扑过来的一头兽将级独角野猪怪兽相撞。

随后，他一脚狠狠地踩在独角野猪怪兽的背上。独角野猪怪兽轰然坠落到地上，还砸死了一头兽兵级怪兽。

而罗峰借助这股强劲的反弹力，加上精神念力的辅助，以惊人的速度朝上方冲去。

下方的兽将级怪兽继续朝他飞扑过去。

罗峰红着眼，精神念力早就散开了，将周围十五米范围都覆盖住了。

“左上方五米处有一头中级兽将级独角野猪怪兽，右上方三米处有一头初级兽将级嗜血坦克，我的头顶正上方正有两头怪兽接连压下来。”

在生死时刻，罗峰快速思考着，瞬间做出了决定。

“砰！”

罗峰和朝自己压下来的独角野猪怪兽相撞，他借力使得自己的速度加快。

而后，他顶着一头怪兽的尸身斜着往上冲。

“咻！”飞刀急速出击。

三头怪兽在半空中撞击在一起。

刹那的工夫，罗峰化作了一道幻影，不断地折返上冲，和21头兽将级怪兽近身战斗。

他或是借力，或是断杀，或是宁愿自己负伤……

总之，他用尽了一切方法，目的就是以最快的速度飞到更高处。

“嗖！”终于，罗峰从上方的那些怪兽中冲了出来。

一冲出来，他就连吐三口鲜血，身上的5系作战服已然破损，胸口渗出了鲜血。

“我活着冲出来了！！！”

罗峰的脸色苍白，却激动万分。

他俯视着下方烟雾弥漫的区域，更兴奋了。本来还以为这次凶多吉少，要把小命交待在这里了，没想到，自己经过这番疯狂的反击，竟然真的活着冲出来了。

“人的潜力还真是被逼出来的啊！”罗峰忍不住笑了，“短短的刹那，我竟然将周围的81头兽将级怪兽完全计算在计划中，而后和21头怪兽近身战斗，最终逃了出来。难道这是比入微级身法更高一层的完美级身法？完美级身法是能掌控周围环境的。”

武者躲闪的身法分为基础级、入微级、完美级、意境级。入微级身法是能够利用最小幅度的移动来躲避攻击，从而做到最高效的躲避。

完美级身法是在掌控周围环境的情况下，利用周围的任何物体，比如生物、石头、建筑等周围环境进行最精确的躲闪。

李阙的身法就是达到了完美级，而影刀王通的身法比李阙的高一层，是意境级身法。

“和李阙比起来，我要差得多。首先，人家是战神级武者，并不是精神念师，没有精神念力可以用来探察周围的环境，而我能大范围不间断地辐散精神念力，待探察清楚周围的情况后，在生死时刻，脑袋中计算可行的逃离方法，从而成功逃脱。而拥有真正完美级身法的武者，估计是不需要靠脑力来计算的。”

短短时间内的计算，就让罗峰的脑袋隐隐作痛了。

“呼——”罗峰一下子就冲到了高空中。

下方的数百头兽将级怪兽都仰头怒吼着，一头头怪兽都奋力飞跃着，甚至有数十头怪兽飞到了空中，还有一些怪兽踩着其他怪兽的身子不停地往上飞跃。

“滚蛋吧！”

罗峰心中一动，一道刀芒射了过去。

处在半空中，无处闪躲的高级兽将级怪兽被罗峰的飞刀射中，从高空急速坠落。

“哈哈！我可以走了！”

罗峰心念一动，背上的卡扣松开了，六棱盾牌飞到了他的脚下。

“嗖！”

罗峰踩着六棱盾牌迅速飞离而去。

“嗷呜——”一道凄厉的吼声瞬间传来。

层层声波扩散开来。

“耳朵好痛。”罗峰不由得捂住耳朵，而后回头一看。

第85章

死里逃生

只见全身都是深青色龙鳞的巨大怪兽犹如一道流光划过长空，直接飞了过来。

眼睛中涌现出杀气。

正是高级领主级铁甲龙怪兽!

“这可是在高空中，铁甲龙怪兽的弹跳力未免太可怕了。”

罗峰脸色一变，当即在半空中一个拐弯，欲避开铁甲龙怪兽的袭击。

“铁甲龙就算是高级领主级怪兽，也没办法飞行，只能奔跑、跳跃。在高空中，它是没办法改变跳跃方向的，我要甩掉它很容易。”罗峰当即保持镇定。

他脚踏六棱盾牌，直接在半空中划过一道弧线，而后直冲云霄。

铁甲龙怪兽死死地盯着罗峰。

“嗷呜——”随着一道怒吼声，铁甲龙怪兽猛地甩动那条长长的尾巴。

十余米长的龙尾瞬间化为一道青色的残影，袭向罗峰。

本来双方拉开了一段距离，然而，这十余米长的龙尾轻易地袭向了罗峰。高级领主级铁甲龙怪兽奔跑的速度远超音速，它的龙尾甩动的速度是它奔跑速度的十几倍。

龙尾甩动的速度比最快的狙击枪的子弹还要快数倍，这就是高级领主级怪兽的可怕之处。

“哧！”

正因为龙尾甩动的速度太快，周围产生了一道超高压气流。

“好险！还好龙尾碰不到我，还差一点点。”罗峰惊出了一身冷汗。

龙尾离罗峰还差半米的距离，然而，龙尾急速甩动时携带的那股高压气流轰然袭向罗峰的胸膛，仿佛一柄巨大的石锤砸在他的胸口上，一下子让他喘不上气来。

“呼！”罗峰被抛飞。

他当即心念一动，连忙控制六棱盾牌，令它平稳飞行。

“不愧是高级领主级怪兽，其尾巴携带的高压气流都打得我差点背过气去。”

罗峰感觉到一口鲜血涌到了喉咙口，他再也忍不住了，猛地喷出一口血。

随即，他看向半空中的铁甲龙怪兽，只见铁甲龙怪兽庞大的身体朝下方坠落。

“你是走兽类怪兽，除非成为王级，否则注定没办法飞行。”罗峰微微一笑，完全放松了下来。

他脚踏六棱盾牌迅速朝上方飞去。

在空中飞行的感觉真爽啊！

铁甲龙怪兽出现在城市的街道上，它猛地一蹬腿，跃到一栋二十八层高的住宅楼的天台上，再一次猛地蹬踏，天台顿时直接裂开，大量的混凝土石块从高楼上滚落下去。

而铁甲龙怪兽借助这一次蹬踏，一下子跃到了离地面一百多米的高处，急速朝罗峰所在的方向飞去。

“铁甲龙怪兽，你的弹跳力再好也没用。”

在铁甲龙怪兽刚刚离开那栋住宅楼的天台时，罗峰已经迅速冲天而起，很快就飞到了三百米的高度。

铁甲龙怪兽只能再次无力地坠落。

“呼！”铁甲龙怪兽猛地一甩尾巴，想要借助空气强劲的反弹力，往上飞，然而它却迅速地朝下方坠落。

“没用的。”

罗峰继续往更高处飞行，而后改变方向，朝003号城市的外围飞去。

“轰隆隆——”下方传来一阵响亮的声音。

“嗯？”

高空中的罗峰低头一看，只见那头铁甲龙怪兽正穿行在城市中，时而越过住宅楼，时而飞奔在街道上，时而踩着一栋栋住房飞奔，不停地追逐着罗峰。

“它竟然还没有放弃。”罗峰脸色微变，“这铁甲龙是高级领主级怪兽，它的视力非常好，即便我飞到两三千米的高空，它也能看见我。”

别说高级领主级怪兽了，就连罗峰都能看到一两千米外的人影。这铁甲龙怪兽能看到两三千米外的人影当然不奇怪。

“我飞行的速度不及音速，而铁甲龙怪兽奔跑的速度比音速还要快，我很难甩掉它。”

“看来，只有冲破云层了。”罗峰心中暗道。

“嗖！”

罗峰脚踏六棱盾牌，直接朝上方冲去，欲飞到云层之上。一旦到了云层之上，铁甲龙怪兽就看不到他的身影了，自然就没办法再追着他了。

“嘎嘎嘎——”

一阵刺耳的鸣叫声响起。

只见西北方向有一大群飞禽类怪兽，这一大群飞禽类怪兽正朝罗峰急速飞来。

“我真是蠢啊！”罗峰心中暗骂。

天空几乎完全是飞禽类怪兽的天下，只有一些速度惊人的战机才能在空中飞行，武者若是在半空中飞行，会遭到飞禽类怪兽的攻击。

大涅槃时期之前，飞禽类怪兽的视力就非常好，如今，它们的视力更好了。

这些飞禽类怪兽估计是发现罗峰在半空中飞行，就立即召集同伴过来围攻罗峰。

“在家乐超市，我完全不把那些走兽类怪兽放在眼里，毕竟它们在天空中的灵活性完全不如我。可是，如果跟这些飞禽类怪兽相比，我一点优势都没有，简直就是找死。”

罗峰没有丝毫迟疑，立即往下方的城市飞去。

在空中正面对战飞禽类怪兽，必死无疑。

而在地面对战铁甲龙怪兽，只要离得远一点，自己还是有活着的希望的。

看到罗峰从天空中飞了下来，铁甲龙怪兽立即朝罗峰追了过去。

罗峰在往下俯冲的过程中，身体划过一道弧线。

“嗖！”他直接飞向一栋十二层高的住宅楼。

“轰”的一声，住宅楼阳台上的玻璃直接爆裂开来。

罗峰已然冲了进去。

铁甲龙怪兽宛如一道深青色的流光，猛地一下撞击，直接撞在罗峰之前冲进去的住宅楼上。

“轰隆——”在铁甲龙怪兽的撞击下，整栋住宅楼都猛然一震，混凝土墙壁直接崩塌，整栋大楼缓缓倒塌。

“嗷！”

铁甲龙怪兽发出愤怒的吼叫声，它的目光锁定了前方罗峰的身影。

只见罗峰冲进了另外一栋住宅楼。

铁甲龙怪兽生怕罗峰逃掉，没有一丝迟疑，直接撞在罗峰所在的住宅楼上。

这栋住宅楼也塌了。

这个小区还算大，这种十二层高的住宅楼就足足有二十几栋。

铁甲龙怪兽接连撞毁了八栋住宅楼。穿过住宅楼的阳台，对于罗峰的速度没有任何影响。可是，对于铁甲龙怪兽而言，它庞大的身体是累赘，所以直接撞毁住宅楼比较简单，但这对它的速度影响很大。

然而，它不得不这样做，因为住宅楼挡住了它的视线。

“轰隆隆——”当铁甲龙怪兽撞毁第八栋住宅楼后，它忽然停了下来。

第八栋住宅楼缓缓倒下，朝铁甲龙怪兽压了过来，铁甲龙怪兽却并没有躲避。

“轰”的一声，整栋住宅楼砸在它的身上。不过，铁甲龙怪兽的身体是极其坚硬的，这根本伤不到它。

铁甲龙怪兽心中很是愤怒，发出一声声怒吼，环顾四周。

它找不到罗峰了。

小区地下车库一个阴暗的配电室中，罗峰正倚着墙壁休息。

他缓缓吸了一口气，感觉到胸口传来一阵阵疼痛，鲜血从作战服内渗了出来。

“这次我伤得很重。之前，我为了逃出那大量兽将级怪兽的围堵，就受了伤，刚才又被铁甲龙怪兽的尾巴携带的高压气流击中，伤势加重了。”

罗峰轻轻地揉了揉胸口，一阵阵疼痛传来，他的脸色更加苍白了。

虽然他的伤势很重，但是他此刻并不着急。

“我躲在这地下车库的配电室中，估计那铁甲龙怪兽找不到我了。”罗峰脸上露出了一丝笑容。

之前，他朝这个小区冲的时候，就已经想好了逃命计划。

据他猜测，这种小区肯定有地下车库。他一次次穿过住宅楼，那些住宅楼一次次挡住了铁甲龙怪兽的视线。虽然铁甲龙怪兽很是彪悍，一次次撞毁了住宅楼，但是，罗峰还是幸运地发现了第八栋住宅楼下方不远处的地下车库入口，顺势冲了进来。

第八栋住宅楼倒塌后，废墟遮盖住了地下车库的入口。

铁甲龙怪兽想要找到罗峰所在的位置，还真有难度。

“嗷——”地面上传来了铁甲龙怪兽愤怒的吼叫声。

“轰隆隆——”紧接着，大地隐隐震动起来，各种吼叫声不断响起。

铁甲龙怪兽可是003号城市郊区周围二三十里范围内的怪兽首领，它一声令下，其控制的数十万头怪兽立即出动了。

在兽将级怪兽的带领下，这些怪兽在周围一带寻找着罗峰的踪迹。

地底车库的配电室之中。

“兽吼声不断响起，大地微微震动，看来铁甲龙怪兽发动整个怪兽群在找我。”罗峰脸色一变。

铁甲龙怪兽或许很难找到自己，可是数十万头怪兽一齐出动，要不了多久，肯定会发现他。

这个小区很可能是铁甲龙怪兽的重点搜索区。

“看来，我不能再在这里养伤了。”

罗峰当即站起身来。

他的心情并不沉重，之前的情况可比现在要差得多，自己都逃掉了。

此次他肯定也能逃掉。

“003号城市的地铁隧道很多。我若记得没错的话，离这里不远的地方，就有一条地铁隧道，我进入地铁隧道后，沿着地铁隧道就能离开003号城市。地铁隧道空间狭小，就算有怪兽，也只有体形小的怪兽能进入地铁隧道，身躯庞大的铁甲龙怪兽是进不去的。

“我该回家了。回去之后，我就将龙蛋、作战服、利剑都卖了。不知道能卖多少钱，够不够300亿。”罗峰心中暗道。

虽然他这次受了很重的伤，但是如果能让弟弟站起来，那就值得。

第86章

昆市是哪里

家乐超市的天台上站着两个人，正是王通和李阚。

“王哥，没想到，这次我们吃了大亏。”李阚低沉的嗓音响起，“那铁甲龙怪兽刚刚产卵，身体比较虚弱，却突然急速飞回了老巢。看来，肯定是有一个高手趁我们和铁甲龙怪兽大战的时候，暗中将龙蛋给偷走了，这才惹得铁甲龙怪兽拼命追杀。”

“嗯！家乐超市内空荡荡的，什么都没有，龙蛋肯定被偷了。”王通点点头。

至于家乐超市周围的那些兽将级怪兽，它们能杀死初级战神级武者，也有打伤中级战神级武者的能力。可是，面对王通这高级战神级武者，它们根本不堪一击。

王通和李阚击溃兽将级怪兽小队，就在超市内搜查了一遍。

“那人可真是……不要脸。”李阚恨恨地道。

王通笑了笑，道：“的确不要脸！不过，在兽将级怪兽群的围攻下，不仅能安然逃脱，还能偷走龙蛋，那人的实力很强，最起码是中级战神级武者。不过，我有点想不通，中级战神级武者赚钱的办法多的是，何必冒险来偷龙蛋呢？”

龙蛋的确很值钱，可是和SS级作战服相比，就没那么值钱了。

龙蛋如果孵化出来，就是一头幼态的铁甲龙怪兽而已。即便这铁甲龙怪兽长大了，一般也只是初级领主级怪兽。只有经过一次次战斗和蜕变，它的实力才能逐步提升。

一头成熟的初级领主级铁甲龙怪兽的售价是30亿左右，而未孵化的龙蛋由于稀少的缘故，售价比成熟的铁甲龙怪兽要高得多，大概是50亿。虽然50亿是一大笔钱，但是对中级战神级武者而言，这根本不算什么，他完全可以凭借自己的实力去猎杀领主级怪兽，从而赚到50亿元，没必要捡别人的便宜。

“一名中级战神级武者竟然来捡我们的便宜。”李阚摇摇头。

“铁甲龙怪兽受了重伤，可是还那般拼命追杀偷龙蛋的人，它的伤势肯定更重了。”王通一笑，“我们的目标是猎杀这头高级领主级铁甲龙怪兽，可别让这头铁甲龙怪兽给逃掉了。”

“走。”李阚点点头。

初级领主级怪兽的售价在5亿到30亿。同是初级领主级怪兽，种类不同，实力不等，价格相差也不少。一般而言，铁甲龙怪兽的售价就是30亿。

中级领主级怪兽的售价在15亿到90亿，而高级领主级怪兽的售价在50亿到200亿。

绝大多数领主级怪兽的售价都在这个价格区间内，当然，这世界上总是有一些例外。这头高级领主级铁甲龙的售价在180亿左右。

可惜，放眼全世界，除了超越战神级武者的存在外，本就稀少的高级战神级武者中，只有小部分才有实力猎杀这头铁甲龙怪兽。

003号城市郊区的边缘地带，一栋住宅楼的第八层的房间中。

雷霆小队四人正在这里休息。

之前，王通和李阚让雷霆小队四人离开这个城市，到高速公路上去，那样最安全。

这两大战神级武者要去和高级领主级铁甲龙怪兽大战，雷霆小队的人都非常好奇，所以最后决定躲在003号城市的边缘，那里既可以观战，如果形势不妙，还可以立即离开。

“轰隆隆——”

郊区数十里范围内，怪兽的怒吼声响彻天空。

“那铁甲龙怪兽发疯了，召集了整个怪兽群，整个怪兽群都出动了。”老者笑道，“王先生果然厉害，打得铁甲龙怪兽都召唤帮手了。”

“嗯！不愧是影刀王通。”潘亚连连点头。

虽然他们在003号城市的边缘地带，根本不知道周围数十里范围内发生了什么事，但是听着怪兽的吼声，他们猜测出里面战斗激烈，而且王通和李阚占上风。

“怪兽群暴动啊，不知道是什么样子。”李威眼睛一亮。

“少爷，现在怪兽群暴动了，虽然距离这里还有十几里，不过以防万一，我们还是现在离开吧。”老者说道。

旁边的卡隆看向李威。

李威点点头，道：“好吧，我们现在就出发，回基地市。”

当即，雷霆小队四人离开了这栋住宅楼，直接来到临近的高速公路上，离开了003号城市。

小区内，罗峰正在地下车库内。

地下车库很大，特别的是，整个小区中别墅的地下室后门和地下车库是相连的，这样一来，那些别墅的主人只需沿着自家地下室的后门就可以直接进入地下车库。

“哈哈！运气真好！这地下车库竟然和一栋栋别墅的地下室是相连的。”罗峰有些兴奋。

随即，罗峰的飞刀划开一扇门的门锁，他迅速进入了某栋联排别墅的地下室。

这间地下室内有桌球室、视听室、酒窖等。

“那些人也太会享受了。”罗峰笑笑，随即沿着楼梯迅速来到这栋别墅的一楼，躲在客厅北边的窗户旁，小小翼翼地朝外面看去。

果然——

只见百米外有一条深青色的龙尾在微微摆动，龙尾上的深青色龙鳞在阳光的照射下，泛着让人害怕的光泽。至于铁甲龙怪兽身体的其他部分，则被后面的一栋别墅给遮住了。

“这铁甲龙怪兽非常聪明。估计它猜到我还躲在小区内的某一处，正在仔细地搜查呢。”

罗峰想到这里，迅速沿着楼梯上了三楼，弓着身，让铁甲龙怪兽无法透过窗户看到自己。

数十年过去了，这些别墅的窗户早就破败不堪了。

别墅三楼的一间卧室。

罗峰透过卧室的窗户朝外面看去，他在寻找之前飞行时偶然瞥到的地铁站入口。

“就在那里！”罗峰很快就发现了小区外地铁站的一个入口。

根据地下车库和别墅区的地形，罗峰规划着从地底通往地铁站的最近的路线。

“就这样做！”

罗峰小心翼翼地下了楼，沿着地下室回到了地下车库。根据记忆，他迅速地跑到了地下车库的一个角落。

“从这里直接往前挖，就能抵达地铁站了，这里离地铁站有10公里的路程。”

虽然距离比较远，但是这已经是最近的一段路了。

“我该怎么钻地呢？”

罗峰看向周围，地下车库中有不少脏兮兮的汽车。

“有了！”罗峰微微一笑，心念一动。

顿时，一把飞刀急速飞出，悄无声息地将两辆汽车的前引擎盖的铁皮给切割下来。

随后，在罗峰精神念力的控制下，两块大铁皮直接卷了起来，变成了一个圆锥体。

罗峰直接躺在圆锥体铁皮的内部。

“走！”

精神念力控制着飞刀先将地下车库的墙壁给钻出个大窟窿，而后，圆锥体铁皮直接穿了进去，直接穿过土壤不断前行。

地铁站内早就布满灰尘，其中一面墙壁瞬间被撞破，石头滚落，一个圆锥体铁皮率先刺穿出来，而后，躲在这圆锥体铁皮中的罗峰一个翻身就滚落在地上。

“这圆锥体铁皮钻地的速度虽然比一些有钻地能力的怪兽慢得多，但是，对于我而言，这已经算比较快了。”罗峰很是满意。

地铁站荒废太久了。

罗峰看了看地铁站的地图，而后擦去地铁站地图表面的灰尘。

“嗯！这条隧道通往昆市，昆市是现在的哪个市呢？”

昆市是大涅槃时期的市区名字，现代人早就忘得差不多了。

罗峰只记得一些名气大的城市的名字，并不知道昆市在哪里。

“嗯！就走这条线吧！”

罗峰来到过去供列车通行的地铁隧道边，直接跃入地铁隧道内，而后朝通往昆市的方向前行。

这地铁隧道中竟然还有一些怪兽，罗峰一路前行，遇到不少怪兽，绝大部分都是兽兵级怪兽，还遇到了三头初级兽将级怪兽和一头中级兽将级怪兽。这些都是体形较小的怪兽。

在罗峰飞刀的袭击下，这些怪兽都被解决了。

地铁隧道并非全部都是在地下，还有大部分是在地面上的。

“我前行了大概一百里的距离，肯定出了003号城市的范围。”

罗峰想到这里，当即查看了一下通信手表的定位系统，的确，他已经离开了003号城市。

“我还是通过高速公路回基地市吧，说不定这地铁隧道中还会冒出什么怪兽。而且，我根本不想去昆市，谁知道昆市是什么地方。”

当即，罗峰背着存放着龙蛋、作战服等物的大背包，朝通信手表显示的高速公路前行。

“回家咯！”罗峰兴奋地喊道。

第87章

遭遇伏击

高速公路上，不时能看到一些残骸和各种废弃的机动车。

此时，天已经黑了，今晚没有月亮，星星也很少，在微弱的星光的照耀下，勉强能辨别出高速公路的轮廓。

高速公路上有一辆翻了的大巴车，此时，雷霆小队四人都坐在地上，背靠着大巴车。

“这次少爷的训练计划还没有彻底完成，不过，少爷的实力的确提高了不少。”老者笑着说道。

“还行吧！不过，离我爸对我的要求还差得远。”李威摇头道。

“少爷，以你的年纪，你现在的实力算得上很厉害了。”老者道。

卡隆和潘亚都点点头。

李威摇摇头，道：“不！远远不够！二十几岁就成为中级战将级武者的人，在JN基地市都有好多。我爸妈可都是战神级武者，我是他们的儿子，实力怎么能这么弱呢？哦，对了，潘亚，你之前说火锤小队的罗峰才19岁，却已经是初级战将级武者了。我可是堂堂两大战神级武者的孩子，难道还比不上罗峰那个小子？”

“对，对，少爷说得对。”老者附和道。

“少爷，你是最强的。”卡隆也附和道。

李威微微一笑。

潘亚点点头，道：“少爷这么一说，我也觉得很有道理。和少爷相比，那罗峰什么都不是。不过，这罗峰的实力提升得太快了。火锤小队和我虎牙小队是死对头，而我虎牙小队如今只剩下我一人，火锤小队一定会对付我，其他人还好说，那个罗峰很难对付啊！”

“他才成为武者没多久，就已经是初级战将级武者了。依我看，他的实力很快就会比我强，到时候我必死无疑。”潘亚长叹一口气。

潘亚心里很后悔。

他在武者补给基地见过罗峰，当时张泽虎建议杀了罗峰，可是当时他担心会打草惊蛇，所以没有动手。不承想，那次之后，罗峰的实力竟然急速提升，两个月的时间，就猎杀了1万多头怪兽，而且几乎都是高级兽兵级怪兽，因此得了“疯子”的称号。

罗峰的战绩如此显赫，此事在JN基地市的武者圈子中早就传开了。

可惜，那次之后，潘亚一直到003号城市才再次见到罗峰。

“你不是准备加入新的武者小队吗？”李威道。

“是啊！可是，火锤小队的人是不会放过我的，说不定什么时候会在暗中对付我。”潘亚一脸苦涩。

当初，他们就是暗中偷袭火锤小队的。

以他如今的实力，如果在毫无防备的情况下，遭到火锤小队的袭击，十有八九会毙命。

潘亚看向李威，道：“少爷，我想拜托你一件事。回到基地市后，麻烦你通过你们地下联盟的情报网，查一查罗峰在荒野区的什么地方，到时通知我。”

“行，没问题。”李威爽快地道。

老者和卡隆相视一眼，一副了然的样子。

潘亚故意装出一副很担心的模样，他们早就看出潘亚是想博取李威的同情，想要得到他的帮助。

不过，他们毕竟只是李威的保镖，多一事不如少一事，根本不屑揭穿潘亚。而且，这些天，潘亚一直在拍马屁，他们的心情很不错，再加上潘亚的虎牙小队的确损失惨重，李威帮帮忙，倒也不算什么。

“不早了，我们早点休息吧，明早还要赶路。”老者道。

当即，雷霆小队四人都闭上了眼睛。

和夏天的情况不一样，冬天的时候，绝大多数武者小队都是夜间休息，白天赶路。夏天天气热，白天休息可以躲避太阳，夜里凉爽，正好赶路。

深夜时分，雷霆小队的四人或盘膝而坐，或躺在地上，都在休息。不过，除了李威外，其他三人都是闭目养神，他们可不敢睡着，荒野区危险重重，说不定什么时候就会冒出一头怪兽。

如果他们在睡梦中被怪兽给吃了，那可真是冤枉。

“嗯？”潘亚、老者、卡隆几乎同时睁开眼睛，他们都听到了一丝动静。

那是有人走路的声音。

忽然，一个人从大巴车的旁边走过。而后，这个人转过头来，正好和潘亚、老者、卡隆三人对视了。

“我怎么这么倒霉，竟然遇到了他们。”罗峰暗自嘀咕。

本来他高高兴兴地回家，没想到，半路上，竟遇到躲在大巴车后面休息的雷霆小队的四人。因为大巴车的阻挡，他之前根本就没有看到这四个人，待自己经过大巴车，才发现这四个人，可是已经晚了。

“罗峰！”潘亚大喝一声。

踏破铁鞋无觅处，得来全不费功夫。

他一直想杀了罗峰，罗峰竟然独自出现在他们的面前。

“哦！是罗峰，我见过你。”李威被惊醒，当即站了起来。

他早就知道，虎牙小队的队长潘亚誓要杀了罗峰，现在罗峰竟然送上门了，结果还用多说吗？

他看向罗峰的目光中带着一丝怜悯。

“罗峰，天堂有路你不走，地狱无门你偏要闯进来。”潘亚说着，看了老者一眼。

老者微微点点头。

之前潘亚请求过老者他们帮忙灭掉火锤小队，不过，那次他们并没有找到火锤小队。

“潘亚！”罗峰脸色微变。

傻子都能听得出来，潘亚这是要联合老者他们一起对付自己。

若是老者等人不帮忙，潘亚一人对付罗峰，谁杀谁还难说呢！

只是，老者等人很是麻烦，老者和卡隆都是高级战将级武者，而李威的实力虽然较弱，但是背景很强大，他的身后可是有好几名战神级武者撑腰呢！

“三位。”罗峰看向老者等人，缓缓地道，“虎牙小队和我火锤小队有仇怨，现在虎牙小队队长潘亚要置我于死地，想必三位都看出来了。

“我不求三位能阻拦他，只求三位在一旁观看即可，不要插手，让我和潘亚一决生死。”罗峰看向李威，“这位就是李威少爷吧，我虽然之前没和李威少爷说过什么话，但是也听说过李威少爷的大名。后来火锤小队的队员告诉我，我才知道那天是李威少爷……如果我早点知道的话，一定将那双头黑线蛇怪兽拱手送给李威少爷。”

罗峰放低姿态，开始讨好李威。

“嗯！”李威微微一笑。

显然，他颇为享受罗峰对自己的奉承。

“只要李威三人不插手，我和潘亚正面决战，就算我杀了潘亚，以李威等人的身份，恐怕也懒得理会。”罗峰心中暗道。

潘亚立即看了老者一眼。

这些天，他跟着他们出生入死，而且和他们有灭掉火锤小队的约定。

“你是谁？说话这么没大没小！”老者大喝一声。

“前辈……”罗峰恭敬地唤道。

“谁是你前辈！”老者瞪大了眼睛，冷冷地道，“潘亚的那两个队友就是你害死的吧！你害死了潘亚的队友，你是死有余辜。”

李威微微一笑，并没有说话。

虽然他很享受罗峰对自己的奉承，但是他并不打算听罗峰的建议。

“怎么办，怎么办？”罗峰面露难色。

“若是对战潘亚，我绝对没问题。可是，潘亚加上其他三个人，那可就麻烦了。特别是李威，如果他们真动手，我是反抗还是不反抗呢？我不反抗的话，必死无疑，我一旦反抗，即便杀了李威四人，李威背后的高手肯定不会善罢甘休的。可是我如果不杀李威四人，李威日后找我报仇的话，后果更严重。”

罗峰的脑海中瞬间闪过很多念头。

这时，老者、卡隆、潘亚三人分散开来，而后朝罗峰紧逼过来。

“咻！咻！咻！”

罗峰手一甩，三把飞刀急速射向潘亚。

而后，罗峰转头就跑。

潘亚的三棱军刀迅速抵挡住了两把飞刀的袭击，躲开了第三把飞刀的袭击。

“追！”

老者、卡隆和潘亚瞬间加快速度，欲击杀罗峰。

就在这时，之前被潘亚抵挡住的两把飞刀几乎瞬间飞了起来，从后方射向老者和卡隆。

老者和卡隆都是背对着那两把飞刀的，而且飞刀是受罗峰的精神念力控制的，飞刀的速度可比狙击枪子弹的速度还要快一些。

“噗！噗！”两把飞刀瞬间从后方射穿了老者和卡隆的身躯。

这两大高级战将级武者在毫无防备的情况下，直接被杀了。

“怎么会这样？！”潘亚大吃一惊。

此时，射穿老者身躯的那把飞刀划过一道弧线，转而袭向潘亚。

潘亚见状，当即拼命挥舞着手中的三棱军刀抵挡着飞刀。

可惜潘亚的实力仅仅达到中级战将级，他手中的三棱军刀仅仅擦过飞刀，飞刀微微抖动，继续急速袭向他。

“啊！”潘亚惊叫一声，当场丧命。

这一切发生得太突然了！

一直淡定观战的李威看到老者和卡隆丧命后，愣在了原地。待他回过神来，正欲按动手上的通信手表。

说时迟那时快，罗峰一把抓住李威即将按下通信手表的手臂，道："李威少爷，你我本无仇怨，我并不想杀你。若你答应我不将今天所看到的一切说出去，我便放你一条生路；若你执意要发出求救信号，那就别怪我不客气了。"

李威一脸不屑，他仍然自信地认为自己拥有强大的背景，罗峰不敢杀他，他冷哼道："哼，你以为我会相信你说的话吗？你已经杀了我的两个保镖，我一定会告诉我的父母。"

罗峰一时间思绪翻涌，暗道："这可如何是好，我若就此放他走，那我就是死路一条；我若杀了他，日后他的父母……"

正当罗峰纠结时，李威奋力挣脱开他的手，即欲按动手上的通信手表。

"咻！"

罗峰手一甩，一把飞刀直接划过了李威的脖子。

"兔子急了还咬人呢！李威，这都是你逼的，我并不想杀你……"罗峰双眸泛红，低声说道。

当即，他收回飞刀，而后跑出高速公路，冲进满是野草的荒田中。

第88章

李威的父母

罗峰穿行在荒田中，速度达到了惊人的地步。

他用精神念力减轻了身上的负重，同时以精神念力对背上的盾牌施加了推力，从而使得自己的速度快很多。

“呼——”他一刻不停地急速奔跑着。

“我必须以最快的速度逃离现场。李威的背景强大，他的家族肯定有一些特殊的科技手段能得知他已经死亡的消息。到时候，说不定他的家族会用卫星探查检测，乃至拍摄周围的场景，一旦我被拍摄到，那可就麻烦了。”

对于卫星探测，罗峰知道的并不多，也不懂其原理。

不过，当初鼠潮爆发，战神级武者陆纲身死时，就被卫星给拍摄到了，甚至有不少人通过一些特殊渠道还找到了录像。

“确定李威死亡的消息，确定李威所在的地点，调用卫星拍摄……这一系列步骤下来，肯定需要一段时间。我要趁着这段时间尽量逃远一点，而且我最好在野草丛中穿行，卫星拍摄的难度估计高一些。”

罗峰一边想着，一边急速飞奔着。

如果不靠着精神念力的辅助，罗峰的速度根本不可能到100米/秒。可是现在，他的速度近乎150米/秒，也就是说，6秒钟就能移动900米，1分钟就能移动9公里，5分钟就能跑45公里。

这是非常可怕的速度！

一般而言，只有实力接近中级战将级的武者才能爆发出此等速度。

不过，罗峰不敢有丝毫松懈。他清楚地记得，当初雷霆小队遭到了怪兽群的围攻，没多久，那两大战神级武者就去营救他们了，这说明李威的背景极其强大，其背后高手的速度更是惊人。

“幸好我是极限武馆的一员，我的父母和弟弟都住在极限武馆的武者小区，得到极限武馆的庇护。”

罗峰根本不担心家人的安全会受到威胁。武者们只要加入雷电武馆或者极限武馆，搬到属于武馆的武者小区后，根本不必担心家人的安全。

当年，发生过极其轰动的“血刀事件”。一名叫血刀的高级战神级武者和极限武馆一名叫房佑的武者结下仇怨，房佑在荒野区和怪兽厮杀时丧命了，一肚子怨气的血刀就杀了房佑的所有亲人……

这下引起了众怒。

要知道，武者时常在荒野区中闯荡，丧命是很正常的，而这些武者的亲人是得到武馆所有武者的保护的。因为，武者都存着同理心，今天是别人丧命，或许明天就是自己丧命，武者之间有约定，齐心合力保护武者们的家属。所以，谁敢对武者的家属动手，就是整个武馆的敌人。

房佑亲人被杀的消息传出去后，全世界所有极限武馆的武者都震怒了。

杀害武者的家属，这可是触到了所有武者的底线。

随后，世界第一强者洪出面了，他查出凶手是血刀后，又动用了全世界各国政府的情报网和HR联盟情报网，搜索逃到荒野区的高级战神级武者血刀。

之后，极限武馆全球总部的巡察使出动了，这位巡察使是实力超越战神级武者的存在。巡察使带了足足36位战神级武者追杀血刀。

最后，血刀自杀了。他怕被极限武馆的人抓去后受到非人的折磨。

后来，洪和雷神举办了一场房佑亲人的追悼会，那场追悼会全程直播，这两大绝世强者还在追悼会中发表了声明。

若有人胆敢伤害任何一名武者的家人，那就是和极限武馆、雷电武馆的所有武者为敌。

在这场追悼会上，世界五大强国、各个基地市，乃至于HR联盟都派出了代表，响应这两大绝世强者的号召，自此再无任何人胆敢伤害武者的家人。

C国明令禁止武者相互厮杀，不过，大家都知道，也是有例外的。一来，武者总是进入荒野区，这是没办法时刻监管的；二来，武者经常在生死线闯荡，容易结仇怨，武者相互厮杀是常有的事情。

因此，各个组织对此通常都是睁一只眼闭一只眼，除非谁有充足的证据，比如录像等等，武馆、政府等组织才会出手，否则，根本不会理会这种事。

不过，一旦有人迁怒到武者的家人，那就等于是和全世界顶尖的各种势力、各个强者为敌。

“终于进入023号城市了。”罗峰当即松了一口气。

他从高速公路急速冲到距离最近的023号城市。

“这城市比较大，城市中的武者肯定很多，我躲在这城市中，根本不起眼。”罗峰暗松一口气。

当夜。

高速公路上，大巴车旁躺着雷霆小队四人的尸身。

李威临死前，他的作战服胸口位置微微一震，一道讯息当即传送了出去。

JN基地市的主市区，排名第一的JN山水小区内。

这是整个主市区最豪华的地段，这里有着完好保存着的山山水水。当初，建立JN基地市时，因为人口密集，绝大多数山丘都被铲平了，填了一些低洼的地方，一栋栋高层住宅楼建成。唯有JN山水小区占地面积广，里面有一座座漂亮的假山，还有人工瀑布、人工湖，从而使得这里成为富豪和政府高层都想居住的地方。

这个小区的房子很稀缺，有钱和有权的人都不一定买得到。

整个C国一共只有六个基地市，六个基地市中，像JN山水小区这样的小区可是屈指可数的。

JN山水小区，华耀峰山顶别墅。

迷蒙的星光笼罩着整座山峰。

远处传来了瀑布声。

山顶别墅的天台上，一人身穿宽松的深蓝色练功服，盘膝静坐着。

他披散着长发，紧紧地闭着眼睛，气势凌厉。

他就是全世界名气极大的一代强者，人称“秃鹫”的高级战神级武者——李耀。

“嘀嘀嘀！”一道刺耳的声音从他手腕的手表中传来。

“嗯？”李耀猛然睁开眼睛。

“阿威出事了？！”李耀冷峻的脸上露出了惊讶之色。

“快！连接阿威的两个保镖的通信手表。”李耀当即对着手表发出了声控命令。

他的手表看似普通，实际上是HR联盟最先进的产品。

“两个保镖都死了？！”

“嗖！”李耀一闪身，立即进入了别墅的三楼，三楼中足足有十几个房间，其中有一个超大的视听室。

李耀站在视听室中。

“开启！进入武者搜索模式！”

随着李耀下令，视听室中的一台仪器立即投射出了迷蒙的光芒，迷蒙的光芒在视听室的中央聚集，形成了三维立体投影。

“李耀先生。”

只见三维立体投影中出现了一道人影，那是一名身穿黑色西服的银发老者。

银发老者恭敬地看着李耀。

在三维投影的同时，那三维投影仪器摄录了李耀的影像，投射到了另外一人的视听室内。

“快确定我儿子李威的位置。”李耀眼中满是杀气，“再搜索周围百里范围内战神级武者的位置。”

“李威周围百里范围内没有战神级武者。”银发老者道。

“怎么可能呢？这才过去半分钟不到，那战神级武者就逃脱了？”李耀脸色微变。

李威作战服内置的信号器是在检测其心跳停止十秒后才发送讯息回来的，而到李耀进行搜查，还不到30秒的时间。那战神级武者的速度就算是超过了音速，达到400米/秒，30秒的时间内，也不可能移动30里，怎么会搜索不到呢？

在李耀看来，他儿子的保镖是两名高级战将级武者，可是他们都来不及报信就丧命了，凶手应该是战神级武者。

“怎么会……”李耀丝毫没有迟疑，再次下令，“搜索百里范围内的高级战将级武者。”

“搜索战神级武者，可通过战神宫的共享系统进行搜索，而搜索战将级武者需要通过HR联盟S级授权。”银发老者说道。

事实上，HR联盟有办法查到战士级武者和战将级武者所在的位置，可是HR联盟用的办法有些阴险。

原来，HR联盟商城卖出的通信手表是有猫腻的。通信手表有银行转账等诸多用途，所以是和每一名武者的银行卡、身份证连接的，通过通信手表所在的位置，自然能确定武者所在的位置。

可是，此事是不能公开的。此事一旦暴露，HR联盟商城会遭到成千上万的武者的抵制，虽然说HR联盟的势力极大，早就垄断了通信手表的生意，可HR联盟也不敢引起众怒，所以想要通过通信手表搜索各个级别武者所在的位置，是需要S级授权的。

在地下联盟，只有高层才有资格这么做，而高级战神级武者李耀是没有这个权力的。

忽然，一道人影瞬间冲进了视听室。

这是一个有着金黄色头发的白皮肤贵妇人。

此时，她那精致的面孔有些扭曲，身上的礼服因为急速飞来有些破损。

在此之前，她正在参加一个酒会，她是和李耀同一时间收到儿子的死讯的。

“耀！”美妇人眼睛都红了。

“现在可以搜索了吧！”李耀紧紧地盯着三维虚拟投影中的银发老者。

银发老者看向美妇人。

这美妇人是HR联盟九大家族之一波莱纳斯家族族长的亲妹妹，同时是一名高级战神级武者，人称“毒蝎”，名为维妮娜·波莱纳斯。现如今，她是HR联盟C国的执行总裁。

HR联盟在C国的众多成员中，她的地位极高，排在第三，拥有S级授权。

第89章

天价悬赏

“搜索！”维妮娜当即下令。

“是。”老者点点头。

他的面前立即浮现出了一张巨大的虚拟地图，地图中间的红色圆点表示的是李威所在的位置，而李威方圆百里范围内出现了六个光点。

“百里范围内，一共有六名高级战将级武者。”

“你将那六人的信息，还有他们和李威的距离显示出来。”李耀冷冷地下令。

“嘀！嘀！”虚拟屏幕微微闪了两下，顿时浮现出了大量讯息。

“六名高级战将级武者中，有两人是阿威的保镖，其他四人都在023号城市。”李耀冷冷地道。

也就是说，这四人都有杀害李威的嫌疑。

“这四人中，距离李威最近的，都在李威所在位置的20公里外。”

李耀下令搜索到现在，也就过了一分钟，高级战将级武者不可能这么快就到了20公里外的。

“耀，到底是谁杀了阿威？”维妮娜问道。

“搜索中级战将级武者和初级战将级武者。”李耀没有回答，继续下令道。

“杀阿威的怎么会是中级战将级武者和初级战将级武者呢？”维妮娜脸上满是惊讶之色，“以卡隆他们两个的实力，怎么会被中级战将级武者和初级战将级武者给杀了，甚至都来不及报信呢？”

“闭嘴！”李耀忍不住呵斥道。

维妮娜当即不再吭声。

“百里范围内，中级战将级武者一共有21人。”老者回道。

那张虚拟地图上浮现出了21个颜色略浅的光点。

“百里范围内，初级战将级武者一共有58人。”

虚拟地图上再次浮现出了代表初级战将级武者的光点。

李耀咬牙切齿地说道：“给我记录这些战将级武者的信息，包括他们和李威的距离。还有，搜索所有战士级武者，并且也记录下来，传送给我和维妮娜。”

“是！”银发老者恭敬地应道。

李耀看到虚拟地图上浮现了一大片闪烁的光点，密密麻麻的，显然有嫌疑的战士级武者比战将级武者要多得多。

这数百个有嫌疑的战士级武者中，就有罗峰。

虽然罗峰拥有初级战将级的实力，但是，他的武者身份信息上显示的是高级战士级武者。

武者的等级是根据战绩来评定的。

“动用卫星，拍摄李威所在的位置。”维妮娜道。

“最近天气不好，拍摄的效果会不太好，最终拍摄结果经过专家解读并完善后，半个小时后会传送给两位。”银发老者说道。

其实，卫星拍摄并没有普通人想象的那般厉害。卫星拍摄会受到很多因素的限制，特别是天气，天气对卫星拍摄的影响非常大。

“李耀先生、维妮娜总裁，李威周围百里范围内，高级战将级武者有6名，中级战将级武者有21名，初级战将级武者有58名，战士级武者有426人，这些武者的信息已经发送给两位了。”银发老者说道。

李耀和维妮娜低头一看。

他们的通信手表上迅速地浮现出那些武者的头像和资料，其中就有罗峰的。

当然，罗峰只是战士级武者，十分不起眼。

三分钟后。

星光笼罩的山顶别墅的草坪上，两架幽蓝色的飞碟形战机起飞，而后迅速腾空而起。

“嘀！信号识别，通过。”

这两架幽蓝色的飞碟形战机飞出了城市的防御系统。

如果没经过信号识别就直接闯出去，这两架战机瞬间会被镭射光击毁。

机舱内，李耀和维妮娜都穿着作战服，背着兵器，脸色都很难看。

战机驾驶员和六名战将级武者都不敢出声。

他们都知道，这夫妇俩的独子被杀了！

这夫妇俩可都不是一般人物。无论是在战神级武者圈子中，还是在地下联盟，他们都有着惊人的影响力。

“耀，会不会是领主级怪兽杀了阿威？”维妮娜皱眉道。

“高速公路上怎么会冒出一头领主级怪兽呢？即便遇到了领主级怪兽，以他们的实力，怎么会来不及发出信号？”李耀的眼中涌现出杀意，“我已经让正在003号城市的王通赶去现场了，待我们到了那里，差不多就有结果了。”

“嗯！”维妮娜微微点头。

冬天的深夜，寒风刺骨。

高速公路上，血迹早已经变成了暗红色。

两名武者正在现场仔细地搜查着，正是接到了李耀传来的信息，而后匆匆从003号城市赶到高速公路的王通和李阚。

“咻！咻！”两道幽蓝色的流光从天际迅速飞来，很快就来到了高速公路的上空，随后缓缓降落。

不待战机降落，其中一架战机的舱门已经打开了。

两个人直接从半空中跃下，正是李耀和维妮娜。

李耀、维妮娜、王通、李阚这四人有着很深的交情。

“秃鹫、毒蝎，节哀。”王通叹息一声。

秃鹫和毒蝎分别是李耀和维妮娜的名号。

“有什么结论？”李耀强忍着心中的怒气，问道。

王通指向四具尸身，道：“据我查验，凶手似乎使用的是精神念师的手段。”

“精神念师？”李耀、维妮娜都眉头一皱。

“当然，不排除这是敌人故意布置的现场，就是为了转移视线。”王通补充道。

这时，一些武者从其中一架战机上跳了下来，而五名穿着深灰色衣服，背着各种仪器箱子的人员从另外一架战机上跳下来。这五人中有两个女子，一个是黄种人，一个是白种人，还有一名白发苍苍的老者。

“其他人不得进入现场。”白发老者下令道。

“开始。”

顿时，其他四人打开了仪器箱子，取出各种仪器，开始对现场进行最精密的查探。

时间渐渐流逝。

李耀和维妮娜都安静地等待着。

旁边的王通和李阚相视一眼，都惊叹不已。

李耀和维妮娜是全世界战神级武者圈子中名气极大的人物，估计除了超越战神级武者的存在，没有人能压制这夫妇俩。

这夫妇俩本就生性桀骜、个性狠辣，如今他们的独子被杀，他们岂会善罢甘休？

“先生，夫人。”白发老者恭敬地说道，“已经有结果了，请先生和夫人移步过来看一看。”

李耀、维妮娜、王通、李阚都走了过去。

一台笔记本电脑的屏幕上出现了模拟的视频。

白发老者道：“这老年武者和白皮肤武者应该是同一时间被杀的，他们的死亡方式一样，都是被从后方射来的兵器击中。而这名中年武者和李威少爷差不多是同时丧命的，他们的死亡时间比老年武者和白皮肤武者要晚一点点。”

说完，白发老者点击了一下模拟视频。

顿时，出现了一段模拟录像……

只见两道流光同时射穿老年武者和白皮肤武者的身躯，之后，两道流光分别袭向中年武者和李威。

“没错！”王通点点头，“我检查过他们的尸身，老年武者和白皮肤武者死的时候恐怕还没反应过来，而李威和那中年武者的眼中都有着惊恐之色，显然他们看到了有兵器袭向自己。”

白发老者继续说道：“我们对周围的痕迹进行了查探，绝对没有领主级怪兽路过这里。根据我们对周围的脚印和死者的位置的判断，老年武者、白皮肤武者、中年武者应该是同时朝前方发起了攻击，从而忽略了后方的偷袭。”

白发老者点击视频，视频中出现了模拟的人物。

李耀和维妮娜都蹲在李威的尸身旁，李威双眸中满是惊骇之色。

“我查过，阿威死后半分钟内，周围百里范围内没有一名战神级武者；阿威死后一分钟内，周围百里范围内有四名高级战将级武者，离阿威最近的都在23公里之外。”李耀沉声道，“据我推测，凶手肯定隐藏了实力。”

武者的实力评级是按照战绩来算的。一些绝世强者即使猎杀了厉害的怪兽，也会把功劳推给同伴，这样一来，自己没有战绩，自然评级很低。

“这是一种可能。凶手是普通武者，战绩等级很低，可是其真正的实力是战神级；还有一种可能，凶手是精神念师，但是他隐藏了精神念师的身份。按照精神念力比身体素质强两个层次来算，那么凶手很可能是初级战将级武者或者中级战将级武者。当然，不排除有伪装很厉害的战士级武者。”李耀缓缓地说道。

“还有第三种可能，凶手是我的敌人，是战神级武者。他没有佩戴通信手表，所以我查不到他的踪迹。”

战神级武者的消息很灵通，不少战神级武者都知道通信手表有猫腻，只是他们根本不屑将此事公开。他们办一些机密的事情时，根本不会携带通信手表。

周围死一般地寂静。

“不管是谁，竟敢害死我的儿子，我一定不会放过他！”维妮娜双目含泪，恨恨地道。

“把阿威被杀的消息传播出去，让每一名武者都知道。”维妮娜咬牙切齿地道，“我将这些年赚的1000亿元都拿出来，悬赏缉凶，只要有人查到害死我儿子的真凶，并且有足够的证据，1000亿元就归他了。

“我就不信了，那凶手就没亲人，也没朋友。只要他作案后泄露过这个秘密，就一定会被抓到。面对巨额悬赏，再亲的人和再好的朋友也难保不会告密……”维妮娜顿了顿，继续道，“我要让他睡觉都睡不安稳，我要让他整天活在担惊受怕中。”

旁边的王通和李阚都倒吸一口凉气。

1000亿元？！

这巨额悬赏都能请动超越战神级武者的存在了。要知道，就算是传说中的王级怪兽的售价恐怕都达不到1000亿，这简直是一个天文数字。

如此高的赏金，恐怕各个势力、各种情报网都愿意去寻找凶手。

第 90 章

1000亿的影响力

一笔巨大的财富足以让人疯狂。

“这赏金真高啊！”李阚惊叹道。

“我都心动了。”王通微微一笑，道，“不愧是HR联盟C国执行总裁，九大家族之一波莱纳斯家族族长的亲妹妹。”

放眼全世界，恐怕没有几名高级战神级武者如此富有。

领主级怪兽身上的材料很值钱，可是领主级怪兽是那么好对付的吗？它们的智力可是和人类相当，一旦察觉到危机，它们就会选择逃跑。一旦逃跑，它们肯定会命令成千上万的怪兽来阻拦对付它们的武者。即便拦不住，也会大大影响武者们追杀的速度，所以，猎杀领主级怪兽的难度是极大的。

越是厉害的领主级怪兽，猎杀的难度就越大。一般情况下，高级战神级武者选择猎杀中级领主级怪兽，中级战神级武者选择猎杀初级领主级怪兽，初级战神级武者则选择猎杀高级兽将级怪兽，这样一来，效率相对会高一点。

这一次，王通和李阚猎杀铁甲龙怪兽，就以失败告终。

此外，怪兽数量并非无穷无尽，越是厉害的怪兽，数量越少。

当初火锤小队在荒野区，半个月的工夫，就猎杀了大量的兽将级怪兽。后来，他们寻找兽将级怪兽的难度明显大得多，因为那一带的兽将级怪兽变少了。

这还不是最糟的，最糟糕的是，猎杀的兽将级怪兽过多，很容易引得兽将级怪兽的首领，即领主级怪兽杀过来。当然，武者一旦发现有危险，就会赶紧逃跑。

这一切都说明了一点，猎杀怪兽，而后将怪兽身上的材料卖掉换钱，并非易事。

而且，战神级武者花钱都很快。他们的兵器和作战服哪一个不是天价？绝顶秘籍的价格更是高得吓人。

许多战神级武者都是向银行借贷的。没办法，战神级武者花钱的地方太多了。比如，一名高级战神级武者和高级领主级怪兽厮杀时，最保险的是购买一套SS级作战服，毕竟S级的作战服只能扛住大多数高级领主级怪兽的撕咬，并非是百分百安全的。

而SS级作战服和SS级兵器都是天价。SS级的秘籍和九重雷刀一样，价格高得惊人。

如果全部配备顶尖装备，这要猎杀多少头中级领主级怪兽啊？这可是大多数高级战神级武者都无法做到的。

更别提战神宫中一些拥有奇特功能的宝物，价格更是高得吓人。

全世界不少战神级武者都向银行借贷了，这并非虚话。

当然，也有极少数战神级武者是很有钱的，譬如战神级的精神念师、一些实力惊人的战神级武者和拥有强大背景的战神级武者。

世界第一强者洪的儿女就很有钱，他们有一个实力极强的爸爸，所以特有钱。

HR联盟控制了全球大半经济，几乎渗透到各个行业，所以财富同样惊人。

维妮娜是HR联盟C国执行总裁，HR联盟的高层，又是波莱纳斯家族当代族长的亲妹妹，她的财富惊人，这是毋庸置疑的。她的财富主要来自于HR联盟和家族，而非猎杀怪兽。就连她的丈夫李耀的财富也根本没法和她的相比。

JN基地市，极限总会馆。

诸葛韬身穿一身黑色练功服，盘膝静坐在练功房内。

随着时间流逝，一道晨光从窗外照射进来。

“呼！”诸葛韬睁开眼睛。

“开启。”诸葛韬说道。

顿时，摄影机开启，墙壁上出现了一块巨大的屏幕。

诸葛韬有一个习惯，每天都会看C国电视台的早间新闻，从而能知道各地发生的事情。

播音员的声音在练功房内回荡着。

“什么？！”诸葛韬一怔，愣愣地盯着墙壁上的屏幕。

“1000亿元？！”诸葛韬震惊了。

诸葛韬猛地站起身来，心跳不由得加快。

这笔钱的数额实在太大了！

尽管他是堂堂JN基地市极限武馆的四大巨头之一，都忍不住有些心动。

“秃鹫和毒蝎竟然是夫妻。也对，一般的战神级武者怎么可能拿得出1000亿元，也就这夫妻俩才有这么强的经济实力。”诸葛韬摇摇头，道，“这早间新闻是对全国观众播报的，也就是说，不仅仅武者会知道此事，普通人也会知道。HR联盟的影响力真大，竟然能够让C国电视台播出这则消息。”

那可是1000亿元啊！

就连诸葛韬也心动了。

平日里，诸葛韬会给一些天才武者或者厉害的武者一些好处。实际上，诸葛韬自己没有很多钱，大多时候他办事都是用的武馆内部特权，这样他只需掏很少的钱。

“进入极限之家，战神级武者论坛。”诸葛韬一声令下。

顿时，屏幕上的场景迅速变化，出现了战神级武者论坛。

按理说，他只是一个高级战将级武者，是没资格这样做的，可是他是极限武馆的主管，那就有权力这样做。

“啧啧！果然论坛都热闹起来了。看样子，全世界的武者都沸腾了。”诸葛韬笑了起来，“不过，此事发生在C国，这笔巨额赏金恐怕最后会落到我们C国人的手里。1000亿元啊，无异于将一头肥羊扔进狼群里。”

的确，全世界的武者都被这笔巨额赏金给吸引了，就连战神级武者都心动了，甚至连实力超过战神级武者的人，都惊叹了。由此可以想象普通民众有多么震撼了。普通民众还在为廉租房的租金而苦恼，对他们而言，1亿都是天文数字，更别说1000亿了。

全世界都沸腾了！

几乎所有情报网的人都在调查此事，寻找杀害李威的真凶。

023号城市可是有好几百万人口的大城市，对于绝大多数武者而言，003号城市太危险，所以023号城市吸引了大量武者。

023号城市西城区，一栋十二层高的住宅楼的第八层。

外面狂风呼啸，雪花飘飘。

寒气不断地往屋子里灌，地面冰冷彻骨。

罗峰盘膝坐在一块破垫子上，轻轻地擦拭着飞刀，此时，他已经收到了天价悬赏的消息。

“没想到，李威的父母花这么多钱悬赏缉拿我，连我都想举报自己了。”罗峰无奈一笑。

他轻轻地将一把飞刀放在地上，又取出另外一把飞刀，继续擦拭着。

“1000亿元啊！不过，李威的父母可不是傻子，不可能随便什么人说一个模糊不清的消息，他们就相信并给钱，肯定要有明确的证据。”

罗峰不认为这天下还有人能交出他杀死李威的证据。当时为了防止被卫星拍摄到，他杀了李威等人后，就瞬间冲入了野草丛中。

“除非我真的很倒霉，当时有人潜伏在高速公路旁，刚巧拍摄到了我动手的场景，还有我的容貌。”

罗峰觉得，此事发生的概率不大。

他担心的是火锤小队的队友会发现此事。

悬赏上详细地写着，除了李威外，死去的另外三人的身份和实力。而且，还写明了凶手很可能是拥有战神级武者实力的武者或者精神念师。

罗峰脸色一沉，心中暗道："队长他们看到这则消息，恐怕很难不联想到我。"

首先，罗峰当初留在003号城市，就是为了找虎牙小队的人报仇。而死去的四人中有一个是虎牙小队的队长潘亚。

其次，悬赏上写着凶手可能是拥有战神级武者实力的武者或者精神念师。罗峰是精神念师，这个秘密只有火锤小队的人知道。

结合以上两点，火锤小队的人的确很容易猜出来。

罗峰猜得没错，天价悬赏公布后，火锤小队的另外四人的确都惊疑不定，他们都猜到了凶手是罗峰。

"即便他们猜测到了，也没有证据。"罗峰心中暗道。

火锤小队的人猜测凶手是罗峰，而一些战神级武者猜测凶手是和李耀夫妇俩有仇的战神级武者。

众说纷纭，却没有一个人有明确的证据。

"上次李威遇险时，李威的父母瞬间就查出了离李威最近的两名战神级武者所在的位置，并且请那两名战神级武者帮忙。"罗峰皱眉道，"也就是说，李威的父母拥有一定的权力，可以很快查出一定范围内的武者所在的位置。他们连战神级武者的踪迹都能查得到，肯定更容易查到战将级武者和战士级武者所在的位置。"

在罗峰看来，查到战神级武者的难度要比查到战将级武者和战士级武者要大得多。

"他们估计也能查到当时我距离现场并不远。"罗峰眉头紧蹙。

这一点对他很不利。

他并不知道，战神级武者之所以能查到其他战神级武者所在的位置，是利用了战神宫的共享系统，绝大多数战神级武者是查不到战将级武者和战士级武者所在的位置的。

不过，罗峰正好猜中了，李威的父母的确查到了案发现场周围数百人的信息。

而他正是其中之一。

“我应该是嫌疑对象之一。不过，我的实力较弱，被怀疑的可能性很小。”罗峰想到这，眉头一皱，“不过，队长、铁哥、青哥、陈哥应该都猜出了此事，一旦其中一人曝光我留在003号城市是为了杀虎牙小队的人，还有我是精神念师的秘密，即便没有确凿的证据，李威的父母也一定会将我定为第一嫌疑人。”

忽然，罗峰感觉到手腕上的通信手表在振动。

他低头一看。

“是队长打来的电话。”罗峰心中一惊。

第91章

与徐欣通话

“队长这个时候给我打电话干什么？”

罗峰脑海中闪过无数念头，而后，他深吸一口气，轻声道：“回拨！”

“喂，罗峰。”高风的声音传来。

“队长，你找我有事吗？”罗峰问道。

高风的声音变得低沉：“你看到那则天价悬赏的消息了吧！这可是足足1000亿元，绝对可以令全世界无数武者疯狂。悬赏上还特别表明了，凶手很可能是拥有战神级实力的武者或者精神念师。你可千万别将自己是精神念师的身份公开，否则会惹大麻烦的，毕竟我们火锤小队本就和虎牙小队有仇，死去的四人中又有虎牙小队的队长潘亚，一旦你的精神念师身份公开，很容易惹人怀疑，到时候，成千上万的人都会去查你，即便你再小心，也难免出现意外情况。”

“我明白。队长，那个凶手的实力还真强，竟然能利落地解决那四人，那四人甚至都来不及将凶手的身份传达给李耀夫妇俩。”罗峰忍不住说道。

“的确很厉害。”高风也道。

罗峰继续说道：“潘亚死了，以后我们火锤小队再也没啥麻烦了。”

“嗯，不过我要提醒你一下，千万要小心，毕竟此事牵扯太大。回头我会警告陈谷三人。你放心，谁敢将你是精神念师的消息放出去，我绝不饶他们。

“对了，你什么时候回基地市？我们猎杀的那些怪兽的材料都储存在那里，等着你回来一同决定怎么处置呢。”

罗峰微微一笑，道：“过两天我就回去。”

“嗯！回头见。”高风的声音从通信手表中传来。

“回头见。”罗峰中断了通话，表情变得十分凝重。

高风特意打电话过来关心他，提醒他，他的确很是感动。

不过，将整个事情仔细思考一番就能发现，显然火锤小队的其他四人都怀疑杀害李威四人的是他，不过他们都没有确凿的证据。

“他们如果不打电话给我，不跟我交流此事，自然无法找到确凿的证据。”罗峰眉头紧皱，“可是队长主动打电话给我，看似关心我，其实可能不是如此。如果我少一点心眼，面对关心我的队长，说不定头脑一热就说出去了。”

罗峰想到这里，不由得一阵后怕。

他还不到二十岁，刚刚杀了厉害的武者，又被天价悬赏，心里自然十分紧张。这个时候，交情很深的队长主动关心他，让他很是感动，头脑一热，很有可能将秘密说出来。

“队长主动打来电话询问，反而引起了我的警惕。还好，我没有乱说话。一旦我说出秘密，或许队长正用录音设备录下我说的话。”罗峰倒吸一口凉气，“虎牙小队的所有成员都被杀了，而我来荒野区就是为了找虎牙小队的麻烦。此外，我是一名精神念师。还有，李威的父母确定我是当初离事发现场较近的武者之一。最后，再加上这录音，我杀害李威四人证据确凿。”

世上哪有那么多巧合？

这么多事情足以确认罗峰就是杀害李威四人的凶手。

罗峰想到这，倒吸一口凉气。

刚刚自己若是不小心亲口承认了，那麻烦可就大了。

幸好他从小就肩负着成为武者的压力，长年累月，他的心理承受力变得比较强了。

时间渐渐流逝。

雪越下越大，天地间一片白茫茫的，气温降到了惊人的程度，很快，已经是傍晚时分了。

脏兮兮的屋内，罗峰盘膝坐着。

“今天我一共接了两个电话，一个是队长打来的，一个是魏青打来的，队长说的都是一些嘱咐的话，魏青却是一副惊诧的口吻。”

上午时分，魏青打来电话的第一句话就是：疯子，队长和我们说，让我们都小心点，别把你是精神念师的事情说出去，那四个人不会是你杀的吧？

队长和魏青的电话都让罗峰有所怀疑。

当然，他只是怀疑而已。

或许队长真的只是关心他，或许魏青真的是把他当生死兄弟，才这般没心没肺地询问。

这个世界，最难看透的是人心，毕竟人心隔肚皮。在巨额的赏金面前，兄弟相残、夫妻反目、父子绝交……这种事情比比皆是，罗峰在网络上看到过太多。更何况，这次是1000亿的巨额赏金啊！

罗峰常常通过通信手表进入网络，浏览论坛的一些帖子。

他发现，现如今全世界的大多数武者都因为这则悬赏变得疯狂了。

夜晚比白天更加寒冷。

罗峰缩在墙角，心中有些难过。自从对高风和魏青有所怀疑后，他的心态就变了。过去他如同普通的武者一样，能和武者小队的成员一起出生入死，就很是满足了，早就将队员们当成了好兄弟。

可现在……

“他们到底是将我当兄弟，还是想缉拿我，拿我去换巨额赏金？或许，他们只是没有足够的证据，才没有那么做吧。”罗峰想着。

“我在乱想什么！我怎么老是怀疑火锤小队的兄弟呢？”罗峰摇摇头。

面对巨额赏金，他的心态都变了。他不相信火锤小队的人会为巨额赏金所动，可是这毕竟是1000亿元，火锤小队的人说不定动心了呢。

罗峰总是疑神疑鬼，他知道这样不好，可是他控制不住自己。

维妮娜的目的达到了。

罗峰不知不觉就被巨额赏金带来的各种压力，压得喘不过气来。

“不想了，我不要再胡思乱想了。”

罗峰立即低头看向通信手表，轻轻点击通信手表的卡扣，开始浏览通信手表屏幕上显示的各种讯息。

忽然，他无意中翻到了电话簿，看到一个个联系人的名字，当即静了下来。

其中有和他从小玩到大的好兄弟魏文。

“不知道阿文现在怎么样了。”罗峰回忆起当年和魏文在一起的一些趣事，不由得露出一丝笑容。

电话簿中还有不少高中同学的电话号码，也有极限武馆一些朋友的电话号码，自然也有他的父母和弟弟的电话号码。

“爸爸，妈妈，弟弟，”罗峰喃喃自语，“你们一定要好好的！放心，我一定能迈过这个坎的。”

忽然，罗峰的目光落在了一个名字上——徐欣。

当初在HR联盟商城，他和徐欣聊天的时候，彼此留下了电话号码。可是这么久了，他从未主动给徐欣打过电话。

“拨通徐欣的电话。”罗峰说出了指令。

这个时候他很想听听徐欣的声音。或许他是担心，有一天自己是凶手的身份被公开，徐家再也不准徐欣和自己来往吧。

“喂。”徐欣的声音从通信手表中传了出来，“是罗峰吗？”

“对，是我。”罗峰心中一暖。

“真难得啊，你这个大忙人竟然会想到给我打电话。”徐欣调侃道，“怎么，你回到基地市了？”

“没有，我还在荒野区，夜里无聊，所以……”罗峰说到这，觉得有些尴尬。

他貌似说错话了。

“罗峰，你说什么呢！去了荒野区，话都不会说了？”徐欣没好气地说道。

“抱歉！我说错话了。呃，你现在在学校里过得怎么样？我可没上过大学，很好奇呢。”罗峰立即转移话题。

两人有一搭没一搭地聊着天，或许是第一次打电话聊天的缘故，又是在夜深人静的时候，两人聊了很久。

待挂了电话，罗峰才发现这个电话竟然打了一个半小时。

“这就是人们常说的煲电话粥？哈哈！感觉还不错。”罗峰心中美滋滋的。

第一次和暗恋的女孩打了一个半小时电话，的确很开心。

之前的负面情绪一扫而空。

渐渐地，罗峰的心情平静下来。

“这种感觉好舒服啊！”

罗峰很享受这种前所未有的平静。

此时，他心中有一种练刀的冲动。

“呼！”他拔出血影战刀。

在这寒冷深夜，在这个无数武者因巨额赏金而失眠的夜晚，罗峰在荒野区023号城市的一栋荒芜的住宅楼内，练起了九重雷刀。

他进入了一种前所未有的状态，每一刀挥出去，心中都很是舒畅。

一刀，两刀……

罗峰的精神念力自然而然扩散开来，每挥出一刀引起的动静都被精神念力探察清楚了。

寒光如雪，在屋内飘洒开来。

第92章

九重雷刀刀法第三重

罗峰经历大起大落后，却进入了心如止水的状态，他的心境仿佛湖面一般平静，至少这一刻是如此。

他的脑中没有丝毫杂念，全身心投入练习刀法上。

“嗯？”罗峰练了一会儿，就站在那里皱眉苦思，时而比画两下，之后继续练刀，再停下思索，再次练刀……

这种感觉就好像当初罗峰上学时做数学题一样。

看到一道很难的数学题，需要通过已知条件去推理，不断地完善并修正解题思路，直至做出这道数学题。高考的数学大题目都很难，平常做这些大题目时，耗费一两个小时都未必做得出来。

罗峰现在就像在做很难的数学题，他以对待数学题的心态，不断地研究刀法。

和之前不同的是，罗峰这一刻的心境前所未有地平静，对身体细微处的控制和大脑运转的速度都比平常要强得多。

一夜苦修。

第二天上午，他依旧苦练刀法。下午，他抱着血影战刀坐在阳台上苦思冥想整整三个小时。

随后，他继续研究刀法。

他忘了吃饭，忘了巨额悬赏……

第二天夜晚，在这栋高层住宅楼八楼的昏暗大厅中，罗峰一次次移动，同时挥刀。

“呼！”他已经不知道是多少次挥刀了。

只见血影战刀仅仅一动，顿时一道寒光在大厅内亮起，隐隐有着一丝奇异的波动，宛如一道闪电霹雳。

“噗噗——”空气中竟然产生了宛若冲击波的音爆声。

“嗯？”罗峰瞪大眼睛。

“成了！我竟然练成了九重雷刀第三重！”罗峰很是激动，忍不住大叫起来。

巨额悬赏公布后，他的压力很大。没想到，在这种情形下，他练成了九重雷刀第三重。

“我刚练成第二重不久，没想到，这么快就练成了第三重。”罗峰的脸上露出一丝笑容，“看来，我还得感谢李威的父母，如果不是他们施压，我估计也练不成第三重。”

如果李威的父母知道是这个结果，恐怕会气得吐血。

九重雷刀刀法一重比一重难，放眼全世界，练成第九重的只有雷神一人而已。

这套究级功法是很神奇的。练成第三重后，实力就能达到之前的近三倍。如今罗峰的身体素质达到了高级战士级，他练成了九重雷刀第三重，攻击力堪比中级战将级武者了。

要知道，高级别武者的实力和低一个级别的武者的实力只有两倍的差距。

“我现在挥出一刀，蕴含了四重暗劲，威力堪比中级战将级武者。如果我将精神念力作用在血影战刀上，给血影战刀加上第五重和第六重暗劲，恐怕威力堪比高级战将级武者。”

罗峰很清楚精神念力的威力很大，精神念力和他本身的力量结合后，威力更是惊人。

这简直是巨额悬赏给他带来的意外惊喜。

巨额悬赏带给罗峰的压力非常大。有的人在面对巨大的压力时，终日惶恐，甚至崩溃，可是，有些人在面对巨大的压力时，反而更加努力，进步的速度惊人。

罗峰就是后一种人，他的刀法获得了很大的进步。

“我还得感谢李威的父母。”罗峰的脸上满是喜色，“那巨额悬赏的确让我心中很是惊慌，总感觉任何一个人都可能出卖我，我变得疑神疑鬼。幸好我和徐欣聊天后，心情变得愉悦，而后变得很冷静。”

他心如止水，也就是说，他保持了一种没有丝毫杂念的状态。

这种心境通透的状态是很难长期保持的。

一般人在危急关头，偶然会出现这种极度冷静的状态，这个时候，实力就会得到超常发挥。

当初罗峰在家乐超市外面面对数百头兽将级怪兽的围攻，就是在短短的时间内保持冷静，而后才逃了出去。

可是，这种状态仅仅维持了几秒钟。

不过，这次罗峰的心态出现了大起大落，让他陷入那种心静如水状态的时间超过了20个小时。20多个小时内，他都极度冷静，一心琢磨刀法，终于成功练成了九重雷刀的第三重。最后，他因为成功练成了九重雷刀的第三重变得狂喜，才让自己脱离了心如止水的状态。

“巨额悬赏的确很容易影响人的心态。历史书上写着，王朝的没落，大多是因为皇帝怀疑手下的大臣，疑心病太重。”罗峰心中暗道。

经过此事，他的心理素质提高了不少。

巨额悬赏对他的影响也小了很多。

“队长他们根本没有确凿的证据，自然拿不到赏金。他们拿不到赏金，怎么可能去举报我啊？”罗峰思忖着。

忽然，他的耳朵微微一动，他立即冲到阳台上，朝下面看去。

只见住宅楼楼下出现了数十头怪兽。

罗峰一怔，随即笑了：“看来，我刚才练成九重雷刀第三重时兴奋的吼叫声吸引了这些怪兽。我现在就走，回基地市。”

当即，罗峰背上背包、血影战刀、盾牌，直接从八楼的阳台一个飞跃，落到前方一栋三层独栋别墅的天台上。

随后，他一闪身，就消失不见了。

火车站。

火车站永远是最热闹、人流量最大的地方。

长长的列车缓缓地驶入车站，随后，列车刹车的刺耳声响起。列车车门打开了，许多乘客相继走了下来。

“基地市才是我的家。”罗峰走下列车，看向周围。

“回家了！”

他乘坐极限会馆的专车，回到了明月小区。

小区还是和过去一样宁静。

罗峰透过车窗，看到小区中的不少居民在散步、闲聊，悠闲得很。

“嘀！”车子停在极限会馆的门口。

罗峰打开车门，走了出去，只见极限会馆门口站着一大群人，不少武者和他们的家人，还有火锤小队的几人都在这里。当然，罗峰的父母和弟弟也在。

“小峰。”罗洪国和龚心兰大喊道。

“哥。”罗华一脸喜色。

“罗峰。”

“疯子。”

那些武者都热情地打招呼。

“队长，你们也来了？！”罗峰很是惊讶。

高风、魏铁、魏青都笑了。

高风道：“你电话里不是说这两天就回来吗？反正我们要一起商量处理那些怪兽材料的事，更何况，我们也好久没见过老张了，一起过来看看他，我们兄弟好好聊聊。”

罗峰点点头，笑道：“队长，今晚我跟你们好好聊聊，我现在先回家。”

“嗯。”高风点点头。

目送着罗峰离去，高风心中暗自思忖：“罗峰的脸色和神态都比较正常，他看起来挺轻松的，没有一点精神压力很大的样子，估计凶手真的不是他。”

他忍不住想要知道罗峰到底是不是凶手，毕竟1000亿元太吸引人了。

其实，他打心底不希望罗峰是凶手，这样他就能尽全力去找真凶，心安理得地接受1000亿元。

“在这个世界上，能有几个人被人巨额悬赏还不担心，反而心情很好呢？罗峰只是一个不到20岁的年轻人，很难做到这一步的。”高风摇摇头，“算了，不要胡思乱想了。”

面对巨额赏金，高风也有些心乱了。

“走，哥几个去喝一杯。”高风说道。

“走。”

“哈哈！一起去！”

火锤小队的成员，包括断臂的张科，一起步入极限会馆，唯有罗峰回了家。

罗峰家的二楼。

刚刚回到家，罗峰就将存放着龙蛋、作战服、宝剑的背包放进卧室里的保险柜。其实，就算他随意将背包放在卧室里，也不会丢的。因为这里可是极限武馆的武者小区，没有什么人敢来这里偷东西。

“毫无疑问，李威的父母拥有探查事发现场周围一带的武者的特权，他们在搜查在023号城市一带集结的武者时，恐怕已经搜查到成百上千名武者了，我只是其中之一，我被怀疑的可能性不大。

“李威的父母既然已经怀疑凶手是精神念师，恐怕会搜查有嫌疑的武者的账户余额，从现在起，我赚取的一些大数额的金钱不能放进我的实名银行账户了，应该放进不记名账户内。现如今，全世界的不少银行都能办理不记名账户，这种账户不管开户人是谁，只需要输入密码，就可以取走金钱。

“即刻起，我得严格做到四点：一、巨额金钱放入不记名账户；二、不到一定时候，我的精神念师身份绝对不能公开；三、我杀李威的事情不能告诉任何人；四、到时我将龙蛋和战神级作战服卖出后，也不能将此事告诉任何人，包括我的家人。”

罗峰心里很清楚，千里之堤，溃于蚁穴，很多时候很可能因为一些小事就完蛋，所以在自己没有足够的实力和李威父母正面对抗时，这些事绝对不能暴露。

拥有数亿乃至数十亿元，对于一名战将级武者而言，的确很多，但是算不上夸张。

可是，如果战将级武者的银行账户一次性多了上百亿元，那就不太正常了。

李威的父母怎么可能不怀疑呢？要知道，HR联盟掌控了世界大半的经济，国外的很多大银行都是HR联盟旗下的，李威的父母有特权，完全可以通过全世界银行联网的功能查出罗峰账上的金额。

只有将钱存放在不记名账户才是最安全的。连银行都不知道开户人是谁，更别说去查了。

“现在最重要的是，我得加强自己的实力，所以我应该购买九重雷刀后面几重的秘籍。”罗峰想着。

这时候，旁边的电话响了。

“喂，罗峰，好了没有？”

“好了，我就来。”罗峰笑着说道。

“我们就在极限会馆一楼的酒吧，你过来吧。”

罗峰挂了电话，当即朝极限会馆一楼的酒吧走去。

第93章

购买秘籍

极限会馆一楼的酒吧内，十几名武者正在聊天，其中一桌围着几人，正是火锤小队的人。

罗峰走进了酒吧。

“嗨，罗峰。”

“疯子，来了！”

酒吧内的一群武者都热情地打招呼。

罗峰笑着点点头，而后坐到了火锤小队那一桌。

罗峰坐下后，火锤小队六人总算是聚齐了。六人一边喝酒一边谈笑，直至九点多，才送张科离开。

顿时，这桌只剩下罗峰等人。

“罗峰，你说说，我们这次猎杀所得的怪兽应该怎么处理？”高风问道。

“依我看，直接卖钱。”魏铁道。

罗峰摇摇头，道：“队长，我打算将这次属于我的那部分怪兽材料卖给极限总会馆，好获得一定的贡献点。直到现在，我的贡献点还只有几百点，连一星级都没有达到。”

当初他猎杀了1万多头兽兵级怪兽，将一小部分材料卖给了极限武馆，才获得了几百点贡献点。

“也对，直到现在，罗峰的贡献点也没达到一星级。”高风道。

其他人不由得笑了。

“没错，的确该弄一些贡献点，贡献点越高，好处越多。”陈谷笑着说道，“就拿购买秘籍来说，必须得自己买，而只有拥有足够高的贡献点，购买秘籍才是最划算的。而且，只有拥有的贡献点达到星级，才能进入极限总会馆的特殊训练房进行训练。”

罗峰点点头。

极限总会馆训练房的设备科技含量极高，价格极其昂贵，即便是一些大势力都不一定拥有这样的训练房。

只有极限武馆和雷电武馆这种大势力，才能在每个基地市都建造一些奇特的训练房。不过，这些训练房的开放是有限制的，只有贡献点达到一定的级别，才能获取每年在训练房修炼的次数。

“这样吧，”高风从怀里取出一张纸，纸上写着火锤小队这次收获的怪兽材料，“这是我们这次的收获，每样材料都有市场估价，所有材料的估价加起来有22亿。”高风的声音压得很低。

此刻已经很晚了，酒吧中根本没有几人，其实即使被别人听到，也没什么。

“这次猎杀怪兽，我和罗峰为主，陈谷、魏铁、魏青为辅。这样吧，陈谷、魏铁、魏青每人占10%，也就是每人分得2.2亿，我和罗峰每人占35%，也就是每人分得7.7亿。”高风看向众人，“大家都没意见吧？”

火锤小队的其他人都笑了。

他们能有啥意见？

过去一两年，他们平均每年才赚1亿。如今，陈谷、魏铁、魏青每人能赚2.2亿，已经很满足了。当然，这跟他们服用A级基因药剂从而提升实力有关系，若是实力没有提升，在003号城市郊区猎杀怪兽时，他们根本没有办法帮到罗峰和高风。

“罗峰，你选一下价值7.7亿的怪兽的材料。至于怎么处理，你自己决定。”高风将纸递过来，并且朝吧台那边喊道，“服务员，麻烦拿一支笔过来。”

罗峰仔细地看了一下眼前的清单。

而后，他拿着笔迅速地勾画一番，很快就圈出了价值7.7亿左右的怪兽材料。

现如今，武者们经常通过网络进行交流，加上收购怪兽材料的经理之间的竞争激烈，所以价格早就明朗化，一般没有多大差别。

“罗峰，你把这些卖给极限总会馆，换取贡献点，是为了购买秘籍吗？”高风问道。

“嗯！我准备购买九重雷刀前四重的秘籍。”罗峰无奈道，“其实，我只需要购买九重雷刀第四重秘籍就行了，可惜，没有单卖的。”

购买秘籍时，必须得一次性购买前几重，其实罗峰很想购买九重雷刀的前五重秘籍。可是，若要购买前五重秘籍，需要花费20亿，半价是10亿。而若想要享受半价优惠，前提条件是必须达到三星级贡献点，那可是足足100万的贡献点啊！如果花钱购买贡献点，按照1贡献点需要花费1万元来计算，需要花费足足100亿元。

罗峰将怪兽材料卖给极限总会馆以换取贡献点，这倒是比较划算的。可是，罗峰没有那么多的怪兽材料，所以暂时只能购买九重雷刀前四重的秘籍。

九重雷刀前四重的秘籍全价是5亿元，半价是2.5亿元，半价的条件是，达到二星级贡献点，也就是10万贡献点。

“那些卖秘籍的人才是真赚钱。”旁边的魏青忍不住说道，“HR联盟商城的秘籍价格比极限武馆的全价都要低一些，可是，和极限武馆的半价相比，就贵多了。”

“嗯！极限武馆这边，九重雷刀前四重的秘籍的全价是5亿元，半价是2.5亿元。而HR联盟商城那边，即便没有贡献点要求，也需要4亿元。”罗峰无奈地说道。

对于需要购买秘籍的武者来说，极限武馆的半价堪称市场最低价，可惜，这个半价对于武者的贡献点要求很高。

“我盘算了一下，还是将怪兽材料卖给极限总会馆比较划算。”

第二天，火锤小队直接来到了JN基地市的HR联盟商城。高风、魏铁、魏青、陈谷四人一起将放在储物大箱子内的怪兽材料取了出来，之后，高风将罗峰选择的怪兽材料分给了罗峰。

武者的背包解开一层又一层，足足达到一米二的高度，才将这么多怪兽材料全部放下。

高风、魏铁、魏青、陈谷四人都将怪兽材料卖给了 HR联盟商城，经过一番讨价还价后，比事先预测的价格稍微高一些，高风赚了7.8亿，魏铁、魏青、陈谷各赚了2.2亿多一点。

“走，去极限总会馆那边。”

极限总会馆是极限武馆在JN基地市的根据地，罗峰却很少来这里。

“高风。”

“大火炮。”

“疯子。”

一进入极限总会馆的一楼，不少武者就认出了罗峰等人，一个个都热情地打招呼。

罗峰等人都笑着回应。

这些武者大多是在武者补给基地的时候认识的，如今罗峰的名气很大，他们自然乐得和罗峰打交道。

在一个身穿蓝色西服的女子的带领下，罗峰等人乘坐电梯来到了23楼。

“叮！”电梯门打开了。

“请随我来。”女子笑着说道。

而后，她将罗峰一群人带到了一个办公室。

办公室内，一个中年女子正坐在电脑前。

“是火锤小队吧，欢迎欢迎。”中年女子笑着说道，“我叫罗云琴。”

“罗经理和我是本家。”罗峰笑着说道，“罗经理，这是我们这次带来的怪兽材料，你看看吧。”

话音刚落，罗峰就将身上的背包往地上一放，而后解开绳索，将大量的怪兽材料直接倾倒在旁边的金属大盆中。

罗云琴眼睛一亮，立即取出了密码箱，而后打开，取出工具。

“嘀嘀嘀嘀——”

在仪器的扫描下，一件件怪兽材料的品质、名称、价格直接出现在屏幕上。

不必手工检查，很快，屏幕上出现了总价。

“总价为5.1亿，贡献点为25.5万点。”罗云琴笑着说道。

罗峰点点头。

这批怪兽材料很不错，如果卖给HR联盟商城，可以卖到7.7亿左右；而若是卖给极限总会馆，只能卖到5.1亿，少了2.6亿，不过，增加了22.5万贡献点。如果纯粹靠捐款获得贡献点的话，足足需要25.5亿。

相较于捐款，这要划算很多。很明显，极限武馆是希望大家通过猎杀怪兽来获取贡献点，如果捐款给极限总会馆获得贡献点，纯属投机取巧，所以1万元只有一个贡献点，暗含了惩罚的性质。

“你确定卖吗？”罗云琴看着罗峰。

“确定。”罗峰点点头。

极限总会馆不像HR联盟商城，极限总会馆是不会讨价还价的。当然，极限总会馆的价格一般很公道，也很透明化。

“麻烦将其中两头初级兽将级怪兽材料算在我的战绩里面。”罗峰说道。

“行！现在你的武者等级为初级战将级。”罗云琴直接输入。

武者等级是根据其猎杀怪兽的战绩决定的。比如要达到初级战将级，必须拥有猎杀2头初级兽将级怪兽的战绩。不过，这里的战绩一般并不具有十足的公信力，因为没人知道怪兽是不是该武者猎杀的，毕竟武者可以购买怪兽材料，而后把这些怪兽材料当成是自己猎杀得到的。

其实，所谓武者等级的用处并不大。武者圈子中，谁的实力强，谁的实力弱，都是有口碑的。假如一个富家子弟购买2头初级领主级怪兽的尸身，说是自己猎杀的，而后这个富家子弟的等级变成了初级战神级，这样一来，很容易引得一些武者前来挑战。如果他真的有实力，那就罢了；如果没实力的话，这个拥有初级战神级武者称号的富家子弟很容易被一群战将级武者蹂躏，那才丢脸。所以，没有够强的实力，一般人是不愿意去获得这样的称号的。

“当初，我只耗费两个月就猎杀了1万多头兽兵级怪兽，而且大多是高级兽兵级怪兽。大多数武者都认定我是初级战将级武者，李威的父母排查嫌疑对象的信息的时候，也会据此认定我拥有初级战将级武者的实力。既然如此，我不如直接让自己的武者等级变成初级战将级。”

深夜时分，罗峰家中的视听室。

墙壁的屏幕上出现了极限之家的网页，这网页中有几行字：

姓名：罗峰

性别：男

地址：C国JN基地市

武者证号码：426123205608010002

等级：战将级（初级）

贡献值：255612点（二星级）

货币余额：1189800000元

“网络商城，秘籍九重雷刀。”罗峰迅速敲击无线键盘的触摸屏，进入了九重雷刀秘籍的购买页面。

他仔细地浏览了一番，看到了最上面的一行字：《九重雷刀》秘籍全九重，1000亿元（全价），500亿元（半价，要求：四星级贡献点）。

这简直就是天价！

整部《九重雷刀》秘籍的价格比生命之水还要高，而且还需要四星级贡献点。

罗峰摇摇头，轻轻地敲击了一下九重雷刀前四重秘籍的购买卡扣。

“请确认是否购买九重雷刀前四重秘籍，需要支付2.5亿元。”

罗峰点击了一下。

“请通过指纹检验，再次确认。”

罗峰将手指放在无线键盘的指纹采集器上，摇摇头，长叹一口气。

如果购买九重雷刀前五重秘籍的话，需要三星级贡献点才能享受半价优惠，他没有办法，只能先购买前四重秘籍。而九重雷刀越往后，是越难修炼的。

他是因为机缘巧合才练成九重雷刀前三重的，要练成第四重，恐怕要很久，除非再出现一次机遇。

“嘀！

“指纹确认通过。

“购买成功！

“扣款成功！

“九重雷刀前四重秘籍将会在24小时之内送到罗峰先生家。”屏幕上接连出现了提示。

罗峰长舒一口气，道：“我已经购买了秘籍，接下来得考虑考虑，应该如何卖掉龙蛋、作战服和宝剑了。”

第94章

J基地市

“在HR联盟商城、极限武馆、雷电武馆这三家售卖怪兽材料时，身份都是公开的。我可以让他们将资金打入不记名账户，可是他们内部很容易将我赚取了巨额财富的消息传出去。”罗峰眉头紧锁，“看来，我只能通过黑市将这些东西卖掉了。”

有公开的售卖平台，就有黑市。

怪兽材料的买卖竞争一直比较激烈。HR联盟商城是全世界众多财团、家族的联盟，虽然这个联盟表面很稳定，但是内部同样存在着各种竞争，一些财团大家族妄图在HR联盟商城占据更多的位置，从而拥有更多好处。

激烈的竞争导致了各种服务的出现。

武者想要隐藏身份卖出怪兽材料，别的经理不这么做，自然有人这样做。

武者想要将钱存入国外的某个不记名账户，也有人帮忙搞定。

只要武者有宝物，就有很多专门收购怪兽材料的经理抢着去做。

“啧啧！好多信息啊！”罗峰进入了战将级武者论坛，仅仅输入“卖怪兽材料”这五个字，就搜出了一大堆帖子。

他很快就找到了各个经理的广告帖，这些广告帖中有联系方式和经理们承诺的安全方法等。

罗峰浏览着后面大量的回复帖，能感觉到安全性和信誉度。

“我要卖龙蛋、作战服和宝剑的话，最好不要在JN基地市卖，还是到别的地方去卖吧。”罗峰点开了一个个帖子，“嗯，这个不错。不少名气大的战将级武者都在回复这个帖子，咦，还有战神级武者回复这个帖子。”

极限之家的内部论坛上，武者论坛分为战士级武者论坛、战将级武者论坛、战神级武者论坛。

战士级武者只能在战士级武者论坛上浏览帖子并发言。

而战将级武者可以进入战士级论坛和战将级论坛浏览帖子并发言。

战神级武者则可以进入战士级论坛、战将级论坛、战神级论坛三个论坛浏览帖子并发言。每个人的账号都对应身份，无法作假。

“好像有不少人在他那里卖出怪兽材料，信誉度挺高的，这是J基地市的？！”罗峰点点头，笑道，“王侯？这名字挺霸气的。嗯，就他了。”

第二天一早，罗峰就去Y城的一些地方逛了逛，买了一张手机卡和一部新手机。按道理，手机卡都是要实名制的，不过，在一些商贩那里买的话，不需要身份证就能买到手机卡。

罗峰购买了手机卡和手机后，还买了眼镜、假胡子等一些简单的物品。

“喂。”罗峰站在自己家的练武厅内，用新购买的手机拨通了王侯的电话。

“你好，我是王侯。请问，你有什么事吗？”王侯的声音温和。

他在极限之家武者论坛上留下了联系方式，是专门的号码，一般打这个号码找他的都是一些厉害的武者，毕竟普通武者都没有什么珍贵的宝物可以卖。

罗峰笑笑，道：“我准备卖一些东西，不知道你要不要得起。”

“哦，多值钱的宝物？”王侯的声音中带着一丝惊讶。

“上百亿！”罗峰说道。

电话那一头，王侯本来在和一个身材高挑、皮肤白皙的美女谈笑，听到这话，他立即站起身来，也顾不上和美女说话了，直接走到窗户边。

他低声道：“当然！只要你拿得出，我就要得起。想必你之前了解过，知道我王侯的信誉不错，这都是一次次生意积累起来的，价格方面你绝对可以放心。”

上百亿啊！这绝对是一个大单子，一般战神级武者才会有这么大的生意。

“嗯！到时候，我希望你能将款项转入E国国际银行的不记名账户，没问题吧？”罗峰继续说道。

“绝对没问题。很多和我合作的武者都喜欢将钱存在那边的不记名账户。”王侯笑道。

大涅槃时期之前，E国国际银行的名气就极大。

一个银行或者一个企业的名声要建立起来是很难的，要毁掉却很容易。这么多年，E国国际银行的名声才建立起来，这也让他们拥有了很多生意。

“先生，你什么时候过来？”王侯问道。

“这两天，我会去J基地市的主市区，到时候联系你。”罗峰说道。

“行！对了，我还不知道先生贵姓。”

“我姓魏。”罗峰回道。

“哦！魏先生，幸会，那我就等候魏先生的大驾了。”王侯热情地说道。

罗峰微微一笑，挂了电话。

他从来没有试过这种黑路子，现在看起来，体验很不错，整个过程很简单，只需打一个电话，就确定联系人了。

“我先在E国国际银行申请注册一个账户。”

罗峰解锁了新手机，而后迅速进入E国国际银行的网页，很快就申请了一个不记名账户。他设的密码比较简单，却很安全，是汉字、英文字母、数字混合的十二位密码。

“搞定！”

当天晚上，一楼客厅，罗峰一家人正围坐在一起吃饭。

“爸妈，我明天出去一趟，办点事情。”罗峰笑道，“后天应该能回来。”

“哦，你去哪啊？”罗洪国诧异地看着罗峰。

罗峰笑笑，回道：“我去见一个武者朋友。”

“洪国，你就别问了，说不定小峰是去见女朋友呢。”龚心兰笑道。

罗峰闻言，有些哭笑不得。

龚心兰继续道：“儿子，你也该谈恋爱了，谈恋爱要一两年时间，等你结婚时，你的年纪就不小了。”

旁边的罗华笑着起哄道：“对啊，哥，你看，我都比你早有女朋友，你可得加油啊！”

“你小子。”罗峰摇头一笑，“罗华，现在你和你的女朋友小楠怎么样了？”

“还好！我们还是和过去一样。”罗华得意道。

第二天一早，罗峰和家人吃过早饭，就背着一个超大的背包离开了家。

他没有乘坐极限武馆的专车，而是打车去了火车站。

火车站旁边有一家快餐店，这类快餐店一直是人流量惊人的地方。

罗峰步入这家快餐店后，随便吃了点东西，就进入了卫生间的一个隔间，锁上门，迅速地进行简易的化装。

戴上眼镜，贴上胡子，把皮肤稍微弄黑了一点，而后戴上帽子，垫上增高鞋垫。

顿时，罗峰完全变成了另一个人。

这种快餐店一般都能容纳上百人，每时每刻都有人来来往往，谁会注意罗峰啊？

罗峰简单地换好装后，就离开了快餐店，而后乘坐最快的一班列车离开了Y城。

现如今，列车的保护是非常消耗资源的，所以一般人很少离开基地市，而武者只需要出示武者卡，根本不需要购买火车票就可以直接上车，而且随时可以下车。

这就是武者的特权。

傍晚六点。

“亲爱的旅客们，列车马上就要进站了。请在J基地市主市区站下车的旅客拿好行李从前门下车。”列车内的广播响起。

罗峰背着背包走出了车门。

“J基地市！”罗峰看了看周围，“这就是整个C国占地面积最广，居民最多，同时是政治核心的城市？

“看起来，这里和JN基地市的区别没多大，就是温度低一些。”罗峰笑笑，走出了火车站。

而后，他叫了一辆出租车，直接去了J基地市名气不小的威尔王宫娱乐城，这算是高档场所了。

威尔王宫娱乐城的正门口，穿戴着各种各样服饰的美女数不胜数。

“先生……”一个穿着西服的服务员笑着迎了上来。

“给我安排一个安静的包间，我不希望有人来打扰我。”罗峰出示了武者卡，说道。

那个服务员的态度变得更加恭敬了：“明白，先生请随我来。”

威尔王宫地字号3号包间。

“先生，这里面的酒水都是配备好的。”服务员恭敬道，“不知道先生是否还有其他需要？”

“不用了，没有我的允许，我不希望任何人进来。”罗峰吩咐道。

“明白。那边有服务单和电话，先生有什么需要的话，尽管吩咐我们。”服务员说完，当即退出了房间。

罗峰轻轻锁上房门，同时用精神念力扫了房间一遍，房间内并无任何录像设备。这房间布置得很精美，地面铺着漂亮的怪兽毛皮地毯。

罗峰看了一下墙壁上的屏幕，屏幕上显示着服务列表。

“真奢侈！”罗峰摇头一笑，拨打王侯的电话。

“魏先生，你好。”王侯的声音传来。

“王侯，我现在在J基地市主市区威尔王宫娱乐城地字号3号包间。”罗峰说道。

“好，我知道了。一个小时内，我就能到那里。”王侯的声音略带一丝兴奋。

罗峰挂上电话后，就随意地躺在沙发上。

而后，他从旁边的酒柜中取出茶叶，泡了一杯茶。

“嗯？”罗峰感觉到口袋里的手机振动了。

“谁给我打电话？”口袋里的手机是他过去用的，并不是他新买的手机。

罗峰拿起手机一看，是家里打来的电话。

“喂。”罗峰接了电话。

“小峰，你弟弟……你弟弟他出事了。”龚心兰的声音带着哭腔。

罗峰浑身一激灵，猛地站了起来。

一不小心碰掉了茶杯，茶水洒在柜台上。

第95章

罗华

“妈，阿华他怎么了？到底怎么回事？”罗峰此刻心慌意乱。

“小峰，你别慌。”龚心兰平复了情绪，缓缓说道，“之前你弟弟差点溺水，不过现在救回来了，已经没事了。”

“溺水？妈，到底是怎么回事？”

罗峰实在想不通，罗华怎么会出事？基地市很安全，罗华又住在武者小区，即便罗华出门，也是有保姆随身跟着的。

“小峰，是这样的。今天下午，保姆带着你弟弟去旁边的公园玩。你也知道，你弟弟经常去公园玩，我们都很放心的。这一次，他在公园碰到了小楠的父母，小楠的父母请你弟弟去旁边聊聊。”

罗峰眉头一皱。

罗华和小楠在一起的事情，小楠一直没告诉父母。这次，小楠的父母来找罗华，明显是知道了此事。

“当时，你弟弟让保姆站到一边，他独自和小楠的父母谈，他和他们谈了大概一个小时，之后小楠的父母就离开了。”龚心兰的声音有些沙哑，显然是哭过了，“后来，你弟弟说想一个人在公园内待一会儿，让保姆到公园门口等他。

“保姆觉得公园里都是一些景观，没有危险，所以就没多想，在公园门口等你弟弟。万万没想到，你弟弟竟然推着轮椅去了观景湖边，观景湖早就结冰了，有一些地方被一些调皮的孩子砸出了窟窿，你弟弟就是掉进了冰窟窿中。”

罗峰听了，脸色有些苍白。

虽然知道罗华已经没事了，但是他心中仍然一阵后怕。

罗华双腿残疾，却自己推着轮椅进了危险的观景湖，还掉进了冰窟窿里，显然他是有求死之心。

“幸好当时我们小区内的一名叫邱毅的武者看到了，直接跳下湖，砸破冰层，游到冰层下寻找你弟弟，最后将你弟弟给救上来了。当时，你弟弟都快停止呼吸了，幸好那邱毅懂得一些急救措施，将你弟弟给救回来了。后来，医生说，如果当时邱毅晚一点，你弟弟肯定没命了。

“不知道小楠的父母到底和你弟弟说了什么狠话，竟然逼得你弟弟寻死。他们好狠心啊！”

龚心兰实在忍不住了，当即哭了起来。

罗峰紧攥拳头。

罗华从小落下残疾，大多数时候都是独自待在家，还是在家里通过网络远程教育自学。长期以来，罗华都是孤独一人，他很内向，也很自卑，只有面对家人时才显得开朗。一直以来，他的内心都很脆弱。

小楠的父母很重视小楠，自然看不上罗华，肯定对罗华说了重话，让罗华离开小楠。他们哪里会在乎罗华心里是否承受得了啊?

“妈，弟弟现在怎么样了？”罗峰问道。

“医生说，你弟弟现在没什么问题了。不过，你弟弟现在情绪不稳定，你爸爸和我轮流看着你弟弟，就怕你弟弟再做出什么傻事。”龚心兰顿了顿，又道，“小峰啊，你早点回来吧。小华和你聊得来，许多事情根本不愿意和我们说。”

毕竟罗峰和罗华是同龄人，罗华自然更愿意向罗峰倾诉。

“嗯！我明天一早就能到家。”罗峰道。

待卖掉龙蛋、作战服等物品后，他就连夜乘坐火车赶回去。

挂掉电话后，罗峰坐在沙发上，心情十分沉重。

这么多年来，罗华都过着平淡的生活。搬入明月小区后，他认识了小楠，整个人都变了，变得开朗了，对生活也有了期待。没想到，现在这段关系却让罗华痛苦得想自杀。

“相较于普通人，这次的事情对罗华的打击要大得多。小楠的父母估计是因为罗华是残疾人，才阻止小楠和罗华在一起。”罗峰长叹一口气，“快了，如果这次运气够好，我说不定能赚够300亿元，购买生命之水。”

300亿可不是小数目啊！

龙蛋当然没有那么值钱，比较值钱的是那套作战服和宝剑。

“希望那套作战服是SS级的，那样的话，我就赚大了。”

罗峰自己没有办法辨别，这是需要一些比较专业的仪器的，罗峰并没有这些仪器。不过，他不想让HR联盟商城或者极限总会馆的人来检验这些东西。

时间渐渐流逝。

一阵敲门声传来。

罗峰走过去，打开了房门。

只见门外站着一个穿着皮衣、背着大背包的中年男子。

中年男子一看到罗峰，就觉得罗峰很不简单。

他笑着问道：“你是魏先生吧？”

“王侯？”罗峰眉毛一挑。

武者论坛的广告帖上附有照片，此人正是王侯。

“正是。”王侯笑着回道。

“请进。”罗峰让他进来后，直接关上了房门。

两人在沙发上坐下。

“魏先生，你之前打电话说你有好东西？”王侯紧紧地盯着罗峰，有些兴奋。

罗峰微微一笑，直接打开了大背包。背包中占空间最大的就是那颗青色的龙蛋。

罗峰取出龙蛋，而后直接放在了沙发上，看向王侯，道：“这是一颗龙蛋，想必你能测出这是什么龙蛋吧。”

“龙蛋？价值上百亿的龙蛋，难道是东海青龙的龙蛋？”王侯吓了一跳。

罗峰闻言一怔。

东海青龙？那可是王级怪兽，比领主级怪兽要强得多。这么多年来，仅仅一颗东海青龙龙蛋现世，据武者传言，当时卖出了500多亿的天价。

“这家伙什么眼神啊！他做了这么久的生意，我还以为他一眼就能辨认出来呢！”罗峰摇了摇头。

全世界，至今发现的龙蛋寥寥无几，王侯见过的龙蛋也才两颗而已，凭他的眼力，怎么可能辨认出这是什么龙蛋？

“不对，青龙的龙蛋比这颗龙蛋要大。”王侯又道。

“我可没说这是青龙的龙蛋，你赶紧检验一下吧！”罗峰道。

他只说过自己的东西价值上百亿，可没说他的东西只有这颗龙蛋。

“这可是我收到的第一颗龙蛋啊！”王侯眼睛一亮。

而后，他迅速打开自己的背包，里面有三个密码箱。他取出其中一个密码箱，打开，取出一套仪器，将一个类似蜘蛛形状的仪器的“触角”贴在龙蛋的表面，顿时仪器屏幕上出现了一大堆数据。

王侯边看数据边笑道：“魏先生，你真是厉害啊，竟然连龙蛋都能弄到手。现如今，能被称为龙的怪兽可不是好惹的。”

“测验结果出来了吗？”罗峰期待地看着屏幕。

“快了。”王侯笑道。

“哦，”王侯看向罗峰，笑着说道，“根据数据库的比对，这是一头铁甲龙怪兽的龙蛋。全世界的龙类怪兽中，铁甲龙怪兽算是中等偏上等级别的怪兽，这颗龙蛋还是比较值钱的。按照市场价，我可以给你50亿元。”

来之前，罗峰了解过龙蛋的价格行情，50亿算是公道的价格了。如果去HR联盟商城卖的话，差不多也是这个价。

“好，爽快！”罗峰笑笑，“那就这个价吧。”

“我做生意可是有口碑的。”王侯笑了，“做生意的话，讲究细水长流，我如果宰你宰得太狠，回头你肯定在武者论坛给出不好的评价，我的信誉低了，以后就不好做生意了，所以，我给的价格都是很公道的。但凡和我做生意的，都知道我的为人。”

罗峰点点头。

“魏先生，”王侯笑了笑，忍不住问道，“除了这颗龙蛋，你应该还有好东西吧？”

“嗯！”

罗峰直接从背包中取出了一把宝剑。

“咦！”王侯看到那剑鞘就眼睛一亮。

“这可是一把好剑啊，单单这剑鞘就很珍贵。魏先生，能给我看看吗？”

“当然。”罗峰将宝剑递过去。

他不知道这把宝剑是什么级别的，据他猜测，至少是S级吧。

王侯拔出宝剑，仔细地察看一番，连连点头。

“好剑，好剑，真是一把好剑。这把宝剑的主人十有八九是一名战神级武者，如果我看得没错的话，这应该是一把SS级宝剑，这把宝剑是很值钱的。”

罗峰心中一喜。

没想到，这把宝剑竟然是SS级的。

“宝剑的价值如何，还要看它的完好程度。”王侯笑着说道，“一把制作成功的宝剑是相当完整的，不过，武者们用宝剑和怪兽一次次战斗，宝剑会被损坏，时间越久，损坏程度越惊人，直至宝剑断裂。”

罗峰点点头。

第96章

作战服的价格

关于S级兵器的描述是，它可以和S级怪兽正面厮杀而不会损坏。这说明一点，兵器还是有可能断裂的。

“宝剑的完好度越高，价格就越高；完好度越低，价格自然就越低。”王侯说道。

“我检验一下。”王侯打开另外一个箱子，取出一套仪器进行检验。

迷蒙的光芒从仪器中射出，光芒直接笼罩这把宝剑。仪器屏幕上当即出现了大量的数据，之后，很快就有了结果。

“这把宝剑的完好度是100%！”王侯惊呼一声。

罗峰听了，不由得露出了一丝笑容。

这把宝剑的完好度是100%，那么这把宝剑能卖出很高的价格了。

“这把宝剑应该是武者用来和低于SS级的怪兽战斗的。”王侯笑着说道。

SS级兵器如果被用来和SS级王级怪兽战斗，会产生细微的裂痕，战斗次数越多，损坏的程度越大，甚至很可能断裂。

不过，SS级的宝剑被用来和领主级怪兽、兽将级怪兽战斗时，基本是不会被损坏的。

“王侯，你能出什么价？”罗峰直接问道。

“如果在武馆购买这把宝剑，全价是300亿，半价是150亿。如果在战神宫购买这把宝剑，最优价是100亿。”王侯笑道，“想必你已经了解过这些信息了。”

罗峰没有出声。

对于传说中的战神宫，他可没有什么了解。没想到，在战神宫购买兵器，兵器的最优价竟然比极限之家的半价还要低。

“战神宫能给出的最优价是最低价了，这把宝剑的制作成本估计在90亿左右。我买下你这把宝剑后，还要通过渠道才能销售出去，各种费用就要花费不少，所以我最多能给你80亿，再高的话，我就没利润了。”王侯解释道。

罗峰点点头。

这把宝剑的成本是90亿，他向王侯要价90亿是不合理的，王侯完全可以找生产商再制作一把宝剑，何必买这把二手宝剑？

虽然这把宝剑的完好度是100%，但是毕竟没有质量保证啊，而HR联盟商城和极限之家等平台卖出的兵器都是有质量保证的。

“行，那就80亿吧。”罗峰笑道。

“爽快。”王侯也笑了，“魏先生，待会儿我们就在这威尔王宫娱乐城中畅饮一番，我请客。”王侯朗声说道。

这可是一笔大生意，他当然要好好犒劳犒劳魏先生。

“王侯，你别急，我还有其他宝物。”罗峰道。

“啊！你还有其他宝物？！”王侯惊得瞪大了眼睛。

他本来以为龙蛋和宝剑就是这次交易的全部货物了，这两样宝物加起来，价格的确超过百亿。没想到，魏先生竟然还有其他宝物。照这位魏先生拿出宝物的顺序，显然是一件比一件贵重。龙蛋卖了50亿，SS级宝剑卖了80亿，那最后一件宝物呢？

“快，快给我看看。”王侯显得有些激动。

罗峰微微一笑，当即从背包中取出了最后的宝物——一整套作战服。

“好家伙。”王侯倒吸一口凉气，“难道这套作战服也是SS级的？”

同样是装备，价格的差别是很大的，用材极少的飞刀和战刀一比，价格就是一个地下一个天上。

制作难度高、柔韧性强的作战服则比战刀、利剑等兵器的价格要高得多。

“你看看吧。”罗峰指着这套作战服，对王侯说道。

“嗯！”

王侯立即取出了之前检测宝剑的仪器，那迷蒙的光芒将作战服笼罩住，并且扫过一个个部件，仪器的屏幕上迅速浮现出大量数据。

王侯边看边和罗峰说道：“魏先生，以我的眼力，我能确定这作战服至少是S级的，至于是不是SS级的，我就不确定了。”

罗峰笑笑，没有说话。

“嗯？”王侯的表情忽然僵住了，他紧紧地盯着仪器的屏幕。

“怎么了？”罗峰眉头一皱。

“你来看。”王侯将仪器屏幕转向罗峰的方向。

罗峰仔细一看，仪器已经比对清楚了两件物品，战靴为S级，作战服的长裤为S级，其他部件还在扫描中。

罗峰脸色微变。

这作战服竟然是S级的？！

虽然SS级和S级只相差一个级别，但是价格天差地远。

“怎么会这样？”罗峰并不认为王侯会欺骗自己。

因为这种精密仪器检测出来的结果是很准的。当初他将怪兽材料卖给HR联盟商城和极限之家的时候，他见过这种精密仪器……而且，据他所知，这精密仪器是和总数据库比对，而后做出判断的，也就是说，这些检测数据和评判结果会被总数据库收录，所以没有人敢作假。

“呼！”王侯长舒一口气，“好了，全部搞定了。魏先生，我先告诉你一个坏消息，这套作战服并非一套SS级作战服，也并非一套S级作战服。我还要告诉你一个好消息，它是一套S级和SS级部件混合的作战服。这套作战服的作战背心是SS级的。”

罗峰暗松一口气。

屏幕上的结果很清楚，其他部件都是S级，唯有作战背心是SS级的。实际上，这套作战服最重要的就是作战背心，这是保护武者身体的核心部件。

“当初使用这套作战服的高手可能钱不够，所以只买了一件SS级作战背心。”王侯笑道，“在战神宫内，这是常有的事情。”

罗峰点点头。

“你能给出什么价？”罗峰问道。

“一套完整的SS级作战服在武馆的全价是1200亿，半价是600亿。在战神宫，一套SS级作战服的最优价是400亿。你这个SS级作战背心是核心部件，其价值是整套作战服的一半，完好度是100%，如果在战神宫购买此作战背心，最优价是200亿。不过，作战背心的成本显然低于200亿，而我的出价肯定低于制作的成本价。

“我最多给你150亿，用以收购这件SS级作战背心。”王侯笑道，“当然，以我的权限，我是无法一次性调动那么大一笔资金的，你如果愿意卖给我，需要等待大概十五分钟，才能得到这笔钱。”

罗峰心中一动。

龙蛋卖了50亿，SS级宝剑卖了80亿，这SS级背心可以卖150亿，一共是280亿，离300亿很接近了。

“这S级作战服还有其他部件，你能给出什么价？”罗峰问道。

要知道，每个武者的身材是不同的，购买的作战服自然大小不一。这套作战服罗峰试穿过，明显太大，所以没打算留下来。

“这……”王侯眉头微皱，又道，“魏先生，说老实话，这套作战服的其他部件并不值钱。一来，其他部件都有磨损，完好度并非100%，我们不能拿出去直接卖；二来，作战背心的销售市场很好，可是战靴、作战长裤这些部件并不好售卖。这样吧……

“在极限武馆，全套S级作战服的全价是120亿，半价是60亿。在战神宫，全套S级作战服的最优价是40亿。而你这套S级作战服的部件都有磨损，如果没有作战背心这个核心部件，其成本价也不会超过15亿。而且，这些部件的完好度不是100%，我只能出8亿。”王侯摇头一笑，“这还是看在你如此照顾我生意的分上。我敢打包票，这些部件，除了我，恐怕没有第二个人出8亿来收购。”

罗峰是了解到王侯的信誉很好，才专程跑到J基地市来找他的。王侯出价公道，而且一般不还价。

“8亿？”罗峰迟疑了一下，而后点点头，“好，就8亿吧！”

这些残缺部件对自己根本没什么用。

“魏先生，你还有货吗？”王侯问道。

“没了。”罗峰笑道，“你算一算价格，将款汇到这个账户上吧。”

说完，他从怀里取出一张纸条，纸条上写着他在E国国际银行的不记名账户和确认代码。

王侯点点头，笑道：“龙蛋卖50亿，SS级宝剑卖80亿，SS级作战背心卖150亿，S级残缺作战服部件卖8亿，总价是288亿。

“魏先生，你稍微等一下，我将作战背心的资料传送到总部，再申请加大汇款的额度。”

说着，王侯在检测仪器的键盘上迅速地输入数据，这检测仪器发出的迷蒙光芒笼罩着作战背心，而后将详细的检测数据迅速传送到总部。

过了十分钟左右。

“嘀嘀。”王侯拿出手机看了下，而后露出笑容。

“魏先生，钱应该已经到账了。”王侯看着罗峰，“是我们联盟总部在E国国际银行内部汇的款，所以能够瞬间汇这么多钱过去。”

下一瞬，罗峰的手机响了。

他拿出手机一看，手机收到了一条信息：尊敬的钻石级客户，你尾号189891的账户于8日晚上11点36分收到288亿元，余额为288亿元。

“合作愉快。”罗峰伸出手，笑着说道。

“魏先生这样的大客户以后可要多多帮忙啊！”王侯热情地和罗峰握手，“魏先生现在和我一起去畅饮……”

“不了，我还有事。”罗峰背起背包，“那我就先走一步了。”

“嗯？好吧，那我就不送了，这些东西我还得安排一下。”王侯笑道。

当夜，罗峰就乘坐火车离开了J基地市，直至第二天早晨7点，才抵达JN基地市Y城站点。他走进了火车站旁快餐店内的卫生间，将胡子、眼镜、增高鞋垫等东西全部撤掉，冲洗了脸，变回了本来的样子。

“回家。”

罗峰乘坐出租车，回到了明月小区。

“回来了。”罗峰长松一口气。

那龙蛋、作战服、宝剑都是烫手的山芋，能尽早脱手是好事。

此次他的收入是288亿，加上自己明面账户上的存款，一共是300亿。

以后，他还会继续努力赚钱的。

“罗峰。”明月小区看门的白头发老者大声喊道。

罗峰转头看去。

老者笑着说道：“有一个叫甄楠的小姑娘昨天晚上在我们小区门口，打了很多通电话，想见你弟弟，不过没见上。深夜时分，她又来到了我们小区，拜托我帮忙，让我将一封信转交给你家的人，她希望你弟弟能看到这封信。”

“哦？”罗峰心中一动，当即接过了信。

第97章

罗峰的承诺

步入明月小区后，罗峰直接打开了信封。

这封信虽然是罗华女朋友甄楠写的，但是罗峰不放心就这么将信交给罗华。罗华现在的情绪很不稳定，如果信上有一些刺激的文字，很容易让罗华再次失控。

罗峰不敢冒险。

“我倒要看看，这信上到底写了什么。”罗峰怒气冲冲道，随即打开了信纸。

看着看着，罗峰的表情渐渐放松。

“唉！”罗峰摇摇头，“弟弟也算没看错人。”

看到这封信，罗峰才知道，其实甄楠的父母是瞒着甄楠来找罗华谈话的，甄楠甚至还不知道她的父母已经知道她和罗华的恋情，直至昨天罗华出事后，甄楠才知道此事。

她听说此事后，急得差点晕过去。

她的父母死活不准她见罗华，她再怎么哭闹都没用。后来，她以死相逼，说这是最后一次去见罗华，这才得到父母的同意。

不过，甄楠到了明月小区的门口，怎么都打不通罗华的电话，根本见不到罗华。后来，没办法了，她写了一封信，请门卫转交。

“小楠原本打算先瞒住她的父母，待她大学毕业后，就和罗华结婚。”罗峰看着信中写的，暗自叹息一声。

看得出来，甄楠很固执，显然没被父母说服。

明月小区199号别墅，也就是罗峰家，气氛有些压抑。

罗洪国坐在客厅的沙发上，整整一夜，他都没有合眼，整个人似乎苍老了许多。

“爸。”一个声音从外面传来。

“小峰。”罗洪国当即站了起来。

看到罗峰从外面走了进来，罗洪国连忙低声说道：“你妈正在房间内陪着你弟弟，你弟弟现在的情绪稳定一些了，不过，不管我们怎么和他说话，他就是一声不吭。”

“我知道了。”罗峰深吸一口气，就朝弟弟的房间走去。

他推开了房门。

坐在床边的龚心兰当即抬头看向他，而后站了起来：“小峰。”

“妈，你先出去休息吧。”罗峰说道。

龚心兰看了看坐在轮椅上一声不吭的罗华，摇摇头，就出了屋子。

“阿华这次真是……”

罗峰发现罗华的脸色明显苍白了很多，罗华呆呆地透过窗户看着外面，不知道在想什么。

“阿华。”罗峰轻声唤道。

罗华坐在轮椅上一动不动，似乎没听到罗峰的声音。

“阿华，我向你保证，你一定能娶到小楠。”罗峰又道。

坐在轮椅上的罗华身体一颤，终于缓缓转头看向罗峰，他的脸上露出了苦涩的笑容。

他摇摇头，轻声说道：“哥，你别再说了，没用的，我和小楠根本就没有未来，而且我也死心了。这辈子我都不会结婚，我根本不配结婚。”

“你说什么傻话呢！”罗峰眉头一皱，呵斥道。

“傻话？”罗华猛然激动起来，“我说的有错吗？我这个残废凭什么娶小楠？没错，小楠是真心想嫁给我。可是，她以后的日子怎么过啊？周围的人会对她指指点点，说她的丈夫是个残废，以后她的亲戚和朋友会怎么看她？”

“嫁给我，小楠不会幸福的，她和她的父母都会没脸见亲戚朋友，而且会被别人指指点点。即便我有钱，别人也只会认为小楠是为了钱才和我这个残废在一起的。”罗华摇摇头，“我不想害了她，她是那么好的女孩，我不想她以后被人瞧不起。”

“我娶谁就是害了谁，还不如终身不娶，独身一辈子。我就是一个残废，有什么资格交女朋友？更没资格和别人结婚。”罗华笑着，眼眶里泛起了泪光。

“啪！”一记响亮的耳光抽在罗华的脸上，令罗华整个人都不由得一晃，差点从轮椅上掉下来。

“哥……”罗华愣住了。

这么多年，罗峰从来没有打过他。

“懦夫！”罗峰的脸色很是难看。

“身体残疾，却创造出震撼事迹的人物多的是。JN基地市的战神级武者郁扬从小就双臂残缺，可是他靠着两条腿，闯出了‘巨斧’的名号。武者圈子中就有很多类似的例子，更别说普通人的圈子了。”

听到罗峰的这一番话，罗华的脸色也变了。

他当然知道这些身残志坚的大人物。

从小到大，他听说过很多这样的例子。可是，要做到像他们一样，那是何等难啊！

“这是你女朋友给你的信，你看看吧。”罗峰将信递过去。

罗华迟疑地接过信，而后看了起来，渐渐地，他脸上的表情发生了变化。

“结婚？小楠是个好女孩，跟她在一起，是我做梦都想实现的事情。可是，我真的不想将来有人在背后对她指指点点。”罗华的眼泪滴落在信纸上，他抬头看向罗峰，“哥，我只要默默地看着小楠过上好日子，就足够了。”

“你跟她在一起，那才是对她好。”罗峰道。

“可我是……”罗华忍不住看向双腿，他的双腿早就断了。

“你跟我来。”罗峰直接将轮椅推出房间。

“小峰。”屋外的罗洪国和龚心兰都大吃一惊。

“爸，不用担心，我和罗华说点事。”罗峰双手略微一用力，就将轮椅抬了起来，迅速将罗华带到了二楼的视听室。

视听室中。

“哥。”罗华疑惑地看向罗峰。

“你看着屏幕。”罗峰说着，而后发出了声控指令，“开启！”

“嘀——”

投影机迅速射出一道光芒，光芒照在墙壁上。

罗峰坐在沙发上，敲击着无线键盘的触摸屏，进入了极限之家战将级武者论坛，并且输入了“生命之水”这四个字，搜索相关的帖子。

论坛内，关于生命之水的帖子是比较少的。因为生命之水是极其稀少的，战将级武者们几乎没人能将这玩意儿弄到手，自然相关的消息很少。

不过，还是有十几个相关的帖子。在此之前，罗峰已经看过了这十几个帖子，他当时是为了罗华才搜集有关生命之水的资料的。

罗峰直接点开其中一个帖子。

“这是……”罗华愣住了。

“你浏览一下这个帖子。”罗峰道。

罗华转头看去，这个讲述生命之水的帖子的内容不是很多，不过提到了生命之水需要的一些贵重材料和功效，还提到了上一次生命之水的拍卖价。

这生命之水极为罕见，有价无市，每一次出现，大多是用来拍卖。

“超越领主级怪兽的王级怪兽地龙王的精魄为主材料，能够使得断臂和断腿重生，只要没死，即便残废的程度再严重，都能重新长出来？！”罗华震惊了。

“不久前，有一份生命之水拍出了300亿元的天价！”罗华看到这里，仿佛被一桶冷水当头浇下。

“300亿元？！”

罗华是专精于金融股票的，对于经济行业比较了解，他心里很清楚，300亿元是一笔巨款。

“你看到了吧，你的腿虽然断了，但是你只要服用一瓶生命之水，双腿就能再长出来，到时候，你就能重新站起来，可以自信地站在小楠和她的父母面前。”罗峰说道。

罗华却摇了摇头。

“哥，那可要300亿元啊！”

“C国有一些超级富豪，资产近千亿。可是，那只是股权的价格而已。首先，他的股票是受限的，他没权力将股票全部卖掉；其次，就算他有权力将股票卖掉，大量股票冲击市场，说是价值近千亿，可最后能卖出四五百亿就算幸运了。”罗华摇摇头，“放眼整个C国，能拿出这么多钱的人寥寥无几。”

罗峰从口袋里掏出手机，进入了E国国际银行的不记名账户。

仅仅片刻——

“哥，你做什么？”罗华疑惑地看向罗峰。

“你看吧！”罗峰将手机递过去。

罗华低头看向手机，手机的屏幕上清楚地显示着存款数额。

“一个零，两个零，三个零……”罗华呆呆地数着。

“288亿？！”罗华惊讶地看向罗峰。

明明他哥才成为武者没多久，怎么得到这么大笔钱的？

这绝对是一笔惊人的巨款。

罗峰为了得到这笔钱冒了很大的风险，差点丢了小命。而且，罗峰是仗着自己是精神念师的特殊技能才得到的。

“阿华。”

罗华呆呆地看着罗峰，不知道该说什么。

“我想告诉你，你哥哥有能力给你买生命之水……”罗峰看着罗华，郑重地道，“而你千万不要放弃，相信我，你一定会站起来的。”

罗华的身体微微颤抖。

他不是傻子，罗峰能得到288亿元，肯定冒了很大的风险，毕竟这个世上没有免费的午餐，获得巨额收益的同时，说不定也冒着巨大的性命危险，而罗峰之所以做这一切，都是为了他。

“哥！”罗华一把抱住罗峰，眼泪流了下来。

罗峰轻轻地拍了拍罗华的背。

许久之后——

“阿华，你的头脑很聪明，比我要聪明得多。”罗峰缓缓地说道，“你应该知道，这样一笔大财富会牵扯出多少麻烦，所以你千万不要向第三个人提起这件事，就连爸妈也不能说，也不能告诉小楠。一旦你说出此事，哥哥我很可能因此丧命。”

罗华闻言，吓了一跳：“我死都不说，哥，我不想你有事……”

“放心。”罗峰笑笑。

他之所以说这番话，是想让罗华知道事情的严重性。其实，即便是李威的父母，也是查不到这笔钱的。

即便罗华不小心说了出去，又有几人会相信呢？

“阿华，我说过，我会让你自信地站在小楠和她的父母面前，我会说到做到的。”罗峰轻声说道。

“嗯！”罗华重重地点点头。

他的心中很是感激，恐怕这一辈子他都忘不了哥哥给他的承诺。

第98章

三个月的修炼

“走吧，我们下去和爸妈一起吃饭。”罗峰笑着说道。

“嗯。”罗华点点头。

这时候，罗华的状态完全不一样了。之前，他感觉生活没有希望，一副生不如死的样子，可是，当他看到生命之水的奇效和罗峰手机上那巨额存款后，整个人又充满了活力。

罗峰推着轮椅，带着罗华下了楼。

罗洪国和龚心兰都坐在沙发上一声不吭。

从昨天到现在，他们受到的打击实在是太大了。小儿子竟然差点丧命，而且现在情绪都不稳定。

“怎么办？”

“我们到底该怎么办呢？”

夫妇俩根本想不到任何办法，保姆早就做好了早饭，可是谁都没有心情吃。

忽然——

“爸，妈。”罗峰推着轮椅来到了楼下，笑着说道，“我们一起吃早饭吧！”

罗洪国和龚心兰当即都站起身来。

罗华微微一笑，道：“爸，我肚子也饿了。”

罗洪国和龚心兰都愣住了，半晌才回过神来。

罗洪国连忙说道：“好！好！你饿了，那就快吃早饭！”

“秦妈。”龚心兰喊着保姆的名字，就往厨房冲。

罗洪国也跑进厨房。

整个家一下子充满了生气。

罗峰看着这一幕，顿时笑了，心中暗道：“这一关总算是过去了。如果看到弟弟能重新站起来，爸妈肯定会更高兴的。”

他冒着生命危险去偷龙蛋，就是为了尽早凑够给弟弟购买生命之水的钱。老天爷开眼，他偷龙蛋的时候，顺便得到了一套战神级武者的装备，一下子就凑够了300亿巨款。

JN基地市，主市区。

华耀峰山顶的别墅一楼大厅内，维妮娜坐在沙发上，脸色阴沉。在她的旁边，李耀面无表情地站在那里。

“有什么结果？”李耀冷冷地问道。

穿着黑西服的中年男子恭敬地道：“先生、夫人，经过我们这几天的调查，我们从506名嫌疑对象中，选出了嫌疑较大的12人。之后，我们对这12人进行了一对一的跟踪调查，依旧没有足够的证据确定谁是杀害少爷的凶手。”

“也就是说，直到现在，你都没查出真凶。”李耀气势汹汹。

中年男子心中一凛，恭敬地回道：“506名嫌疑人中，有的人受过HR联盟商城的压迫，或许是为了报复HR联盟商城，所以对少爷下手；还有人和少爷的保镖卡隆有仇；也有人和少爷的保镖潘亚所属的虎牙小队有仇……我们查出，其中26个人有作案动机。不过少爷的实力和背景强大，我不认为这些人会傻到杀害少爷。”

“废物！那些和阿威保镖有仇的，怎么敢杀害阿威？还有那个什么虎牙小队，那只是一支武者小队，能惹到什么强敌？”李耀呵斥道，“记住，杀死阿威的人是能够瞬间杀死两大高级战将级武者和两名中级战将级武者，还能令这四人临死前都来不及发求救消息的高手。”

“是！”中年男子恭敬地应道。

“记住，这凶手的实力很强，很可能隐藏了实际的战绩。他能够瞬间杀了两大高级战将级武者，实力如此强，他的年龄应该在25岁以上。”李耀不屑地说道，“这次调查的目标人物中，有不少是年轻的武者，实力较弱，甚至刚刚通过武者实战考核，那些小家伙怎么可能杀得了两大高级战将级武者？”

“先生说得是。”

李耀当即吩咐道：“你派人仔细地查查他们过去的经历，看有没有人有可能是隐藏的强者。一旦有发现，立即告诉我。”

“明白！”中年男子恭敬地应道。

“嗯！但凡有拥有战神级武者实力的强者，或者有可能是精神念师的，都给我加大力度仔细地调查。”李耀冷冷地道，“当然，这些重点对象是要查的，那些可能性不大的也给我盯着，记录下他们的行为，包括他们的银行存款、荒野区战绩、亲人和朋友的信息。”

“是！”

“你跟了我这么多年了，我不希望这件事情你有丝毫懈怠，明白吗？”李耀的声音低沉。

中年男子的额头冒出了颗颗汗珠。

“明白。”

他当然知道李耀有何等厉害。要知道，维妮娜是出身于波莱纳斯家族的大小姐，还是高级战神级武者，家世显赫，然而面对李耀，维妮娜平时都是毕恭毕敬的。

“去吧！”李耀摆摆手。

中年男子迅速退下。

中年男子离去后，大厅中只剩下李耀和维妮娜两人。

“耀，如果凶手真的是不怀好意去杀威儿的，估计根本没有携带通信手表。”维妮娜顿了顿，又道，“这说明，那506个嫌疑人都不是凶手。”

“我知道。”李耀冷冷地道，“不过，绝对不能放过任何信息。如果不是嫌疑人太多的话，我宁可错杀一千，也不会放走一个。”

李耀的眼中涌现出杀气。

此次的事情牵扯到500多名武者，这些人背后牵扯到极限武馆、雷电武馆、政府军队等等。

此外，大多数武者都是在基地市周围，有些武者不时进入基地市，他根本不敢动手，如果只有几十人，他早就动手了。

“耀，你说，到底是谁动的手呢？”维妮娜皱眉说道。

“全球范围内，和我有仇的高级战神级武者不少于10人。当初，为了让你坐上HR联盟C国执行总裁的位置，我们俩都得罪了不少人。幸亏当年我进入古文明遗迹后，又安全出来了，那些人惧怕我，才不敢有所动作。”李耀脸色一沉，冷冷地道，“若是我查出来是谁在背后阴我，害死了阿威，我一定不会放过他……”

在维妮娜和李耀这两大强者的眼中，凶手很可能是他们的某个强敌。

不过，对于那506名怀疑对象，李耀和维妮娜不会轻易放弃调查。

Y城，明月小区。

这段时间，罗峰过得很轻松。他偶尔在极限会馆和武者们闲聊着，大多数时间则在修炼九重雷刀。

极限会馆，神经反应测试房间。

“喂，队长。”罗峰走到旁边，拿起手机，“哦？你们准备3月1日再次进入荒野区？行啊，我没问题。我也想在家好好待些日子，安安稳稳地过个年，顺便再琢磨琢磨刀法。行，我们年后再去荒野区。嗯？我弟弟的事情你们都知道了啊，此事传得还真快。遇到这种事情，我也没办法，还好，我弟弟现在已经调整过来了。嗯，我在修炼身法。行，回头聊。”

罗峰挂了电话，收起手机，而后走向神经反应测试机。

最近，罗峰已经完全将它当成了训练机器。

“中级战将级测试，时间为10分钟。”

罗峰调了一下神经反应测试机的测试时间，这已经是最长的测试时间了。

在大量橡胶子弹的射击下，的确很能训练人的闪躲能力，罗峰平常非常喜欢来这里训练。

训练后，罗峰身上都是汗，他将手机等物品放进口袋。

“上次在荒野区待了一个多月，我每天都进行吸收基因原能、强化身体的训练。现在，我的身体素质离初级战将级的标准不远了。我再努力一把，近两个月的时间，看看还能提高多少。”

时间一天天过去。

除夕夜，罗峰一家人开开心心地一起看了春节联欢晚会。

春节期间，罗峰一家人和一些朋友聚会。他们没什么亲戚，因为罗峰的父母都是大涅槃时期后的孤儿。

大涅槃时期，很多家庭都支离破碎了，孤儿很多。

2月26日，清晨。

身穿白色练功服的罗峰笑着朝极限会馆走去。

“疯子，一大早就去极限会馆训练啊？”一个大胡子壮汉笑道。

“过两天我就要去荒野区了，现在得努力训练。”罗峰笑着说道。

大胡子壮汉眼睛瞪得老大，没好气地道：“疯子，你别说气人的话了。当初，我们可是一起参加准武者考核的，一转眼，你的实力比我强这么多，你还要训练啊？”

罗峰淡淡一笑，没有说话。

大胡子壮汉摇摇头，继续晨跑去了。

第99章

总部来人

罗峰步入了极限会馆，来到了六楼。

清晨，极限会馆里是很少有人的，今天也是空荡荡的。若不是为了测试一下最近的训练成果，罗峰也不会这么早过来。

“12月1日，我测试的成绩是78.6米/秒，拳力达到了6121千克，在力量爆发的情况下，拳力可达到近13000千克，神经反应测试为初级战将级，优等。”罗峰稍微活动了一下身体，“今天是2月26日，近三个月的时间，不知道我现在的身体素质达到了什么程度。”

罗峰打开了拳力测试机的开关，屏幕亮了起来。

“我先不使用九重雷刀的发力方法，使用正常的发力方法。”

罗峰深吸一口气，随即挥起拳头猛地朝前方击出。

“砰！”一道低沉的声音响起。

拳靶猛地震荡了一下，拳力测试机的显示屏立即显示出了一个数字——9981千克。

“哦！我的拳力增加了这么多！”罗峰看着这个数字，不由得露出了笑容，“上次，我的拳力达到了6121千克，这三个月，我的拳力增加了3000多千克。”

其实，这都在罗峰的预料之中，他在荒野区经历了生死战斗，回到基地市后，又进行了训练，实力当然增强了。

在003号城市闯荡的那一个多月，他的进步是相当大的。

回家前，他恰好练成了九重雷刀的第三重，他的进步速度明显比过去要快得多。

这三个月下来，他的整体实力增强了。

“按照武者等级的规定，拳力达到4000千克到8000千克，是高级战士级武者，而拳力达到8000千克到16000千克，则是初级战将级武者，也就是说，我现在的身体素质堪比一般的初级战将级武者了。”

罗峰笑了，再度开始蓄势。这一次，他准备使用九重雷刀中的发力方法。

遗憾的是，这两个月来，虽然他已经购买了九重雷刀前四重的秘籍，但是他怎么都无法成功修炼到第四重，最多使得全身的力量控制得更加精准。

“啊！”罗峰低喝一声。

与此同时，他的右臂瞬间一挥，刹那间接连加速，竟然产生了一道可怕的音爆声。

而后，那宛如铁锤般的重拳直接砸在了拳靶上。

“轰隆——”拳靶猛地一阵震动，往后跌去，而后反弹回来。

“痛快！”罗峰期待地看向显示屏。

过了一会儿，显示屏才出现一个数字——28081千克。

“我这一拳的力量就达到了28000千克，还不错。”

对于这个成绩，罗峰是很满意的。

这可是28吨的拳力啊！

一辆卡车也就几吨重，由此可以想象，他的这一拳的力量有多大。

按照武者等级的规定，拳力达到16000千克到32000千克，属于中级战将级武者的水准。不过，同样是中级战将级武者，拳力勉强达到16000千克的中级战将级武者和拳力达到32000千克的中级战将级武者的实力差距是很大的。罗峰现在堪比比较厉害的中级战将级武者了。

邬通是极限会馆的馆长，他是经常来极限会馆的。

“音爆声？！”

五楼的一个房间中，邬通骤然听到六楼传出了音爆声，当即吓了一跳。

“到底是哪个高手竟然打出了音爆声？”

邬通当即沿着楼梯迅速冲到了六楼，六楼的练武厅中只有一个人，那就是罗峰。

此时，罗峰还在拳力测试机前，思忖自己的实力达到了什么等级。

“嗯？”罗峰回头一看，“邬叔。”

“原来是你这小子。刚刚是你打出音爆声的？我看看，你这一拳到底有多重。”邬通很是惊讶。

他当即走向罗峰，当他的目光落在拳力测试机显示屏上时，顿时愣住了。

“28081千克？！”邬通像看怪物一样看着罗峰，“这是你打出来的？”

“嗯！”罗峰不好意思地笑笑，“不过，其实我的身体素质没有这么强。”

“你运用了九重雷刀的发力方法。”邬通一下子就猜出来了。

他早就知道罗峰购买了《九重雷刀》。天下很多厉害的武者都购买《九重雷刀》，可是许多武者连入门都做不到。

“即便你用的是九重雷刀中的发力方法，也不至于这么夸张。你现在的正常拳力是多少？你修炼到九重雷刀第几重了？”邬通追问道。

罗峰笑着回道：“正常的拳力是10000千克左右，我修炼到了九重雷刀的第三重，这段时间，无论怎么刻苦修炼，都无法领悟出第四重。”

关于修炼九重雷刀的速度，罗峰并没有打算隐瞒，他的实力增强了，势必会引起一些人的关注。如果能显现出自己的一些优点，还是有好处的。

至于精神念师的身份，他是不会暴露的。不仅仅是因为李威的父母正在调查凶手，即使没有巨额悬赏，他也一直不想公开精神念师的身份。

全球范围内，武者都算是比较少，而精神念师更是稀少。

每一名精神念师的出现，都会牵扯出很多事情。

“你这小子简直就是个怪物。”邬通笑着拍了拍罗峰的肩膀，“我早就知道你的天赋不错，毕竟是被我极限武馆提前招募的，你的身体素质能达到初级战将级，已经很不错了，可我并不是很吃惊，修炼速度比你快的并非没有。不过，短短半年时间，你竟然修炼到了九重雷刀的第三重，实在是太惊人了！！！”

身体素质提高得很快的武者，全球范围内也是有的。大涅槃时期，几年时间内，世界第一强者洪和第二强者雷神就成了超越战神级武者的存在，可以凌空飞行。短短时间，就修炼到这个境界，由此可知，世间还是有一些超级天才的。

不过，能不能修炼成九重雷刀，就要看武者的悟性了。

罗峰的身体素质提高得很快，半年内，就修炼到了九重雷刀第三重，简直是怪胎级别的人物。全球范围内，一年内出现的这种人物估计也就一两个。

“快，你赶紧测试一下速度。”邬通快速开启速度测试仪的开关。

罗峰点点头。

“嗖！”他整个人宛如离弦之箭，急速呼啸而过，而后停了下来。

速度测试仪显示出了一个数字——128米/秒。

“还行，这算是比较正常的初级战将级武者的水准。”邬通笑着点点头。

罗峰也比较满意。

他心里很清楚，武者随着身体素质提高，其力量也会不断增强。

他的力量还算好，不过，越往后修炼，速度提升的难度就越大。速度快，奔跑、闪躲、移动的时候，会产生可怕的空气阻力，速度越快，阻力越大，所以速度提升很难。

“速度达到了128米/秒，拳力达到了10000千克，靠着九重雷刀的发力方法，拳力能达到28081千克，神经反应测试是中级战将级，优等。”

罗峰经常进行神经反应测试训练，所以很清楚自己的实力。

凭借入微级的身法，特别是对完美级身法有一些感悟，罗峰现在的身法的确很是惊人。

JN基地市主市区的机场。

大涅槃时期之后，空中的飞禽类怪兽极多，所以飞行客机的质量也提高了很多。一架客机的造价比大涅槃时期之前的航母还要高得多。

如今，所谓的飞行客机早就和普通人没有什么关系了。对于普通人而言，飞行客机的机票都是天价，而对于富豪而言，这也不是小数目，有的富豪根本舍不得买一张飞机票。

机场等候区，极限总会馆的会长和其麾下的三名主管都在等候区等着。

“来了！”诸葛韬看向天空。

“嗖！”一道幻影瞬移一般出现在机场的上空，而后迅速减速，通过城市的防御系统，之后缓缓降落。

这是一架通体呈幽蓝色的飞碟形客机，直径有三四十米，机身表面反射出幽蓝色的光芒。

“嘟！”飞碟形客机的舱门打开了，出现了一条阶梯通道。

极限总会馆的四大巨头立即走到了阶梯通道旁，迎接贵客。

能够直接到这架客机旁候机的，无一不是有身份和有地位的人物，一共只有十余人。

客机中的乘客逐一沿着阶梯通道下来，每一位乘客的身份都不一般。

要知道，全世界只有极少数这样的客机。

这种客机除了能在空中飞行，还要保证安全。首先，整架客机的机体外表都采用堪比9系作战服和9系兵器的材质，虽然只是薄薄的一层材质，但是完全能抵御高级领主级飞禽类怪兽的袭击。此外，整架客机还配备了昂贵的机载激光炮，机载激光炮完全可以击杀靠近客机的王级怪兽。

这一切都保证了客机的安全。当然，也使得客机的造价十分惊人。

在极限武馆，9系血影战刀的全价是30亿，半价是15亿；在战神宫，9系血影战刀的最优价是10亿，而它的成本价是八九亿，其中克罗合金材质需要耗费6亿多。而整架客机机身的外层使用的都是这种材质。

一架直径达三四十米的飞碟形客机是很重的，虽然其外表很薄，但是因为密度大，加起来有三十吨。此外，仅仅克罗合金材质就要花费2000亿元，机载激光炮和其他部件的费用也不低，单论制造费用，客机就远超大涅槃时期之前的航母。更何况，这架客机每年的维护费用也很惊人。

一旦遇到飞禽类怪兽的攻击，就需要反击，自然消耗更多的能量，所以这架客机的票价高得离谱，连一般富豪都舍不得坐。

“老杨！”极限总会馆的会长笑着打招呼。

一个穿着灰色长袍的中年男子笑着走过来，道：“铁手，好久不见啊！”

“老杨，你这次来这里，是为了核实那个罗峰的实力吧？19岁就是初级战将级武者了，还算不错，有资格进行特等培训。走，这只是小事，我们先找个地方好好聊一聊，都快八年没见了吧！”极限总会馆的会长笑道。

第100章

龙血

“杨先生！”诸葛韬等三名主管都恭敬地打招呼。

这个中年男子名为杨辉，已经五十多岁了，是一名中级战神级武者，平常都是住在极限武馆的总部。

无论是武力，还是身份，杨辉和人称“铁手”的周正永都不相上下。

“是的！我们有八年没见了。走，我们先找个地方喝喝茶，之后再一起吃午饭。对了，诸葛，你大哥在基地市吗，叫他一起来吧！”杨辉说道。

“好，我马上给大哥打电话。”诸葛韬连忙说道。

杨辉是战神级武者，周正永也是战神级武者，诸葛韬的哥哥诸葛山也是战神级武者。一般来说，武者交朋友也是要看身份和地位的，没背景或者没地位的，根本进不了上层的武者圈子。

“铁手，监察使在基地市吗？”杨辉问道。

“监察使前几天去了荒野区的003号城市，去找那些领主级怪兽厮杀，磨炼他的枪法去了。”周正永说道，“待监察使回来后，我再带你去拜见他。半年前，馆主来JN基地市的时候，也找过监察使，不过那时监察使也在荒野区。”

听到周正永所说，旁边的三大主管的表情都变得严肃。

能够被JN基地市极限总会馆的会长恭敬地称为馆主的，那就是世界上无可争议的第一强者，极限武馆的创始人洪。

洪是具有无穷魅力的强者，也是人类的最强武者。

“监察使实力已经很强了，却依旧这般苦修，是想突破战神级，成为超越战神级的存在。”杨辉感叹一声，“馆主说过，监察使是最有希望的一个。”

在极限武馆的全球系统中，监察使的地位极高，比周正永和杨辉还要高得多，是经常能够和世界第一强者洪近距离接触的人物，算得上是极限总会馆顶尖的高层成员。

“走，我们去喝茶。罗峰那个小家伙的事情不急，到时慢慢核实。”杨辉笑道。

当即，极限武馆总部特使杨辉和JN基地市极限武馆的四大巨头一道离开了机场。

2月28日清晨。

在练武厅内进行了半个小时的热身训练后，罗峰就进入了视听室。

视听室的遮光窗帘关得很紧，视听室几乎是一片漆黑，只有视听室正门门缝透进了一丝晨光，略有些光亮罢了。

“开启。”罗峰发出了声控指令。同时，他悠闲地泡了一杯茶。

罗峰坐在柔软的沙发上，同时将无线键盘放在腿上，迅速进入极限之家战将级武者论坛中浏览帖子，不时回复一些帖子。

论坛中，有来自全世界各个地方的战将级武者，偶尔还有战神级武者。通过论坛，可以和一些武者进行一对一的视频聊天。

“生命之水的确罕见。”

前段时间，罗峰特意选择了三个很久之前关于生命之水的帖子进行回复，从而使得这三个帖子又到了首页。

看到这三个帖子的武者多了，自然有不少武者评论。

通过这些评论，罗峰知道了关于生命之水的更多消息，他偶尔也会评论，还会和一些武者私聊。

“全世界绝大多数的战将级武者隶属于极限武馆，人数极其惊人，竟然没人知道哪里有生命之水！”罗峰眉头微皱，“难道真的如帖子下面的评论所说，只要有一瓶生命之水现世，就会被拿来拍卖？”

即便真有生命之水出现，罗峰现在也不敢买。

毕竟他的实力还不够强。而且，一旦被李威的父母发现，那就惨了。

“算了。对我而言，现在最重要的是增强实力。”

“我最强的就是精神念力。现如今，我的身体素质达到了初级战将级。精神念力比身体素质高两个层次，我的精神念力应该达到了高级战将级，也就是说，我可以正面对战高级战将级武者了。”罗峰心中很是欣喜。

上次他对付那老者和卡隆时，是在那两人没有丝毫防备的情况下动手的。

如果正面攻击的话，他没把握打赢他们。而现在，罗峰即便和那两人正面厮杀，也有十足的把握。

精神念师可以正面对战同等级武者，还可以越级战斗，这是武者圈子公开的秘密。

“我现在能正面对战高级战将级武者，还可以和初级战神级武者战斗。如果要小聪明的话，我靠着精神念力击败初级战神级武者都不难。”

罗峰的进步速度的确很惊人。直到如今，一共才八个月，他的实力已经堪比初级战神级武者了。

当然，这也不奇怪。首先罗峰是武者中极为罕见的精神念师，精神念师都无比厉害，他们天生就精神念力极其强大。因为出生的时候，肉身弱小，精神念力凝聚起来潜伏在识海中。

精神念力较少的，是以液体的形式存在的。

精神念力较多的，是以液体和固体混合的形式存在的，固体的比例越大，则代表着精神念力越多。

而精神念力极为惊人的，则是完全以固体形式存在的。

罗峰就是精神念师中天赋最惊人的，身体素质提高的速度本就惊人，再加上修炼究级功法九重雷刀的惊人效果，还有自身的刻苦修炼，自然让他的进步速度达到了惊人的程度。

短短八个月的时间，他的实力就堪比初级战神级武者。

不过，和当年的洪和雷神相比，还是有不小的差距的。大涅槃时期，洪和雷神就成了超越战神级的存在，身体素质的进步速度快得惊人。

“我识海中的暗金色圆球中的精神念力非常强大，只因我的身体不够强，无法承受，所以这强大的精神念力只能以暗金色圆球的形式存在。”罗峰捧着茶杯，喝了一口，“所以，我的身体素质越强，精神念力就越强。我现在应该以最快的速度提高身体素质。”

罗峰想到这里，当即输入“提高身体素质的方法”，在论坛中搜索相关的帖子。

很快地，论坛中就出现了大量的帖子，显然有很多武者都谈论过这个问题。

罗峰点击了几个点击率很高、回复很多的帖子。

“服用基因药剂？基因药剂的价格倒不算太贵，通过队长的朋友就能用2亿买到一份。不过，基因药剂对身体的伤害较大，服用后，实力的确能很快提升，但之后就难以再提升了。”罗峰摇摇头。

魏铁、魏青、陈谷这三人都服用了基因药剂，他们已经很多年都没有突破了。只有对未来没有很大期待的人才愿意服用基因药剂。

罗峰的潜力可是无限的，如果服用基因药剂，那根本就是自断前程。

“第二个方法不错，使用这个方法，实力一般能翻倍，不仅没有副作用，还能加快修炼速度。”罗峰心中暗道，而后摇摇头，“可惜，价格太贵了。”

第二个方法是将龙血涂在身体上，身体吸收了龙血，自然会变强。不过，这可不是普通的龙血，必须是王级神龙的血。其次，必须是王级神龙的心头血。即便猎杀了一头王级神龙，一般也只能制作一份龙血。而全球的王级神龙寥寥无几，由此可知，龙血的价格极高。

“极限武馆的龙血的半价都高达800亿，此外，还要达到四星级贡献点。”罗峰愣住了。

这根本无异于传说中的神药，服用后，实力大增，而且无副作用，还能加快修炼的速度，多好啊。可惜，全世界没有几人能买得起。

“第三个方法是靠自己苦修。”罗峰摇摇头。

这几乎是所有武者选择的路。

“以我的修炼速度，再过半年，我的身体素质应该能达到中级战将级。之后，再过一年，我的身体素质应该能达到高级战将级。”罗峰心中暗自思忖，“也就是说，一年半后，我的精神念力就能达到中级战神级，可以横扫同级别武者，可以对战高级战神级武者。三年后，我的精神念力就能达到高级战神级，在高级战神级武者中几近无敌，到时候我哪里还用得着怕李威的父母？我只需用两把飞刀就能击败他们。”

当然，这一切都有一个大前提，那就是暗金色圆球必须供应给罗峰足够多的精神念力，以此来达到高级战神级，如果中途暗金色圆球消耗完了，他的实力急速提升期就会结束。

精神念师都有一个实力急速提升期，就是靠吸收与生俱来的精神念力，一旦吸收完了，实力急速提升期也就结束了。

“只要暗金色圆球一直在，我的实力就会急速提升。我希望，我的实力急速提升期能撑到精神念力达到高级战神级。”罗峰心中暗道。

如果他能成为高级战神级的精神念师，那就是堪称超越战神级的存在。

而他的暗金色圆球到底能撑到什么时候呢？

识海中的暗金色圆球什么时候会消耗殆尽，根本没人知道。

当即，罗峰也不再多想。

第101章

震惊的特使

3月1日，星期四，是火锤小队出发去荒野区的日子。

HR联盟商城一楼，火锤小队的五名成员聚集在一起。

“疯子，看什么呢？徐欣姑娘今天不在酒吧，你很失望啊！”魏铁打趣道。

罗峰没有答话。

昨天晚上他就给徐欣打过电话了，春节期间，他还和徐欣一起吃了午饭，聊了很久。

罗峰暗恋徐欣，而徐欣对罗峰也有好感。不过，双方都没捅破那层窗户纸。

徐欣现在还在上大学，徐家是一个势力庞大的大家族，她交男朋友的事情并非那般简单。至于罗峰，他杀了李威，李威的父母一直在调查真凶，那巨额悬赏一直在持续，无形的压力无时无刻不笼罩着罗峰。

“待我实力大增，解决了麻烦，再向徐欣告白。”

罗峰心里很明白，双方都有难处，此时自然不适合捅破那层窗户纸。他们偶尔通通电话，约出来见个面，这就够了。

“好了，我们出发。”高风站了起来。

“哈哈！终于可以去荒野区了。”魏青笑道。

当即，魏铁、陈谷以及罗峰都站了起来。

火锤小队一行五人乘坐HR联盟的专车前往火车站，而后乘坐火车，抵达东南军区的武者补给基地。

荒野区，023号城市。

上一次罗峰在003号城市偷了铁甲龙怪兽的龙蛋，而铁甲龙怪兽的领地处于郊区，临近高速公路。罗峰如果按照正常路线去003号城市，说不定会碰到铁甲龙怪兽，那可就惨了。所以，这次他选择了去023号城市。

一栋破败的古式建筑的院落内，罗峰和高风正围攻一头宛如钢甲铸成的巨牛怪兽，这怪兽通体呈火红色，鼻孔中喷出了两道白色的气体。

此时，它正疯狂地攻击着一个青年。

这怪兽正是牛类怪兽中防御力惊人的铁甲牛，它的鳞甲极其坚硬，达到了中级兽将级怪兽的层次。

它率领的两头高级兽兵级铁甲牛被魏铁和魏青给解决了。

罗峰的步伐快如闪电，他仿佛大涅槃时期之前的斗牛士，戏弄着这头暴怒的铁甲牛怪兽。

铁甲牛怪兽的身上有数道伤口，不过，这对铁甲牛怪兽的影响并不大。

一道光亮起，宛如闪电霹雳。

血影战刀急速袭向铁甲牛怪兽的脖颈。

铁甲牛怪兽发出一道不甘的吼叫。

随即，这庞然大物轰然倒在地上，使得整个地面都震动了。

“干得漂亮！”高风赞叹道。

“罗峰，你这身法是越来越厉害了。”魏青也忍不住夸赞道。

当初在铁甲龙怪兽的老巢家乐超市，罗峰从数百头兽将级怪兽的围攻中逃出来时，短暂地感受到了完美级身法，回家后的两个月里，他经常去极限会馆使用神经反应测试机去训练身法。那两个月内，他对完美级身法的感悟加深了。

“大家都累了吧，今天咱们的收获不错，现在就回据点休息吧！”高风解剖了铁甲牛怪兽的尸身，采集了材料，对其他四人说道。

魏铁、魏青、陈谷都积极响应，道：“走，回去。”

“队长，你们先回去吧！我再去找找怪兽，练练刀法和身法，晚点再回去找你们。”罗峰笑着说道。

“年轻人就是有冲劲！”高风等人都笑了。

前几天，罗峰也是这样，其他队员都累得要休息的时候，他独自一人出去猎杀怪兽。不过，大家都知道罗峰的实力很强，并没有阻拦。

高风等人都离开了，此时只剩下罗峰一人。

天空阴沉沉的。

罗峰一手持着盾牌，一手持着血影战刀，穿行在023号城市的大街小巷中，时而和厉害的兽将级怪兽厮杀，时而和怪兽群战斗。

023号城市中，许多地方都有着古代风格的建筑，只可惜，现在这里成了怪兽的乐园。

怪兽不断地吼叫着，随后都没了生气。

罗峰一次次施展出九重雷刀的第三重刀法，不断地挑战极限，冲到怪兽群中，去进行搏杀。

在怪兽群中，罗峰一次次努力让自己的身法达到极限，努力利用其他怪兽和周围环境帮助自己。

许久……

高风他们都回去休息了三个小时，罗峰才拖着疲惫的身体在一条小河边停下，他擦洗着作战服上的血迹。

短短三个小时，他就猎杀了数百头怪兽。

不过，怪兽的繁殖能力是极强的。

作战服的制作材料很特殊，水都渗透不到内部，穿上作战服，根本无惧针刺之类的攻击。

罗峰擦洗了一下，就将作战服上面怪兽的血迹洗掉了。

一栋住宅楼的第六层，火锤小队正在这里休息。

“你回来了。”高风等人都看向门口，只见罗峰走了进来。

“嗯！我杀了八头兽将级怪兽。”罗峰将背包中的八头兽将级怪兽的材料取出来，放在了地上，“我先去修炼基因原能，回头一起吃晚饭。”

陈谷道："罗峰，你别太拼命，悠着点。"

"对啊，你那么拼命做什么，你也是人，也会累的。"高风也道。

罗峰拼命猎杀怪兽，火锤小队的整体收益当然大大增加了，虽然这是罗峰单独猎杀的怪兽，大部分收益归罗峰，但是其他成员也是能分到一点好处的。然而，他们并不想看到罗峰这样。

"嗯！这不算什么。"罗峰笑笑，当即进入了旁边的屋子。

空荡荡的屋子中。

罗峰放下盾牌、背包、血影战刀、飞刀后，开始修习导引术。

"好爽！每次我的身体极其疲劳后，再修炼导引术，身体的每一个细胞仿佛都重生了。"罗峰的心情很是愉悦。

他修炼九重雷刀的境界越高，身体素质就提高得越快，这是因为九重雷刀能更深层次地驱动身体的力量，甚至能影响身体的细胞。身体细胞消耗越大，吞噬能力就越强，就能吸纳更多的基因原能。

"武者们常说，和怪兽战斗时，越是生死时刻，实力提升得越快。因为每到生死时刻，武者会下意识地激发身体的潜能，这种刺激，会令身体吸收更多的基因原能。"罗峰心中暗道。

他在家里的练武厅拼命练习刀法和在荒野区的怪兽群中挥刀厮杀是很不同的，虽然都是挥刀，但是在荒野区挥刀时，身体的能量消耗得更多，修炼的速度更快。

"这几天，我在荒野区中的进步明显比在家里要大得多。"罗峰根据自己身体每天吸纳宇宙能量的时间，就知道自己实力提升的速度。

就这样，在荒野区中的罗峰和怪兽激烈厮杀着。

在此期间，他的身法、刀法以及身体素质都逐渐地提升着。

有一点不好的是，罗峰的杀气重了不少。不过，强者都要经历这一切的。罗峰现在还只是在这条路上摸索着。

JN基地市，极限总会馆。

视听室内。

“根据这些数据可以判断，罗峰的天赋的确不错，而且，他很刻苦。两个月的时间，他就猎杀了1万多头兽兵级怪兽。他如今能拥有初级战将级武者的实力，的确是他自己打拼出来的。”杨辉道。

“铁手，你安排好邬通的连线了吧？”杨辉问道。

“邬通正在线上，随时可以和你在线聊天。”周正永笑着说道。

杨辉点点头。

而后，他迅速开启了三维虚拟投影仪器。几道光芒形成了三维立体投影。

只见Y城极限会馆的馆长邬通的影像出现在视听室的中央。这影像很是逼真，和真人唯一的区别是表面隐隐有些光芒在流转。

“邬通见过会长、特使。”邬通微微躬身。

“嗯。”杨辉点点头，“我找你的目的，想必你猜到了。你是Y城极限会馆的负责人，罗峰又住在Y城极限会馆的明月小区，你应该对他很熟悉吧？”

“是的。”邬通点点头。

“你将他的身体素质的相关讯息，还有他如今拥有何等实力，全部都告诉我。”杨辉道。

“是！”邬通的脸上浮现出自豪的笑容，“罗峰是近十年来Y城出现的难得的天才人物，才19岁。他成为武者只有半年多，现如今，他的身体素质变得极强，拳力达到了10000千克，速度达到了128米/秒，他如今的神经反应测试速度我不清楚，我只知道，一个半月前，他的神经反应测试速度是中级战将级，合格。

“据我所知，他修炼的是九重雷刀，过年的时候，他就已经修炼到了九重雷刀第三重。也就是说，自修炼起的半年内，他就修炼到了第三重。”邬通微微躬身，继续道，“这是我知道的一些重要的信息。”

“罗峰修炼到了九重雷刀的第三重？”杨辉脸色一变。

“你确定？”杨辉不由得追问道。

“我确定，我亲眼看到，他用九重雷刀的发力方法出拳，全力一击，拳力就达到了28081千克。”邬通肯定地说道。

杨辉和周正永相视一眼。

“上面的决定恐怕要改变了。”周正永笑道。

杨辉紧紧地盯着邬通，道：“罗峰现在在哪里，我要见他！”

第102章

一个名额

邬通再次微微躬身，回道：“特使，3月1日，罗峰就已经和火锤小队的成员一起进入了荒野区，现在依旧在荒野区，并没有回基地市。”

“3月1日就去了荒野区？”

杨辉和周正永相视一眼，不禁笑了起来。

杨辉没好气地道：“我抵达JN基地市的时候，罗峰还没去荒野区，铁手，都怪你这家伙，硬是拖着我去……”

话还没说完，他就打住了话头。

杨辉对邬通挥挥手，道：“好了，没事了，你退下吧。”

“是！”邬通微微躬身。

“哧哧——”

光芒消散，三维立体投影消失了。

“你这家伙刚刚差点说漏嘴。若是邬通听到了，一定会取笑我们的。”周正永说着，表情渐渐严肃起来，“不说那些了，谈谈罗峰的事吧。”

“刚才邬通说的不会有假吧？”杨辉皱眉说道。

“绝不会有假。”周正永肯定地道，“邬通的为人我很清楚，他不是会说谎的人。更何况，他如果撒谎的话，回头我们也能查出来的，既然这样，他又何必撒谎呢？”

“嗯！”杨辉微微点头，“不过，我真的不敢相信。罗峰才19岁，其身体素质就堪比初级战将级武者。而且，短短半年时间，他就修炼到了九重雷刀的第三重，真是非常难得啊，看来得联系上面了。”

周正永点点头，道：“如今看来，特等培训都不适合罗峰了。他有资格进入战神预备营了。”

极限武馆有两大训练营，一个是基础训练营，一个是精英训练营。其中基础训练营选拔的是全球范围内的一些天才武者，武者签订特等培训合同，就能去基础训练营接受很好的培训。

而精英训练营是全球第一训练营，又称战神预备营。

全世界范围内，极限武馆和雷电武馆都拥有基础训练营和精英训练营。不过，极限武馆的精英训练营全世界第一，连世界第一强者洪都会偶尔去那里教学。

要知道，战神级武者都很难得到洪的指点，而极限武馆的精英训练营的武者就有机会。

“精英训练营？！”杨辉眉头一皱，“罗峰勉强够资格。不过，我还是得向上面申请一下，你也知道，精英训练营的名额是很宝贵的。”

“嗯！”周正永点点头，“我明白！”

一般情况下，基础训练营的名额都是极少的。比如JN基地市范围内，极限武馆每年都会有两三个天才被选入基础训练营。当初雷电武馆拉拢罗峰就是用的这样一个名额。

而精英训练营的名额就更少了。整个JN基地市有2亿人口，每隔五年，仅仅有一名武者可以入选精英训练营。而整个C国只有六个基地市，人口超过10亿，一年也就只有一名武者被选中。

“快！连通王巡察使。”杨辉发出了声控指令。

“嘀！”

“喂！”一道沙哑的声音回荡在视听室内。

“巡察使大人！”杨辉、周正永两人立即站起身来，恭敬得很。

在极限武馆中，巡察使的地位仅次于创始人洪。按照极限武馆的规矩，极限武馆内的武者只要是超越战神级的武者，就能直接获得巡察使的职位。也就是说，巡察使是超越战神级武者的存在。

“哦，杨辉啊，你有什么事吗？”巡察使的声音传来。

“巡察使大人，这次我来到JN基地市，是为了核实一个叫罗峰的年轻人的实力。我发现，他才19岁，身体素质就已经达到了初级战将级，而且修炼九重雷刀仅仅半年，就已经练成了第三重，我觉得，他有资格进入精英训练营。”杨辉说道。

“哦？”巡察使应了一声，没有再说话。

视听室内很是安静，杨辉和周正永都不敢说话。

“C国军方刚刚来总部谈判，索要了精英训练营的一个名额。今年的名额都快满了，按道理，不该再将名额拨给C国的武者。这样吧，我给罗峰一个机会，让他接受B级考验，如果他过关的话，就让他进入精英训练营。”巡察使沙哑的声音再次传来。

“是。”杨辉恭敬地应道。

紧接着，那边挂了电话。

杨辉和周正永这才松了一口气。

战神级武者和超越战神级的武者看似只相差一个级别，实力差距却很大。超越战神级的武者完全能夷平一座城市，地位极高，可以和一个超级强国的首领平等对话。

“B级考验？”周正永眉头一皱，“一般来说，武者只要通过了A级考验，就可以进入精英训练营了。”

“主要还是因为名额太少了，C国人口多，经常冒出一两个绝世天才。刚刚巡察使大人说了，C国军方要走了一个名额，C国如果还想再让天才武者进入训练营，就需要接受更高难度的考验，这也不奇怪。”杨辉说道。

“嗯。”周正永点点头，“对了，J基地市王家的人希望明年能预定一个精英训练营的名额，他们愿意出500亿元。”

“HR联盟和我们极限武馆长期有合作，每年HR联盟都是有预定名额的，王家好歹是HR联盟的九大家族财团之一，怎么没争到属于HR联盟的名额啊？”杨辉很是疑惑。

“王家如果争取到了，也不会想走后门了。”周正永笑道，“HR联盟的核心家族财团有九家，王家争不到也不奇怪，毕竟HR联盟的地下议会还是西方的那几大财团家族占优势。”

“这件事情比较麻烦。”杨辉摇摇头，“500亿可是大手笔啊！不过，此事只有巡察使才能拍板，能不能打动巡察使还很难说。”

“你和柳巡察使的关系不是不错嘛，王家是希望通过你搭个线。”周正永笑道。

“你这个王家的女婿就是不一样啊，都‘出卖’老朋友了。”杨辉没好气地道，“铁手，看在你的面子上，我和柳叔说说看。不过，你也知道，精英训练营的名额很少，全世界各大强国和各个超级财团家族都虎视眈眈，王家想走后门不是容易的事。”

“明白！事成之后，王家会记得你这个人情的。”周正永说道。

王家是C国第一家族，也是HR联盟核心九大家族之一。只是，这些家族财团和极限武馆、雷电武馆比起来，还是有很大差距的，毕竟极限武馆和雷电武馆的两大创始人洪和雷神是令各大强国都忌惮的。

“帮我准备一架战机，我要去荒野区看看罗峰，顺便让他接受B级考验。”杨辉说道。

“行，战机马上就可以准备好。不过，罗峰虽然厉害，通过B级考验的可能性……”周正永有些担忧。

“别想那么多，去了荒野区再说。对了，你先电话通知一下罗峰，并确定他现在所在的位置。”杨辉说道。

“好的！”周正永应道。

023号基地市，天色昏暗，寒风呼啸。

罗峰正盘膝坐着，修炼基因原能。

那无所不在的宇宙能量从“五心”这五条通道迅速涌入罗峰的体内，罗峰全身的细胞疯狂地吞噬着宇宙能量，细胞内的线粒体迅速将宇宙能量转化为基因原能，而后，迅速被细胞吸收，以极其缓慢的速度改善身体基因。就这样，罗峰的身体逐渐变强。

“呼！”他感觉到全身的骨骼和肌肉的每一个细胞都完全达到饱和了。

而后，他呼出一口气，直接站起身来。

“罗峰，快出来吃晚饭了。”陈谷的声音传来。

“来了。”罗峰笑着走出去。

客厅内的一群人围坐在一起。

罗峰当即坐下，五人都拿起水囊、压缩饼干、高能糖丸以及真空包装的一些肉块等。

“我们的背包都装了不少怪兽材料，依我看，过两天，我们就回武者补给基地一趟吧！”高风喝了一口水，道，“主要是罗峰立了大功，猎杀了不少怪兽，得了不少材料。”

“和罗峰一比，我们真的老啦！”魏铁慨叹一声。

陈谷摇摇头，道：“在荒野区混了十几年，我们没有进步也不奇怪。再过段时间，罗峰的实力估计还会大大增强，到时他需要加入厉害的新武者小队，我准备到那时候退役。”

“我们两兄弟也准备这一两年就退役。”魏铁和魏青都说道。

顿时，气氛变得有些伤感。

“退役是好事，不要搞得这么沉重。”高风朗声大笑，“到时候，我或许能和罗峰加入同一支武者小队，当然，人家可能不要我，我只能选择另外一支武者小队，一切都未可知。不管怎样，我还想再拼十年，看我能不能成为一名战神级武者。”

罗峰刚要开口，忽然，他们的通信手表都振动了。

他们低头一看，只见通信手表上出现了卫星定位系统地图，地图中有一个耀眼的红色光点。

“紧急救援信号？！”火锤小队五人彼此相视一眼，“求救人所在的位置距离这里只有1500米左右。”

“快走！”

火锤小队的五人当即背上背包和武器，迅速冲了过去。

（本册完）

更多精彩，尽在《吞噬星空 典藏版3》！